KB042901

시경이 보인다

詩經學槪論

시경이
보인다

이 국 희 지음

學古房

『시경詩經』(The Book of Songs, The Book of Odes, Shih Ching)은 중국 최초의 시가집으로 서주 초(기원전 11세기)부터 춘추 중엽(기원전 6세기)까지 약 500년간의 시가 305편이 수록되어 있다.

중국 최고最古의 시집	중국 문학의 비조
시경 = 공자가 편집한 문학 경전	
시가詩歌 문장의 전범典範	시 세계의 대관大觀

이 책은 술이부작述而不作에 입각해 『시경』의 해설 내지 지침에 관한 내용을 집대성集大成했으며 일반 개론서와는 구성과 체제를 달리한다. 시경학의 주요 관심분야인 시대별 연구 상황과 이론은 물론이고 『시경』 편장과 성어에 대한 설명도 주해의 방식을 채택하여 가급적 실을 수 있는 모든 것을 다 실을 수 있도록 했다.

시경학					
연원	시대	지역	내용	기교	영향
述而不作술이부작 전술傳述할 따름이지 새로운 것을 창작하지 않다 원본에 충실하게 서술하지 억지로 만들지 않다 集大成집대성					

아울러 각 시편에 대한 주해는 옛 것을 따르지 않고『시경』의 내용과 의미를 현대적으로 재해석한다는 취지하에서 기술되었다.

현대적 이해
'경'으로서의 읽기 → 원전 자체의 '시'로서의 읽기 시경을 순문학으로 보고 시경의 본질을 찾으려는 노력의 일환

이는 학문, 공유, 언어, 관계, 소통이라는 몇 가지 키워드에 초점을 맞춰『시경』의 메시지를 읽어내고 현재의 일상에서 쉽게 접목할 수 있도록 했다.

고전에 대한 접근 방식				
1	2	3	4	5
독해	해석	재구성	의미추론	내면화 자기화
중점 및 방향설정이 다소 달라질 수 있다				

그러기 위해서 우선 각 시편이 담고 있는 주제들을 현대적인 관점으로 풀었다. 개별 작품에 대한 참신한 견해와 진솔한 생각을 곁들임으로써 일반 시경서와 차별화시켜『시경』의 진면목을 이해할 수 있도록 했다.

시에 대한 참신한 견해와 진솔한 생각
思無邪사무사
감동 = 성정의 순화

이는 실로 과거와 미래를 이어주는 징검다리로서 시학이 인생에 적용될 수 있다는 것을 방증해주는 새로운 발상이 아닐 수 없다. 작자의 뜻을 헤아려 봄과 동시에 개인적인 감흥을 나름대로 즐기고 서로 공유할 수 있다면, 해묵은 고전이라 할지라도 현대인들에게 보다 친근하게 다가갈 수 있을 것이다. 그렇게 된다면 『시경』 본래의 내용과 의미에서 한 걸음 더 나아가 고양된 감상을 지향하는 본 책의 취지에도 부합될 것으로 보인다.

작시자作詩者(과거적 존재)의 뜻에 따른 감상	독시자讀詩者(미래적 존재)의 뜻에 따른 감상
자기의 의견을 작가의 뜻에 맞춰가다	자기의 의견을 미루어 작가의 뜻을 추측하다

과거에 이미 지속적으로 독창적이고 체계적인 연구가 진행되어 왔고 다양한 번역이 나왔다는 사실은 고무적이다. 연구와 번역에서 괄목할 만한 성과물이 나왔다는 것은 모두가 공을 들인 결과임이 분명하다. 이는 앞으로도 지속적으로 노력을 기울여 나아가야할 부분이라고 본다. 설사 현재 읽을 수 있는 관련 자료의 대부분이 박제화 된 이름 그대로의 '고전'古典일지라도, 기존의 의리적인 관점을 벗어나지 못하고 있다는 비판에 과도하게 시간을 들이기보다는 무엇보다 먼저 고전에 무엇이 있고 무엇이 없는지를 가감 없이 드러내 보여주는 작업이 선행되어야 한다. 따라서 지금까지의 업적을 대대적으로 검토하는 정리 작업이 이루어져야 새로운 다음 세상이 펼쳐지리라 믿는다. 매양 제자리걸음 내지 뒷걸음치면서 지난 일들을 곱씹는 것으로 안위를 삼는다면 앞으로 나아가기를 포기하는 구실에 다름 아니다.

보이지 않는 그 무엇	보지 않으려는 그 무엇
이를 통해 공히 그 무엇도 이해할 수 없다 실천과는 더욱 멀어 진다 ⇩	
자신의 사상 또는 지향성을 밝히고 알리고 드러낸다	

경전이 경전인 이유는 그것이 영원하기 때문이다.[1] 이제 바야흐로 『시경』에 대한 개요를 한 눈에 볼 수 있는 방법을 모색하고 시도해야 한다. 보이지 않는 그 무엇은 이해하기 어렵다. 『시경』을 시각적으로 보이도록 해야 한다. 보려고 하는 마음과 관심이 부재한 상황이더라도 현실에 적용되는 사항을 보이게 하고 관심을 가질 수 있도록 새로운 아이디어를 짜내야 한다. 그리하여 기존과는 다른 접근로를 통해 그 동안 보지 못한 정경을 펼쳐 보여줄 수 있다면 그야말로 '인문'과 '실용'의 가치를 동시에 얻을 수 있게 될 것이다.

시경의 가치		
원작자의 뜻	편집 의도	새로운 시각·방법
현대적 접목·이해 실천		
[새로운 면모 = 성과] … [기존의 견해 = 이해]		
시도		

---

1)何新, 『風與雅-詩經新考』, 北京: 中國民主法制出版社, 2008.8. 論詩經 1쪽.

고대의 詩歌 史實 社會 政治 宗教 民俗 倫理 言語 등
고전 – 시경
현대에 맞게 해석 … 삶의 방향성과 자세

　여기서 『시경』의 작품 2편에 대한 생각을 '告往而知來'고왕이지래2)의 한 예로 삼으며 머리말을 마무리하려고 한다.

여위고 여윈 님의 모습	여위고 여윈 님의 모습
어찌 떠나가지 않나요	어찌 떠나가지 않나요
그대 위해서가 아니라면	그대 위해서가 아니라면
어찌 이슬에 젖어 살리오	어찌 진흙에 묻혀 살리오3)
저 얄미운 사람	저 얄미운 사람
나랑 말하지 않다니	나랑 밥 먹지 않다니
그대 생각에	그대 생각에
난 밥 먹을 수 없다오	난 잠 이룰 수 없다오4)

---

2) 공자가 제시한 시를 이해하는 구체적인 방법: 과거를 살려 미래를 짐작하다. "가는 것을 알려주니 오는 것도 아는구나!' 賜也, 始可與言『詩』已矣, 告諸往而知來者. 『論語·學而』 이현중, 「詩經의 易學的 이해」, 『哲學論叢』36, 2004.4. 125쪽.

溫故而知新	告往而知來	下學而上達
시간적 측면	시(공)간적 측면	공간적 측면
論語·爲政	論語·學而	論語·憲問

3) 式微式微, 胡不歸. 微君之故, 胡爲乎中露; 式微式微, 胡不歸. 微君之躬, 胡爲乎泥中. 「式微」(衛風)

4) 彼狡童兮, 不與我言兮. 維子之故, 使我不能餐兮. 彼狡童兮, 不與我食兮. 維子之故, 我不能息兮. 「狡童」(鄭風)

위의 시를 현대적 제목으로 푼다면 '그대 위해서라면' '아직도 그대는 내 사랑' 정도가 될 것이다. 이쯤 고생이 고생이랄 게 있소. 오히려 마음이 기쁠 뿐이오. 다른 사람들 모두 제 살길 찾아가는데 어려운 상황에서도 자신 이외에 위해줄 수 있는 그대가 있다는 그 자체가 행운이고 또 그대를 위해 즐거이 베푼다는 것, 즉 정성을 다할 수 있다는 것이야말로 참으로 다행한 일이라고 본다. '임' 혹은 '그대'라는 개념은 요즘에 와서는 대상이 보다 많아지고 범위가 넓어졌지만 여기에 솔직함과 개성이라는 현대적 인간미가 보태어진다면 더욱 유의미해질 것임에 분명하다. 시의 내용처럼 상대방이 알아주지 않는다고 해도 더불어 살아가기 위해 무엇을 해야 할 것인가를 모색하는 것은 중요하다. 우리가 가진 중국인과 중국문화에 대한 인식은 시대에 따라 시각에 따라 달라질 수 있다. 그러나 어떤 경우라도 출발점을 우선시하고 또 분명히 한다는 긍정적 사고가 결국은 우리들을 그 방향으로 조금씩 나아가게 하는 원동력이 된다는 것은 의심의 여지가 없다.

2015. 8.
저자 씀

목 차

제 **1** 편

『시경詩經』은 중국문학사상 현존하는 가장 오래된 시가 총집으로 서주西周
초년부터 춘추春秋 중엽까지 약 500년간[1]의 주대周代 시가를 수록하고 있다.

문학의 분류법[2]					
내용			형식		
智지	情정	意의	無句讀무구두	有句讀유구두	歌唱가창
(역사)	(시가)	(철학)	도표	산문	시가

현재 남아 있는 기록 중 주대 이전의 시가[3]					
황제黃帝	이기씨伊耆氏	복희伏羲	신농神農	요堯	순舜
탄가彈歌 단죽가斷竹歌	사사蜡辭	망고가網罟歌	풍년영豊年詠	강구요康衢謠 격양가擊壤歌	경운가卿雲歌

---

1) 『시경』의 생성연대

기원전 11세기에서 기원전 6세기까지	주나라 초기부터 춘추시대 중기까지
2,500여 년 내지 3,000년 전	

2) 黃筱蘭·張景博 編, 『國學問答』, 北京: 知識産權出版社, 2013.5. 116쪽.

3) ○탄가彈歌: 斷竹, 續竹, 飛土, 逐宍(肉). 대를 자르고, 대를 이어라, 흙을 날려서, 고기를 좇아라. 「彈歌」, 趙曄 『吳越春秋·勾踐陰謀外傳』 및 『詩怨』 원시수렵가, 노동과정의 동작 묘사. ○사사蜡辭: 土返其宅, 水歸其壑, 昆蟲毋作, 草木歸其澤. 흙은 자기 집으로 돌아가고, 물은 자기 계곡으로 돌아가며, 곤충은 일어나지 않고, 초목은 자기 연못으로 돌아간다. 「蜡辭」, 『禮記·郊特生』 蜡辭는 연말에 만물의 여러 신에게 지내는 제사. '祝文'의 시초, 기도문, 농민들의 심리상태와 희망이 나타나 있다. ○망고가網罟歌: 제목만 있고 가사가 없는 것. 『隋書·樂志』 및 夏候玄의 「辨樂論」 ○풍년영豊年詠: 제목만 있고 가사가 없는 것. 夏候玄의 「辨樂論」 ○강구요康衢謠: 立我烝民, 莫匪爾極. 不覺不知, 順帝之則. 우리 백성 편안함은 모두 다 그분의 은덕이라. 자신도 모르는 사이에 왕도에 순종한다. 『列子·仲尼篇』 ○격양가擊壤歌: 日出而作, 日入而息, 耕田而食, 鑿井而飮, 帝力于我何有哉. 해 뜨면 나가 일하고 해 지면 들어가 쉰다. 내 밭을 갈아서 먹고 내 우물을 파서 마시니 임금의 힘이 나와 무슨 상관인가. 『帝王世紀』 및 『論衡·藝增篇』 ○경운가卿雲歌: 卿雲爛兮, 糾縵縵兮, 日月光華, 旦復旦兮. 곱게 핀 상서로운 구름, 뭉게뭉게 모여서, 햇빛과 달빛처럼, 영원히 빛나리라. 『尚書·夏虞書』

시가 · 음악 · 무용					
黃帝	堯	舜	禹	殷 湯王	周 武王
雲門 운문	大咸 대함	大韶 대소	大夏 대하	大濩 대호	大武 대무
天神에 제사	地神에 제사	四望에 제사	山川에 제사	先妣에 제사	先祖에 제사
六部樂舞, 六代之樂, 六舞, 六樂, 六代舞4) **원고음악**					

---

4) ○**운문**雲門: 黃帝시대의 악무, 황제의 공적을 가송, 천상의 '雲'은 황제씨족의 토템이었다.

雲門大卷	
약칭: 雲門	雲門·承雲·咸池

○**대함**人咸: 堯임금이 황제시대부터 전해오는 음악인 '咸池'를 더욱 다듬은 것이다.

雲門	咸池
황제씨족의 초기 토템가무	원래 炎帝 부락의 토템가무

○**대소**人韶: 舜임금은 5弦琴을 제작하여 南風을 노래했으니 孔子는 순임금의 음악인 韶를 듣고 盡善盡美하다고 극찬했다. 일명 '簫韶'소소 '簫虞'소우 '九韶구소

大韶 = '盡善'	大武 = '未盡善'
음조가 대단히 아름답고 내용이 대단히 선하다	음조가 대단히 아름답지만 내용이 충분히 선하지는 않다
論語 · 八佾	

○**대하**人夏: 堯임금과 舜임금의 도덕정치를 계승한 夏나라의 禹임금은 '大夏'의 악곡을 지어서 보급했다. 일명 '夏篇'하약, 대하는 8명(一佾)이 8줄로 64인(八佾)이 춤을 춘다.

天子	諸侯	大夫	士
8×8=64명	6×8=36명	4×4=16명	2×2=4명

○**대호**人濩: 成湯을 칭송하는 작품으로 상대 악무를 집대성한 것이다.

○**대무**人武: 周나라 武王의 '大武'는 我將·武·賚·殷·酌·桓 등의 악무를 포함한다. 傅斯年, 董希平 箋注, 『傅斯年詩經講義稿箋注』, 北京: 當代世界出版社, 2009.1. 55쪽에 인용한 王靜安의 「大武」 六章 표 '舞詩篇名'

一成	再成	三成	四成	五成	六成
武宿夜	武	酌	桓	賚	般

『시경』은 고대 중국의 자연풍토와 사회 환경 속에서 살던 사람들의 생활을 반영한 시가들을 엮은 노래모음집 내지 노래책이다.

시가총집 = 전부	시가선집 = 선정選定
악보는 실전되고 가사만 남았다	
총집	
전집全集 성격의 총집	선집選集 성격의 총집

시경의 목차
⬇

國風국풍			총 160편
01	周南주남	001-011	
02	召南소남	012-025	
03	邶패	026-044	
04	鄘용	045-054	
05	衛위	055-064	
06	王왕	065-074	
07	鄭정	075-095	
08	齊제	096-106	
09	魏위	107-113	
10	唐당	114-125	
11	秦진	126-135	
12	陳진	135-145	
13	檜회	146-149	
14	曹조	150-153	
15	豳빈	154-160	
小雅소아			총 74편

01	鹿鳴之什녹명지습 9	161-169	
02	白華之什백화지습 5	170-174	
03	彤弓之什동궁지습 10	175-184	
04	祈父之什기보지습 10	185-194	
05	小旻之什소민지습 10	195-204	
06	北山之什북산지습 10	205-214	
07	桑扈之什상호지습 10	215-224	
08	都人士之什도인사지습 10	225-234	
	大雅대아		총 31편
01	文王之什문왕지습 10	235-244	
02	生民之什생민지습 10	245-254	
03	湯之什탕지습 11	255-265	
	頌송		총 40편
01	周頌주송 31	266-296	
01a	淸廟之什청묘지습 10	266-275	
01b	臣工之什신공지습 10	276-285	
01c	閔予小子之什민여소자지습 11	286-296	
02	魯頌노송 4	297-300	
03	商頌상송 5	301-305	
			총 305편

『시경』은 모두 305편을 수록하고 있으며[5] 풍風(160편)·아雅(105편)·송頌 (40편) 세 부분으로 나뉜다.

---

5) 모두 311편인데 그 중 가사는 없고 편명(제목)만 있는 6편의 笙詩(또는 琴曲)를 제외하면 305편이다.

六笙詩 = '笙'이라는 악기로 취주하는 악가					
南陔	白華	華黍	由庚	崇丘	由儀
儀禮·鄕飮酒禮					

풍·아·송의 구분		
시가의 음악적 성질	시가의 체제와 내용	시가의 작자
1	2	3
⋮		
풍	아	송
樂調	正	樂曲
民謠	공식연회용	종묘제사용
민속가요의 시	조정의 악가	종묘악
음악상의 분류6)		

개인에 관한 내용	爲政에 관한 내용	神明에 관한 내용
풍	아	송
작품의 내용7) (毛詩序)		

(敎)化	正	容
풍	아	송
작품의 풍격8) (鄭玄)		

서민庶民	조정朝廷	종묘宗廟
풍	아	송
작자의 신분9) (朱熹)		

평민	사대부	(귀족)
풍	아	송
작시자10) (鄭樵)		

---

6) 이를 현대적 의미로 이해하면 클래식, 재즈, 트롯트, 락 등의 음악 특성에 따른 분류와 통한다.
7) 風者, 民俗歌謠之詩也. 雅者, 正也, 正樂之歌也. 頌者, 美盛德之形容, 以其成功告於神明者也. 「詩大序」
8) 風言聖賢治道之遺化也. 雅, 正也, 言正者以爲後世法. 頌之言頌也, 容也, 誦德廣而美之. 「詩譜序」
9) 大抵風是民庶所作, 雅是朝廷之詩, 頌是宗廟之詩. 『朱子語類』
10) 風者出於土風. 大槪系小夫賤隷婦人女子之言… 雅者出於朝廷士大夫… 頌者, 初無

풍의 의미[11]					
작용		본질		체제	
풍자하며 간하는 것이요 바람 같이 교화하는 것이다		지방의 바람(풍속)이며 지방의 민요이다		읊조리고 노래하는 것으로 목과 혀와 입술에 달려 있다	
諷諫	風敎	土風	風謠	諷詠	諷誦

풍 아 송
↳
음악 · 무용 · 문학

'풍'風이란 '풍'諷이며 그것도 '소리 내어 외움'이라고 할 때의 '풍'風자의 본 글자인 것이다.[12]

風 … 諷	
1. 풍요風謠: 민간가요 = 민요	2. 풍자諷刺 · 풍유諷諭
(현대)	(옛날)

풍(국풍)은 15개 지방의 곡조, 즉 각지의 민가를 가리킨다.[13]

諷誦, 惟以舖張勳德而已. 『六經奧義』

11) 鄭相泓, 「詩經 '風'의 詩歌發生學的 樣相 研究」, 『中國文學研究』 22, 2001.6. 24~25쪽;
錢鍾書, 『管錐編』 第1冊, 北京: 三聯書店, 2007.10. 101~102쪽.

風			
鄭樵 '土風'	朱熹 '民俗歌謠'	崔述 '詩體'	梁啓超 '諷誦'
章太炎 '風氣'	顧頡剛 '聲調'	陸侃如 '牝牡相誘'	陳夢家 '樂器'

12)
風	賦
다만 소리 내어 외울 수 있으나 노래할 수 없는 것	노래하지 않고 소리 내어 외우는 것 漢書 · 藝文志

國국	風풍
제후를 정한 바의 경계	민속가요의 시
각지의 민가14)	

풍은 바람이란 뜻으로, 바람이 한번 일면 풀과 나무와 모든 것이 바람과 함께 움직이고 흔들리는 것에서 따온 이름으로, 요즈음 우리가 말하는 대중가요, 포크송(folk song)이나 유행가와 같은 뜻으로 볼 수 있다.15)

시경의 2가지 요소	
시詩	유행가
조금 격조 있게 노래하는 것	감정의 절제가 없이 마구 내지르기

'풍'이라고 부르는 것은 이들 시가의 내용과 가락 모두 풍속과 인정人情을 나타내기 때문이다.

풍속 – 인정		
바람	분위기	향배
1	2	3

풍은 모두 15국풍으로 나뉜다. 15국풍은 주남周南 11편, 소남召南 14편, 패邶 19편, 용鄘 10편, 위衛 10편, 왕王 10편, 정鄭 21편, 제齊 11편, 위魏 7편, 당唐 12편, 진秦 10편, 진陳 10편, 회檜 4편, 조曹 4편, 빈豳 7편 등 모두 160편이다.

---

13) 陳玉剛, 『簡明中國文學史』, 西安: 陝西人民出版社, 1985.1. 5쪽. 『시경』은 중국 고대의 樂歌集으로 秦漢 이전의 樂府로 볼 수 있다.
14) 國者, 諸侯所封之域; 而風者, 民俗歌謠之詩也. 朱熹『詩集傳』
15) 김영수, 『소설 시경·서경』, 서울: 명문당, 2006.10. 17~18쪽.

15		
지역명	+	고대 부족명
周南 召南 邶 …		唐 魏 曹 陳 …
國		
지역, 구역 ○		제후왕국 ×

周南 주남	11편	召南 소남	14편	邶 패	19편	鄘 용	10편	衛 위	10편
王 왕	10편	鄭 정	21편	陳 진	10편	檜 회	4편	齊 제	11편
曹 조	4편	魏 위	7편	唐 당	12편	秦 진	10편	豳 빈	7편
160편									

주나라16)	
서주	동주
平王 이전17)	平王 이후18)
호경鎬京: 西安 ⟶ 낙읍洛邑: 洛陽 기원전 770년	

---

16)

창세신화시기	역사시기
三皇五帝, 堯舜시대, 夏	殷(商), 周 …

17) 서주의 왕

1	2	3	4	5	6	7	8	9	10	11	12
武무	成성	康강	昭소	穆목	共공	懿의	孝효	夷이	厲려	宣선	幽유

18) 동주의 왕

13	14	15	16	17	18	19	20	21	22	23	24
平평	桓환	莊장	釐이	惠혜	襄양	頃경	匡광	定정	簡간	靈영	景경
25	26	27	28	29	30	31	32	33	34	35	36
悼도	敬경	元원	貞定 정정	哀애	思사	考고	威烈 위열	安안	烈열	顯왕	愼왕
37											
赧난											

周(西周)	
春秋19)	東周
戰國20)	
	秦

국풍의 지리21)							
주남周南 소남召南	패邶 용鄘 위衛	왕王 정鄭 진陳 회檜	제齊 조曹	위魏 당唐	진秦	빈豳
長江 漢水 유역	山東 서부 河南 동부	河南 일대	山東 경내	山西	甘肅 陝西	陝西

북방	남방
黃河·渭水 유역	漢水·長江 부근
山西 陝西 河北 河南 山東 湖北 安徽 일대	

대부분이 북방 중원지역과 황하유역의 악가樂歌이고 일부가 현재의 섬서
陝西 남부와 호북湖北 북부 지역의 악가이다.22)

---

19)

춘추시대(Spring and Autumn)	전국시대(Warring States Period)
鎬京(지금의 西安 일대)에 있던 西周가 기원전 771년에 멸망하고 동쪽의 洛邑(지금의 洛陽)으로 천도한 이후 東周 내내 강대국의 위치에 있었던 晉이 韓·魏·趙 세 나라로 3분되는 기원전 453까지의 기간	대체로 춘추시대의 강대국 晉이 韓·魏·趙 세 나라로 분리 독립한 기원전 453년을 기점으로 秦나라의 始皇帝가 천하를 통일한 기원전 221년까지의 기간

20)

21) 陳玉剛, 『簡明中國文學史』, 西安: 陝西人民出版社, 1985.1. 5쪽.

악가樂歌	도가徒歌
악기에 맞추어 부르는 노래	입에서 나오는 대로 부르는 노래
규율화 된 절주	손과 발로 춤을 추어 절주를 도운다

국풍의 일부는 서주 초기의 작품이고(예: 豳風) 대부분이 춘추 시기의 작품이다. 15국풍 중에서 맨 앞에 나오는 주남과 소남을 정풍이라고 하고 나머지는 모두 변풍으로 간주했다.

바람직한 내용		슬픔·고통·방탕 등의 내용
바른 바람	⇒	좋지 못한 바람
정풍	바꾸다	**변풍**

주나라 왕도가 행해지던 시기 천자국의 노래	주나라 왕도가 쇠퇴한 이후 제후국의 노래
文王 武王 成王 태평시대	懿王 이후 어지러운 세상
백성을 교화하는 것	바른 법도를 회복하려고 한 것

남(주남·소남) = 정풍	13국 = 변풍
안방·집안·시골·나라	樂官
덕화	귀감·경계

禮義 허물어지다		政教 잘못되다		風俗 어지럽게 되다	
○	×	○	×	○	×
正	變	正	變	正	變

변풍의 대표적 작품
北門(邶風) 黍稷(王風) 鴇羽(唐風) 黃鳥(秦風) 葛屨 伐檀 碩鼠(이상 魏風) …

---

22) 柳晟俊 · 兪聖濬 편저, 『詩經選注』, 서울: 푸른사상사, 2004.8. 17~18쪽.

국풍은 가장 우수하면서도 현실주의 특색을 잘 구비한 작품들이다. 국풍에는 소박하면서도 생동감 넘치는 작품들이 많이 들어있는데 예술적으로도 가장 가치가 높은 작품으로 평가된다.

국풍의 현대적 의미						
생동	청신	낭만	자유	용감	유머	지혜

국풍의 주요 내용
⬇

국풍 애정시의 내용23)				
關雎(周南) 野有蔓草 (鄭風) 摽有梅(召南)	擊鼓(邶風) 木瓜(衛風) 采葛(王風) 出其東門 (鄭風)	蒹葭(秦風) 月出(陳風) 狡童(鄭風) 子衿(鄭風) 靜女(邶風)	伯兮(衛風) 殷其雷(召南) 君子于役(王風) 谷風(邶風) 氓(衛風)	伐柯(豳風) 將仲子(鄭風) 柏舟(鄘風)
첫눈에 반하다	충성과 지조를 다하다	그리워하지만 이루어지기 어렵다	여성이 슬퍼하고 원망하다	사랑하는 사람을 갈라놓다

사랑과 결혼	사랑의 괴로움	사랑의 조화	사랑의 파국
靜女(邶風) 出其東門 溱洧(鄭風) 木瓜 桑中(衛風) 大車 采葛(王風)	將仲子(鄭風) 氓((衛風) 谷風(邶風)	蘀兮 狡童 褰裳 風雨(鄭風) 木瓜(衛風) 采葛(王風)	氓(衛風) 谷風(邶風) 柏舟(鄘風)

---

23) 王許林,「詩經愛情詩的類型」,『詩經硏究叢刊』9, 2005.7. 346~349쪽.

국풍 사회시의 내용[24]							
통치계층에 대한 풍자			개인 생활의 고통		사회불안의 반영		
淫行	搾取	背德	行役	思夫	亡國	憂患	기타
新臺 二子乘舟 牆有茨 君子偕老 鶉之奔奔 南山 敝笱 載驅 株林	伐檀 碩鼠	相鼠 東方未明 葛屨 墓門 黃鳥	擊鼓 式微 揚之水 陟岵 鴇羽	雄稚 伯兮 有狐 君子于役	黍離 匪風	兎爰 北風 園有桃 濕有萇草	葛藟 杕杜 北門 權輿
9	2	5	5	4	2	4	4
35/160							

백성들의 분노와 한 아름다운 생활에 대한 동경	가혹한 부역과 병역에 신음하는 백성들의 원한	통치계층의 황음무도함을 폭로하고 풍자
七月(豳風) 伐檀(魏風) 碩鼠(魏風)	鴇羽(唐風) 破斧(豳風) 東山(豳風) 無衣(秦風)	新臺(邶風) 南山(齊風) 株林(陳風)

⋮

시경의 현실주의적 창작 정신[25]			
七月(豳風)	伐檀(魏風)	君子于役(王風)	碩鼠(魏風)
마음속의 즐거움을 표현		쌓였던 고통을 토로	
삶의 피로감 해소			
시대정신의 표현		백성들의 사회생활 반영	

---

24) 朱志迎, 「詩經 國風 社會詩 硏究」, 이화여대(석사논문, 중어중문), 2000. 13쪽.

25) "굶주린 자는 음식을 노래하고, 힘든 자는 그 일을 노래한다." 飢者歌其食, 勞者
歌其事. 何休 『春秋公羊傳・哀公15년解詁』

주남周南은 낙양洛陽 부근(왕풍王風의 지역)인데 남으로는 호북湖北 북부에 이르는 지역이다. 즉 태왕太王: 古公亶父, 文王의 조부이 도읍했던 땅으로 기산의 남쪽[섬서성陝西省 기산현岐山縣 부근, 하남河南 낙양洛陽 동북에서 호북湖北에 이르는 지역]이다. 쥐[남]의 시악詩樂은 남방 음악의 영향을 받은 것이다. 소남召南은 주나라 초 소공召公 석奭의 채읍지로 지금의 섬서陝西 기산현岐山縣 서남쪽이다.

주남	소남
주공周公이 다스리던 지역(의 노래)	소공召公이 다스리던 지역(의 노래)
낙양의 동쪽 지역	낙양의 서쪽 지역
현재 河南의 臨汝 南陽, 湖北의 襄南 宜昌 江陵 등의 지역 長江 漢水 汝水 유역	
주공 · 소공 = 주나라의 건국 공신	

周南 · 召南	樂調名
南	
지역명	악가명
"남이란 왕의 교화가 북방으로부터 남방에 미친다"「毛詩序」 鼓鐘고종(소아)편의 '남'이 2남(주남 · 소남)의 '남'이 아니라고 주장, "南夷(오랑캐)의 음악을 '남'이라고 한다"	'남'이란 일종의 합창음악으로서 음악이 끝날 때에 노래한 것, '남'은 당시의 일종의 음악의 이름이며 그 절주가 따로 하나의 체를 이룬 것으로 '아'나 '송'과는 다른 것이다
南土 南國 南邦	南風

주'남' 關雎 · 葛覃 · 卷耳		소'남' 鵲巢 · 采蘩 · 采蘋	
악공이 間樂과 歌樂을 노래하고 笙樂을 연주한 후에 合樂으로 끝나는데 合樂에서 부르는 노래			
1	2	3	4
工歌: 성악	笙奏: 기악	間歌: 성악·기악 교체진행	合樂: 성악·기악 동시진행
鹿鳴 四牡 皇皇者華	南陔 白華 華黍	魚麗 : 由庚 南有嘉魚 : 崇丘 南山有臺 : 由儀	關雎 葛覃 卷耳 鵲巢 采蘩 采蘋
儀禮 · 燕禮 第6			

二南獨立說[26]			
南	風	雅	頌
四詩說[27]			
남 풍 아 송 1 2 3 4	'南'의 참뜻을 해석하지 못해 소아 · 대아로 대체	풍 소아 대아 송 1 2 3 4	

二南 25편의 내용[28]		
축하·축복·찬미	애정 관련	노동생활 관련
關雎 樛木 螽斯 桃夭 麟之趾 鵲巢 何彼穠矣 兔罝 甘棠 騶虞 羔羊	卷耳 漢廣 汝墳 草蟲 殷其雷 摽有梅 江有汜 野有死麕	芣苢 行露 葛覃 小星 采蘩 采蘋
11편	8편	6편
周南 11편		召南 14편
연가, 이별시, 여성생활, 축송시, 정치적 내용		

---

26)

王質 詩總聞	程大昌 考古編
二南獨立說	

27)

四詩											
漢代 四家詩				二南獨立說				顧炎武 日知錄			
1 齊詩	2 魯詩	3 韓詩	4 毛詩	1 南	2 風	3 雅	4 頌	1 南	2 豳	3 雅	4 頌

1 關雎 관저	2 葛覃 갈담	3 卷耳 권이	4 樛木 규목
5 螽斯 종사	6 桃夭 도요	7 兎罝 토저	8 芣苢 부이
9 漢廣 한광	10 汝墳 여분	11 麟之趾 인지지	
周南 11편(1~11)			

12 鵲巢 작소	13 采蘩 채번	14 草蟲 초충	15 采蘋 채빈
16 甘棠 감당	17 行露 행로	18 羔羊 고양	19 殷其靁 은기뢰
20 摽有梅 표유매	21 小星 소성	22 江有汜 강유사	23 野有死麕 야유사균
24 何彼穠矣 하피농의	25 騶虞 추우		
召南 14편(12~25)			

13國風												
1	2	3	4	5	6	7	8	9	10	11	12	13
邶	鄘	衛	王	鄭	齊	魏	唐	秦	陳	檜	曹	豳
19	10	10	10	21	11	7	12	10	10	4	4	7
135편												

---

28) 徐送迎, 「試論風之始二南與關雎」, 『詩經研究叢刊』 14, 2008.1. 222쪽.

위衛는 주무왕周武王의 동생 강숙康叔의 봉국으로 조가朝哥(지금의 河南 淇縣, 河南 북부와 남부)에 도읍했다. 패풍·용풍·위풍 3풍은 실제로 위나라의 노래로 간주할 수 있다.

패·용·위		
북쪽: 邶나라 河南 湯陰縣 邶城鎭	남쪽: 鄘나라 河南 新鄉縣 鄘城	동쪽: 衛나라 河南 淇縣 朝哥城
武庚무경	管叔관숙	蔡叔채숙
'三監'삼감 = 은나라 백성을 감독하는 세 사람		
成王 때 삼감의 반란을 周公이 평정 ↳ 康叔강숙 衛 하남성 북부, 하북성 남부		

26 柏舟 백주	27 綠衣 녹의	28 燕燕 연연	29 日月 일월
30 終風 종풍	31 擊鼓 격고	32 凱風 개풍	33 雄雉 웅치
34 匏有苦葉 포유고엽	35 谷風 곡풍	36 式微 식미	37 旄丘 모구
38 簡兮 간혜	39 泉水 천수	40 北門 북문	41 北風 북풍
42 靜女 정녀	43 新臺 신대	44 二子乘舟 이자승주	
邶風 19편(26~44)			

45 柏舟 백주	46 牆有茨 장유자	47 君子偕老 군자해로	48 桑中 상중
49 鶉之奔奔 순지분분	50 定之方中 정지방중	51 蝃蝀 체동	52 相鼠 상서
53 干旄 간모	54 載馳 재치		
鄘風 10편(45~54)			

55 淇奧 기오	56 考槃 고반	57 碩人 석인	58 氓 맹
59 竹竿 죽간	60 芄蘭 환란	61 河廣 하광	62 伯兮 백혜
63 有狐 유호	64 木瓜 모과		
衛風 10편(55~64)			

왕王은 주왕조를 가리킨다. 주평왕周平王 때 동주東周의 도성은 낙읍洛邑으로 정해졌다. 지금의 하남 낙양洛陽 일대가 영지였다. 왕풍은 동주 초 약 50년간에 지어진 것이다.29)

---

29) 동주가 平王 이후로 桓王·惠王 등 12대를 洛邑에 도읍하고 周의 명맥을 유지했는데 왕풍은 平王과 桓王 그리고 莊王 3대의 시를 수록한 것이다.

65 黍離 서리	66 君子于役 군자우역	67 君子陽陽 군자양양	68 揚之水 양지수
69 中谷有蓷 중곡유추	70 兎爰 토원	71 葛藟 갈류	72 采葛 채갈
73 大車 대거	74 丘中有麻 구중유마		
王風 10편(66~74)			

정鄭은 원래 지금의 섬서陝西 화현華縣 서북이다. 주나라 왕실이 동천한 이후에 정나라도 지금의 하남 신정현新鄭縣으로 옮겼고 영토는 지금의 하남성 중부 황하이남 지역이었다. 정풍은 대부분이 동주 시기의 작품으로 정가情歌가 뛰어났다. 이러한 작품은 감정 표현상으로 툭 털어 놓고 품고 있는 생각을 토로하고 조금도 부끄러운 태도를 취하지 않으며 솔직하고 대담하다.[30]

美 찬미	刺 풍자	思 그리워 함	閔 불쌍히 여김
鄭風의 시 ← 詩序			

---

30) 溱洧·蘀兮·野有蔓草(이상 鄭風), 靜女(邶風)와 木瓜(衛風) 등에 청춘 남녀의 순수하고 쾌활한 정서가 잘 나타나 있다.

鄭聲과 鄭風의 동일시 여부	
사무사思無邪는 시를 읽는 사람의 입장에서 말한 것이고, '정성鄭聲을 추방하다'의 '정성'은 음시(음란한 내용을 담은 시)를 의미한다 '淫人自作詩'	시의 정신을 사무사라고 했고 '정성'은 정풍이 아니며 만약 산시했다면 음시는 더욱 존재할 수 없다. '刺淫詩'
淫詩說음시설	反淫詩說반음시설
鄭聲 … 新聲, 靡靡之樂, 亡國之音 ⇒ 鄭風	
⇧	
정성을 추방하고 말 잘하는 아첨배를 멀리하라. 정성은 음란하고 아첨배는 위태롭다[31]	정성이 아악을 문란하게 하는 것을 혐오한다[32]
論語 · 衛靈公	論語 · 陽貨
공자와 鄭聲	

淫詩 - 淫奔詩 - 邪詩	
(음분시 ≠ 음분[33]을 풍자한 시)	
詩序	朱熹
11편	29편

⋮

鄭風의 음시	
정풍 21수 중에 '淫詩'[34]가 15편 가량으로 대체로 음란하고 노골적인 남녀 사랑의 시	
朱熹	
鄭詩(21편)의 5/7	衛詩(패·용·위 39편)의 1/4
여자가 남자를 유혹하는 말	남자가 여자를 기쁘게 하는 말

---

31) 子曰: 放鄭聲, 遠佞人, 鄭聲淫佞人殆. 『論語 · 衛靈公』
32) 惡鄭聲之亂雅樂也. 『論語 · 陽貨』
33) 명분과 이치에 맞지 않는 혼인 ≠ '父母之命' '媒妁之言'

75 緇衣 치의	76 將仲子 장중자	77 叔于田 숙우전	78 大叔于田 대숙우전
79 淸人 청인	80 羔裘 고구	81 遵大路 준대로	82 女曰鷄鳴 여왈계명
83 有女同車 유녀동거	84 山有扶蘇 산유부소	85 蘀兮 탁혜	86 狡童 교동
87 褰裳 건상	88 丰 봉	89 東門之墠 동문지선	90 風雨 풍우
91 子衿 자금	92 揚之水 양지수	93 出其東門 출기동문	94 野有蔓草 야유만초
95 溱洧 진유			
鄭風 21편(75~95)			

　제齊는 주대의 제후국명이다. 서주 초기, 문왕文王의 공신 태공망太公望, 呂尙
의 봉지로 영구營丘에 도읍했다. 지금의 산동 치박시淄博市 임치臨淄이다. 처
음에는 산동 북부였으나 나중에 산동반도로 확대되어 서로 황하에 이르고
남으로 목릉관穆陵關과 태산泰山에 이르고 북으로 무체無棣에 이르렀다. 제풍
에는 풍자시가 많다.

---

34) "정나라와 위나라의 악은 모두 음탕한 소리다. 그러나 시(노래가사)를 가지고 상
　고해보면, 위나라 시는 39편 중에 '음분시'가 겨우 4분의 1인데, 정나라 시는 21
　편 가운데 음분시가 7분의 5에 이른다." 鄭衛之樂, 皆爲淫聲. 然以詩考之, 衛詩三
　十有九, 而淫奔之詩才四之一, 鄭詩二十有一, 而淫奔之詩已不翅七之五. 『詩集傳』
　朱熹는 鄭風 21편 가운데 13편(有女東車, 山有扶蘇, 蘀兮, 狡童 등)을 음시로 규
　정했다. 邶風 鄘風 衛風 王風 陳風 중의 몇 편도 음시로 규정하고 그 작자를 '淫
　奔者' 자신으로 보았다.

齊風의 주요 내용											
활기차고 역동적인 풍속을 반영						정치 상황을 반영					
鷄鳴	還	著	東方之日	東方未明	猗嗟	南山	敝笱	載驅	鷄鳴	東方未明	猗嗟
나라의 명예를 더럽히고 조상을 욕되게 한 것을 질타											
	南山		敝笱		載驅						

96 鷄鳴 계명	97 還 선	98 著 저	99 東方之日 동방지일
100 東方未明 동방미명	101 南山 남산	102 甫田 보전	103 盧令 노령
104 敝笱 폐구	105 載驅 재구	106 猗嗟 의차	
齊風 11편(96~116)			

위魏는 서주 때에 분봉된 제후국이다. 주왕실과 같은 희성姬姓으로 산서山西 예성芮城에 도읍했다. 위풍에는 위나라 정치에 대한 불만을 드러낸 노래가 많다.

| 魏風의 주요 내용 |||
舜·禹 전통의 계승	각박한 삶으로 변질	망국의 원성
汾沮洳 陟岵 十畝之間	葛屨 園有桃	伐檀 碩鼠

107 葛屨 갈구	108 汾沮洳 분저여	109 園有桃 원유도	110 陟岵 척호
111 十畝之間 십묘지간	112 伐檀 벌단	113 碩鼠 석서	
魏風 7편(107～113)			

당唐은 주대 제후국명으로 지금의 산서성山西省 기성현翼城縣 서쪽에 있었다. 기성祁姓으로 요堯의 후예이다. 주성왕周成王은 동생 숙우叔虞를 이곳에 봉하고 당후唐侯라고 불렀다. 숙우의 아들 섭燮이 계위 후에 진수반晉水畔에 천도한 다음 국호를 진晉으로 바꾸었다. 진나라 경내의 민가를 당풍이라고 부르는 이유가 여기에 있다. 당풍에는 진나라 사람의 근면하고 검소한 생활을 표현한 노래가 많다.

唐風의 주요 내용		
聖人(堯)의 전통 문화	전쟁으로 인한 고통	민중의 항변
蟋蟀 有杕之杜	綢繆 葛生 鴇羽	杕杜 羔裘 采苓

114 蟋蟀 실솔	115 山有樞 산유추	116 揚之水 양지수	117 椒聊 초료
118 綢繆 주무	119 杕杜 체두	120 羔裘 고구	121 鴇羽 보우
122 無衣 무의	123 有杕之杜 유체지두	124 葛生 갈생	125 采苓 채령
唐風 12편(114～125)			

　　진秦은 주대의 제후국명으로 원래 주왕실의 속국이었다. 평왕平王이 동천했을 때 처음 공작으로 봉해졌다. 나중에 지금의 섬서陝西 봉상鳳翔으로 천도했다. 진의 영지는 지금의 섬서陝西 동부 와 감숙甘肅 서부 일대였다.

秦風의 창작 시기[35]			
車鄰	駟驖 小戎 蒹葭 終南	黃鳥 晨風 渭陽 權輿	無衣
非子~秦仲	秦穆公	秦康公	秦莊公~秦襄公

秦風의 주요 내용			
주나라의 인본주의 수용	부국강병책 상무정신 고취	비인간적 반인륜적 작태	지식인·관료의 이탈 아첨배의 세상
車鄰 蒹葭 終南	駟驖 小戎 無衣	黃鳥 渭陽	晨風 權輿

126 車鄰 거린	127 駟驖 사철	128 小戎 소융	129 蒹葭 겸가
130 終南 종남	131 黃鳥 황조	132 晨風 신풍	133 無衣 무의
134 渭陽 위양	135 權輿 권여		
秦風 10편(126~135)			

---

35) 李子偉·丁國棟, 「秦風産生的時代、地域」, 『詩經硏究叢刊』 15, 2008.11. 22~29쪽.

진陳은 주대의 제후국명으로 지금의 하남河南 개봉開封으로 동으로 안휘安徽 박현亳縣 일대이다. 원래 주무왕이 도정陶正(관명) 우알보虞閼父의 아들 규만嬀滿을 봉했던 곳이다.

陳風 중의 5편				
衡門	東門之池	東門之楊	墓門	防有鵲巢
군자는 은둔하고 소인은 함부로 날뛰는 세상				

136 宛丘 완구	137 東門之枌 동문지분	138 衡門 형문	139 東門之池 동문지지
140 東門之楊 동문지양	141 墓門 묘문	142 防有鵲巢 방유작소	143 月出 월출
144 株林 주림	145 澤陂 택피		
陳風 10편(136~145)			

회檜·鄶는 주대 제후국의 하나이다. 지금의 하남 신밀시新密市 동북이다.36) 회풍은 주로 망국을 슬퍼하는 노래이다.

146 羔裘 고구	147 素冠 소관	148 隰有萇楚 습유장초	149 匪風 비풍
檜風 4편(146~149)			

---

36) 회나라는 지금의 하남성 密縣 동북쪽에 있었던 작은 나라였는데, 주나라 平王 때 鄭나라 武公에게 멸망당했다. 회풍의 시 4편은 모두 주나라 平王이 동쪽으로 옮아가기 이전의 작품으로 보아야 할 것이라고 鄭玄은 주장했다.

조曹는 주대 제후국의 하나이다. 주무왕의 동생인 진탁振鐸의 봉지이다. 지금 산동 조현曹縣 정도定陶 일대이다. 조풍은 주로 인생을 개탄하고 정치를 풍자하는 내용이다.

150 蜉蝣 부유	151 候人 후인	152 鳲鳩 시구	153 下泉 하천
曹風 4편(150~153)			

빈豳은 주의 조상 공류公劉가 세운 나라이다.[37] 지금의 섬서陝西 빈현豳縣 동쪽 순읍현栒邑縣 서쪽에 있었는데 주평왕이 동천한 다음 진秦의 영지가 되었다. 빈풍의 시는 대체로 서주 초기의 내용으로 국풍 중 가장 먼저 나온 작품들이다.

154 七月 칠월	155 鴟鴞 치효	156 東山 동산	157 破斧 파부
농가의 행사력	周公 - 成王	병사의 귀로	周公의 東征
역사+문학			
158 伐柯 벌가		159 九罭 구역	160 狼跋 낭발
豳風 7편(154~160)			

아雅는 점잖고 고상하다는 뜻으로, 나라의 잔치 때나 조회 때 쓰던 아악雅樂을 말하며 소아와 대아로 나뉘는데 모두 105편이다. '아'의 의미에 대해서 형식과 내용 두 가지 측면에서 살펴볼 수 있다.

---

37) 주나라의 첫 시조인 后稷의 자손이 세운 나라를 豳이라 했다.

后稷	公劉	太王	文王	武王
(邰)	豳	岐周	豊	鎬

형식적인 측면의 아	
국풍	雅=夏=正[38)
각 지방의 토속적인 음과 가락으로 읊은 시가	中原의 표준음[雅言]과 가락[雅樂]으로 읊은 시가[39)
각 지방의 일을 노래	中原의 천하 대사를 노래
俗樂 국풍	雅樂: 中夏의 正聲 곧 표준음악 아·송 - 正樂

내용적 측면의 아	
정치와 연관	
소아: 작은 정치 小政	대아: 큰 정치 大政
삶을 꾸려가는 처세와 철학	백성을 섬기는 마음가짐과 국정 철학
정치의 대(대아)와 소(소아) 小政大政說 ×	

소아	대아
연회용 음악 宴饗之樂	의식용 음악 朝會之樂
朱熹 詩集傳[40)	
대부분 연회에 쓰이는 가사	조회에서 군신 간 축복·훈계의 가사
즐겁고 흥겨운 가락의 시	점잖고 장중한 가락의 시
어조·음절의 차이	

---

38)

越 楚 '雅' = 越 楚 '夏'	大雅 = 大夏	雅言: 표준어, 官話	鄭玄 注 인용: 음을 바르게 말하다	雅는 正이다
荀子 榮辱 儒效	墨子·天志	論語·述而	何晏 論語集解	孔穎達 論語正義

39)

雅言	雅(樂)
中原의 표준어	中夏의 正聲 곧 표준음악

40) 주희는 대아 소아가 구별되는 기준이 시의 용도에 있다고 보았다. "지금 볼 것 같으면, 정소아는 宴饗의 음악이요 정대아는 會朝의 음악으로서 축복과 훈계를 노래한 가사인 것이다.…… 詞氣가 같지 않으니 音節도 다르다." 以今考之, 正小雅, 宴饗之樂也. 正小雅, 會朝之樂. 受釐陳戒之辭也.…… 詞氣不同, 音節亦異. 『詩集傳』

⋮

1 음악이 다르다	2 쓰임이 다르다
소아와 대아의 차이점	

　대아를 읽어보면 확실히 어조와 분위기가 소아보다 장중함을 느낄 수 있고, 내용도 선왕의 덕을 칭송한 시가 매우 많다. '풍'과 '아'의 구별이 악조의 차이에서 비롯되는 것과 마찬가지로 대아와 소아의 구별 또한 음절의 차이가 편집 기준이 되었을 것이다.

아의 의미		
雅 = 正		
雅樂	正聲	正宗
궁정에서 귀족들의 음연에 쓰인 음악 = 아악[41]		
周代의 郊社 宗廟 宮廷儀禮 鄕射 軍事大典 등 여러 의식에 사용했던 음악 전체		
吉禮 凶禮 賓禮 軍禮 嘉禮 등의 장소에서 연주·공연		
소아: 지방민가(풍)의 영향 ≒ 風		대아: 純正 ≒ 頌
풍체가 섞인 토속적 악조		중앙의 악조(正聲)
嚴粲 詩緝		

　'아'는 서주 호경鎬京과 동주東周 낙읍洛邑의 악가로 대아人雅와 소아小雅로 나뉜다.

---

41) 정치와 종교의 典禮에서 編鐘과 編磬으로 연주되는 음악이나 공연되는 악무를 아악이라고 한다.

아의 지리	
소아	대아
鎬京(陝西 西安) 일부: 洛邑(河南 洛陽)	鎬京(陝西 西安)

아 중에 주대周代 문왕文王・무왕武王・성왕成王・강왕康王 시대의 공적과 은덕을 찬양하는 내용이 많지만, 일부의 작품은 나라의 운명을 걱정하고 사악한 세력을 풍자하는 내용을 담고 있다.42) 아는 그 내용에 따라 다음 6가지로 나뉜다.43)

아의 내용					
1 祭祀類	2 祝頌類	3 宴飮類	4 諷刺類	5 敍事類	6 抒情類
文王 楚茨	棫樸 天保	旣醉 常棣	桑柔 鶴鳴	生民 出車	蒸民 伐木

아 중에 정치서정시는 내용상으로 '政治頌美詩'와 '政治怨刺詩'로 나뉜다. 전자는 주로 서주가 건국되고 봉건예제와 봉건도덕이 확립되고 완비되는 시기(서주 초・중기)에 생겨난 것이고, 후자는 주로 봉건제도의 쇠락하고 예악이 붕괴되는 시기(서주 후기~동주 초)에 생겨난 것이다.

---

42) 激楚之言, 奔放之詞, 風・雅中亦常有. 魯迅, 『漢文學史綱要』, 上海: 上海古籍出版社, 2005.8. 12쪽.
43) 陳玉剛, 『簡明中國文學史』, 西安: 陝西人民出版社, 1985.1. 6~7쪽.

아의 정치서정시[44]			
政治頌美詩		政治怨刺詩[45]	
天保 南山 有臺 裳裳者華 采菽 都人士 庭燎	泂酌 假樂 卷阿 韓奕 蒸民 崧高	節南山 正月 十月之交 雨無正 小宛 小弁 巧言 巷伯 小旻 靑蠅 角弓	民勞 板 蕩 抑 桑柔 瞻卬 召旻
		'憂生之意'	'憂世之懷'
小雅	大雅	小雅	大雅

아 중에 정치와 관련 없는 작품			
杕杜 采綠 白駒 隰桑 黃鳥 谷風 白樺 車轄 蓼莪			

小雅	
부덕한 폭군을 풍자	애민사상을 적극 권장
大雅	

아의 인격미 관련 작품[46]	
采芑 都人士 裳裳者華 棫樸 瞻彼洛矣 賓之初筵 小宛	蒸民 蕩 嘉樂 蓼蕭 南山有臺 湛露 思齊 皇矣[47]
小雅	大雅

소아에는 연회와 관련된 시 외에도 국풍의 사부思婦·기부棄婦·연애戀愛·친영親迎 관련 내용의 시가 많다. 다만 이것들은 국풍과 악조가 다르기 때문에 소아에 들어갔으며, 또한 대아와 쓰임새가 달랐을 것이다.

---

44) 趙明, 『文化視域中的先秦文學』, 濟南: 山東文藝出版社, 1997.4. 89쪽. 선조의 공덕을 송양하는 頌詩는 政治頌美詩에 포함시키지 않는다.

45) 章滄授, 『漢賦美學』, 合肥: 安徽文藝出版社, 1992.9. 19쪽.

46) 許志剛, 『詩經藝術論』, 瀋陽: 遼海出版社, 2006.12. 22~39쪽.

47) 특히 이 중에 「思齊」와 「皇矣」는 인격미의 표준을 제시한 작품으로 볼 수 있다.

대아 · 소아의 구분	
소아	대아
74(80)편 7什슴	31편 3什슴
민간 · 사대부, 獻詩 · 採詩	사대부, 獻詩
음악의 성격, 즉 음률의 차이[48]	

소아는 주로 잔치 때 연주하는 악곡이었다. 소아 74(80)편은 대부분이 서주 말기에 지어졌다. 예컨대 「채미采薇」 「출거出車」 「시월지교十月之交」 「소민小旻」 「항백巷伯」 등의 정치풍자시는 대략 주유왕周幽王 시기의 작품이고 「절남산節南山」은 춘추 초기의 작품이다. 「황조黃鳥」 「아행기야我行其野」 「곡풍谷風」 「초지화苕之華」 「하초불황何草不黃」 등은 세상을 원망하거나 행역 나간 남자가 집을 그리는 사회 모순을 노래한 작품으로 내용상 '풍'과 비슷한 성격을 지니고 있다.

소아의 내용에 따른 분류[49]				
1. 축복하는 시				
향연	만남	축복	전쟁 · 사냥	혼인
鹿鳴 彤弓 常棣 頍弁 伐木 魚麗 南有嘉魚 南山有臺 湛露 瓠葉	蓼莪 菁菁者莪 庭燎 瞻彼洛矣 裳裳者華 濕桑 采菽	天保 桑扈 鴛鴦 斯干 無羊 楚茨 信南山 甫田 大田 魚藻	車攻 吉日	車舝

---

48) 당시의 음악 상황을 기록한 『樂經』이 전해지지 않기 때문에 현재 그 분류법을 알 수 없다고 한다.

樂(經)		
1 본시 책의 형태로 존재하지 않았다	2 禮記의 樂記를 가리킨다	3 중간에 없어져 전해지지 않게 되었다

2. 誦功	3. 怨詩			
	傷亂政	悲喪亡	感憤	不平
六月 采芑 黍苗	沔水 節南山 巧言 何人斯 巷伯 靑蠅 角弓 菀柳	正月 十月之交 雨無正 小旻 小宛 小弁	祈父 黃鳥 我行其野 苕之華 無將大車	大東 四月 北山

4. 行役과 傷離	5. 雜詩					
四牡 皇皇者華 采薇 出車 杕杜 鴻雁 漸漸之石 何草不黃	棄婦	思親	怨曠	思女子	行路難	未解者
	谷風 白華	蓼莪	采綠	都人士	綿蠻	鶴鳴 白駒

정소아 · 변소아	
正小雅	變小雅
태평성대를 노래한 곡, 곡명만 있고 가사가 없는 6편 포함	어지러운 세상을 안타까워하는 곡
鹿鳴~菁菁者莪 22편	六月~何草不黃 58편

소아는 모두 74편이다. 소아와 대아는 모두 열 편씩 모아서 '습'什이라고
했다.

---

49) 傅斯年, 董希平 箋注, 『傅斯年詩經講義稿箋注』, 北京: 當代世界出版社, 2009.1.
93~94쪽.

什습
편수가 너무 많아 가리킬 때 불편하여 편의상 10편을 한 권으로 묶은 것

아와 송에 나라별 구분이 없어 10편을 1권으로 묶어 습이라고 했으니, 軍法에 열 명을 一什이라 하는 것과 같다	아와 송의 편수가 너무 많아서 한곳에 묶어 놓기가 어려우므로 10편을 1권으로 나누어 묶고, 卷首의 篇을 什長으로 하여 卷中의 편을 모두 거느리게 한 것이다
朱熹	孔穎達

그런데 그 편습을 나누는 방식은 『모전』과 『시집전』이 각각 다르다. 분류 방식이 다른 이유는 편명만 전해지는 것이 6편 있었는데 『모전』에서는 그것을 무시했고, 주희는 그것도 한곳에 넣어 분류했기 때문이다.

小雅	
鹿鳴之什(10)・南有嘉魚之什(10) 鴻雁之什(10)・節南山之什(10) 谷風之什(10)・甫田之什(10) 魚藻之什(14)	鹿鳴之什 9(10)・白華之什 5(10) 彤弓之什10・祈父之什10 小旻之什10・北山之什10 桑扈之什 10・都人士之什10 [( ) 숫자는 제목만 남고 시는 없어진 것을 포함한 편수) 50)
7什	8什
74 ⋯ 305	74(80) ⋯ 305(311)
毛傳	詩集傳

---

50) 가사가 없어졌다고 하거나 본래 가사가 없었다고 하면서 제목만 남아있는 시를 가리킨다. 笙簧의 연주용(笙詩) ≠ 間奏曲

有義亡辭說	有聲無辭說
漢學	宋學

鹿鳴之什 9(10)	白華之什 5(10)	彤弓之什 10	祈父之什 10
161 鹿鳴 녹명	[白華] 백화	175 彤弓 동궁	185 祈父 기보
162 四牡 사모	[華黍] 화서	176 菁菁者莪 청청자아	186 白駒 백구
163 皇皇者華 황황자화	170 漁麗 어려	177 六月 유월	187 黃鳥 황조
164 常棣 상체	[由庚] 유경	178 采芑 채기	188 我行其野 아행기야
165 伐木 벌목	171 南有嘉魚 남유가어	179 車攻 거공	189 斯干 사간
166 天保 천보	[崇丘] 숭구	180 吉日 길일	190 無羊 무양
167 采薇 채미	172 南山有臺 남산유대	181 鴻鴈 홍안	191 節南山 절남산
168 出車 출거	[由儀] 유의	182 庭燎 정료	192 正月 정월
169 杕杜 체두	173 蓼蕭 요소	183 沔水 면수	193 十月之交 시월지교
[南陔] 남해	174 湛露 담로	184 鶴鳴 학명	194 雨無正 우무정

小旻之什 10	北山之什 10	桑扈之什 10	都人士之什 10
195 小旻 소민	205 北山 북산	215 桑扈 상호	225 都人士 도인사
196 小宛 소완	206 無將大車 무장대거	216 鴛鴦 원앙	226 采綠 채록
197 小弁 소반	207 小明 소명	217 頍弁 기변	227 黍苗 서묘
198 巧言 교언	208 鼓鐘 고종	218 車舝 거할	228 隰桑 습상
199 何人斯 하인사	209 楚茨 초자	219 靑蠅 청승	229 白華 백화
200 巷伯 항백	210 信南山 신남산	210 賓之初筵 빈지초연	230 綿蠻 면만
201 谷風 곡풍	211 甫田 보전	221 魚藻 어조	331 瓠葉 호엽
202 蓼莪 요아	212 大田 대전	222 采菽 채숙	232 漸漸之石 점점지석
203 大東 대동	213 瞻彼洛矣 첨피낙의	223 角弓 각궁	233 苕之華 초지화
204 四月 사월	214 裳裳者華 상상자화	224 菀柳 완류	234 何草不黃 하초불황
小雅 74(80)편(161~234)			

대아는 조회 때 쓰던 가곡으로 엄숙하고 장중한 내용을 많이 담고 있다. 대아는 문왕지습文王之什 10편, 생민지습生民之什 10편, 탕지습蕩之什 11편 등 모두 31편이다.

대아의 내용	
거룩한 천자의 높은 뜻을 찬양하고 자손을 훈계	잘못된 정치를 비판하고 옛 임금의 공적을 찬양
18편	12편

대아 31편 대부분은 서주 초기에 지어졌고 일부분은 서주 말기에 지어졌다. 예컨대 대아의 「생민生民」「공류公劉」「면綿」 등의 사시史詩는 대략 주여왕周厲王과 주유왕周幽王 시기의 작품이다. 「강한江漢」과 「상무尙武」 2수는 무공을 가송한 시로 주선왕周宣王 시기의 작품이다.

대아의 주대 민족사시				
生民생민	公劉공류	綿면	皇矣황의	大明대명
后稷의 탄생을 묘사	公劉의 개국을 묘사	古公亶父 (太王)의 업적	文王의 공적	武王의 伐紂를 묘사
后稷(시조)·公劉·太王·王季·文王·武王 등 6인의 개국 관련 영웅을 가송51)				
문학성 < 역사성				

대아의 내용에 따른 분류52)				
述德	成禮	稱伐	徵戒	喪亂
文王 大明 綿 思齊 皇矣 下武 文王有聲 生民 公劉	棫樸 旱麓 靈臺 行葦 旣醉 鳧鷖 假樂 泂酌 卷耳	崧高 蒸民 韓奕 江漢 常武	民勞 板 蕩 抑	桑柔 雲漢 瞻卬 召旻
9	9	5	4	4
31편				

---

51)

B.C. 21C 주족의 흥기부터	B.C. 11C 周武王이 商을 멸할 때 까지
주나라 창업과 개국을 주도한 영웅들의 독특한 형상	

대아의 인격미 관련 내용 = 위의[53]			
敬愼威儀 위의를 공경하고 삼가하다	攝以威儀 위의로써 檢束하다 威儀孔時 위의가 심히 제때에 맞다	抑抑威儀 치밀한 위의 敬愼威儀 위의를 공경하고 삼가하다 敬爾威儀 네 위의를 공경하다	威儀是力 위의에 힘쓰다
民勞민로	旣醉기취	抑억	蒸民증민

정대아 · 변대아	
正大雅	變大雅
주의 성왕들의 사적을 노래 (교훈성)	폭정을 비판한 내용이 많이 섞여 있다
文王~卷阿 18편	民勞~召旻 13편
체제를 찬양	체제를 비판
天[命] 率[性] 修[道] ↳ [敎]養	

---

52) 傅斯年, 董希平 箋注, 『傅斯年詩經講義稿箋注』, 北京: 當代世界出版社, 2009.1.
   93~94쪽.

53) 봉건제도 군주 · 公侯 · 대부 간의 관계는 경제적으로 貢賦를 헌납하고 정치상으로
   왕명을 출납하는 왕의 喉說이었다.(「蒸民」) 대아에는 인격미로 威儀를 강조하는
   구절이 많다. 許志剛, 『詩經藝術論』, 瀋陽: 遼海出版社, 2006.12. 22쪽. 국풍에서도
   위의를 언급하고 있다. 淑人君子, 其儀一也, 其儀一也, 心如結兮. 「鳲鳩」(曹風)

文王之什(10)	生民之什(10)	蕩之什(11)
235 文王 문왕	245 生民 생민	255 蕩 탕
236 大明 대명	246 行葦 행위	256 抑 억
237 緜 면	247 旣醉 기취	257 桑柔 상유
238 棫樸 역박	248 鳧鷖 부예	258 雲漢 운한
239 旱麓 한록	249 假樂 가락	259 崧高 숭고
240 思齊 사제	250 公劉 공류	260 蒸民 증민
241 皇矣 황의	251 泂酌 형작	261 韓奕 한혁
242 靈臺 영대	252 卷阿 권아	262 江漢 강한
243 下武 하무	253 民勞 민로	263 常武 상무
244 文王有聲 문왕유성	254 板 판	264 瞻卬 첨앙
		265 召旻 소민
大雅 31편(235~265)		

송頌은 '찬송'의 뜻으로 제사 때 조상의 덕을 찬송해 부르는 노래이다. 송은 주송周頌·노송魯頌·상송商頌으로 나뉘는데 모두 40편이다.

송의 지리		
주송	노송	상송
鎬京 (陝西 西安)	曲阜 (山東 曲阜)	商丘 (河南 商丘)

가송歌頌은 시가의 주요 내용인데 송 40편은 모두 가송, 즉 송양·찬미하는 시편이다. 비록 아와 풍에도 가송한 시가 적지 않으나 시인의 입장과 인식의 차이에 따라 가송의 대상이 다를 따름이다. 송은 조상을 찬미하는 노래가 주류이다.[54]

송의 내용	
현실 극복을 위한 종교적 제의적 표현	
신을 찬송	조상의 은덕을 송양
음조가 완만하고 장엄 ⋮	
(아)	송
향연·제례	종묘제사

'송'은 두 가지 뜻이 있다. 하나는 '誦'송의 가차자로 악가樂歌라는 뜻이며, 다른 하나는 '容'용 곧 무용하는 모습을 뜻한다. 춤출 수 있었던 무가舞歌의 시라는 점이 송의 가장 두드러진 특색이다. 또한 아와 풍은 노래를 악기에

---

54) "송은 성덕의 모양을 찬미하고 신명에게 그 공적을 아뢴 것이다." 頌者, 美盛德之形容, 以其成功告于神明者也. 「毛詩序」

실어 연주하는 것으로 춤을 곁들이는 일은 별로 없었으나, 송은 반드시 춤을 곁들였다.[55]

송의 의미	
大鐘으로 반주하는 묘당음악을 배합한 시 40편	
춤	노래
容용[56] = 무용하는 모습	誦송 = 악가
노래에 춤을 겸한다[57]	

誦詩송시	弦詩현시	歌詩가시	舞詩무시
시를 읊는 것	시를 琴으로 타는 것	시를 노래하는 것	시의 노래나 음악에 맞추어 춤을 추는 것
詩三百[58]			
암송하다	연주하다	노래하다	춤추다
墨子·公孟			

---

55) 춤추는 사람의 수

천자의 제사	제후의 제사	대부의 제사
64명	36명	16명

56) '頌'이 바로 '容'의 뜻이며, '용'은 형용 또는 모습의 뜻을 지녀 노래에 춤을 겸한다는 뜻을 가지고 있다. 且頌字卽容字也…三頌各章皆是舞容, 故稱頌. 阮元「釋頌」

57) 『시경』의 작품은 원래 모두 악가로서 노래 불려 진 것이다. 그 중 일부는 무용을 배합한 것도 있었다.

詩	樂	舞
三位一體		

58) "시 삼백여 편은 모두 낭송할 수 있고 악기로 연주하고 노래 부르고 춤을 곁들일 수 있다" 儒子誦詩三百, 弦詩三百, 歌詩三百, 舞詩三百. 『墨子·公孟』

주나라의 송은 모두가 1장으로 되어있고, 그 1장도 거의 짧은 것들로 8구 이내가 반가량 되고 5구 정도로 짧게 된 것도 있다. 주송은 청묘지습淸廟之什 10편, 신공지습臣工之什 10편, 민여소자지습閔予小子之什 11편 등 모두 31편으로 주나라 조정에서 사용하던 악가이다.

주송 民予小子之什(11편) 중 4편			
閔予小子민여소자	訪落방락	敬之경지	小毖소비
성왕이 문왕과 무왕의 덕을 이어받기 위한 노력을 찬양			

주초의 농사시				
臣工신공	噫嘻의희	豐年풍년	載芟재삼	良耜양사
봄여름에 곡식을 기원하고 가을겨울에 신에게 제사지내는 祭歌				

주송이 『시경』305편 가운데 가장 이른 시기에 나온 시로 추정된다. 사용된 어휘가 가장 오래 되었고, 모두 한 장章씩 독립되어 한 편을 이루어 아직 두 장이나 세 장 또는 여러 장이 한 편을 이루는 형식까지 진전되지 않은 것으로 보아 초기 형태의 시로 여겨진다.

주송 31편의 내용 분류						
(1)			(2)			
舞歌 7편	祭歌 13편	雜詩 11편	墓祭歌 20편	山川祭 歌 2편	農祭歌 2편	기타 4편
주나라 초기의 작품 武王 成王 康王 昭王			祭歌(24편) = 춤과 관련			

운의 유무에 따른 주송의 분류		
淸廟 維天之命 維淸 昊天有成命 時邁 武 桓 般 8편	我將 1편	나머지 21편
無韻	半無韻	有韻

昊天有成命 또는 我將	武	酌	桓	賚	般	執競					
周公의 樂舞로 周代에는 선조인 后稷에 제사지낼 때 사용된 樂舞 본래 '大武'의 6단락으로 편차가 변동됨						昭王 초년에 武·成·康 3왕에게 제사를 지내는 것					
주송 중 가장 이른 것						주송 중 가장 늦은 것					

淸廟之什 10편	臣工之什 10편	閔予小子之什 11편
266 淸廟 청묘	276 臣工 신공	286 閔予小子 민여소자
267 維天之命 유천지명	277 噫嘻 의희	287 訪落 방락
268 維淸 유청	278 振鷺 진로	288 敬之 경지
269 烈文 열문	279 豊年 풍년	289 小毖 소비
270 天作 천작	280 有瞽 유고	290 載芟 재삼
271 昊天有成命 호천유성명	281 潛 잠	291 良耜 양사
272 我將 아장	282 雝 옹	292 絲衣 사의

273 時邁 시매	283 載見 재견	293 酌 작
274 執競 집경	284 有客 유객	294 桓 환
275 思文 사문	285 武 무	295 賚 뢰
		296 般 반
周頌 31편(266~296)		

노송 4편은 노나라의 군주 희공僖公(기원전 659~629년 재위)을 찬미한 노래로 주송·상송 외에 따로 열거된 것이다. 노송은 비록 명칭이 '송'이지만 실제로는 '송'체가 아니고 체제와 풍격이 '풍'과 '아'에 가깝다. 그 내용 역시 모두 칭송의 노래이고 묘당에서 제사하는 시가 아니다. 국풍에 노풍魯風이 없는 것은 이 시들을 '송'에 편입시켰기 때문이다.[59]

노나라 출신 공자가 편집에 참여	노나라는 천자의 예악을 갖추었음	자작시를 가지고 자기의 임금을 찬미하는 것
노풍 X	↔	노송 O

---

[59] 주공은 문왕의 넷째 아들이며 武王의 아우이다. 이름은 旦이다. 주나라를 세우는 데 많은 공을 세웠고, 나중에 武王의 아들인 成王을 도와 주나라의 문물제도를 건립하는 데 많은 공을 세웠다. 채읍이 주(周: 현재의 섬서성 寶鷄縣 동북쪽)이었기 때문에 주공이라고 불렸다. 주공이 분봉은 받았지만 자신은 가지 못했다. 아들인 伯禽이 대신 받은 노나라에서 주나라 왕실에 공이 큰 주공을 제사하기 위해 만들어진 太廟의 제례악으로 사용되는 음악을 노송이라 한다.

魯頌 4편(297~300)			
297 駉 경	298 有駜 유필	299 泮水 반수	300 閟宮 비궁
노나라 養馬 정책의 성공을 찬양	노나라 관직 윤리를 찬미	노나라 대학의 학문정신을 찬미	주공의 도덕문화를 찬송
늑 風		늑 雅	

 상(은)나라가 망한 뒤 그 자손을 송나라에 봉했는데 송나라 어지러워져 원래 있던 음악이 다 없어지고 말아 뒤에 주나라 태사에게 가서 12편을 얻어왔다고 한다.[60] 그러나 현존하는 것은 그 12편이 아니라 송양공 때 만들어진 것으로 보인다. 현존 상송은 모두 5편이다.

상송	
고문학가 - 商詩로 간주	금문학가 - 宋詩로 간주
商나라 사람이 지은 것	춘추 시기의 송나라 사람이 지은 것
	史記·宋微子世家贊, 國語

 구설에는 상조商朝의 시로 여겼으나, 실은 상조의 작품이 아니고 춘추시대 송宋나라의 시라고 한다. 상송에도 그 당시의 임금을 찬미하기 위해 '송'이란 음악과 체재를 빌린 것으로 보인다.[61]

---

60) 주나라에 의하여 멸망된 은(상)나라의 열성조를 제사하기 위해 微子에게 분봉해 준 나라인 宋나라에서 제례악으로 사용되는 음악을 상송이라 부른다.

61) 서정기 역주, 『새 시대를 위한 시경(하)』, 서울: 살림터, 2001.3. 485쪽.

대아	상송	노송
生民 公劉 綿 皇矣 文王 大明	那 烈祖 玄鳥 長發 殷武	閟宮
중국 서사시의 기원		

商문화 : 周문화
상송을 통해 알 수 있다 자연숭배, 토템숭배 및 巫文化의 성분
怪力亂神[62]   ≠   禮樂文化 力   天+德

상송 5편(301~305)				
敍事詩 2편		祭歌 3편		
301 那 나	302 烈祖 열조	303 玄鳥 현조	304 長發 장발	305 殷武 은무
상민족의 종교풍속시		영웅의 頌歌, 상민족의 史詩		
청동기시대의 종교의식, 문화정신, 심미사상				

那	烈祖	玄鳥
湯 임금의 근면 성실한 덕성을 찬송	湯 임금의 大同和合 정치를 찬송	湯 임금이 大同共和의 정치를 찬송

長發	殷武
契의 교육정신과 湯 임금의 윤리도덕을 찬송	高宗의 중흥사업을 찬송

62) 괴력난신은 이성적으로 설명하기 어려운 불가사의한 존재나 현상을 이르는 말.

怪/怪異	力/勇力	亂/悖亂	神/鬼神
孔子/朱熹			

풍·아·송에 대한 정리[63]		
風	雅	頌
民間之情	朝廷之事	宗廟之事
里巷之歌謠	公卿大夫詩	天子禮樂
風敎風刺之用	箴規勸戒之用	揚德告功之用
戀歌	戰歌	神曲
風土詩	貴族詩	祭詩
地方性	政治性	宗敎性
民謠	宴歌	頌歌
歌謠文學	政治文學	宗廟文學

풍·소아·대아·송에 대한 정리[64]			
국풍	소아	대아	송
국풍은 인생의 각종 애환이 모두 담겨 있어서 누구에게나 가슴이 뭉클한 감동으로 자기의 처지와 심경을 호소하고 세상을 비판하는 노래다	높은 인문주의적 지성사회에서 엮어낸 소아는 철저한 합리주의와 중용사상과 대동정신으로 천하문명을 건설하는 아름다운 의례와 제도와 문장이 가득하여 문화사회의 기틀을 담고 있다	태평성대를 건설하여 봉황이 와서 노래하는 대아는 정치지도자가 천명을 받들고 민심을 따르는 도덕적 지도력으로 전체 인류의 안녕과 행복을 보장하는 덕치인정의 도량이 담겨 있다	거룩한 성왕의 영원 불후한 공덕을 찬송하는 송은 성덕聖德과 신무神武를 표창하고 계승하는 정신이 깃들어 있다

(민간)   (귀족)   (궁정) 풍   >   아   >   송 變雅 > 正雅
시경의 문학적 가치

63) 許世旭, 『中國古典文學史』(上), 서울: 法文社, 1986.3. 42쪽.
64) 김병호, 『亞山의 詩經講義』, 부산: 도서출판 小康, 2006.2. 17~18쪽.

종묘	조정	사대부	민간	
大 周 頌 魯 頌 商	雅 頌	小 雅	邶 이하 國風 周 南　召 南	邶 鄘 衛 이하 國風 중에 「定之方中」 1편이 小雅와 비슷하다. 그 나머지는 모두 민간가사로서 예악과 관련이 없다
음악의 용도에 따른 분류65) ⋮				
음악에 따른 분류		내용에 따른 분류		
악조·내용 결합 - 상응				

만인이 의사소통하는 하나의 방법		
백성과 더불어 즐길 때 생각해야 하는 표현 방법	백성에게 근심 걱정이 있어 상하 불화를 일으킬 때 생각해야 하는 표현 방법	성공한 사람을 묘사할 때 생각해야 하는 표현 방법
풍	아	송
시경 = 평문平門66)		

　　주대에는 각국에 채시관采詩官이 있어 백성들의 노래, 즉 민요를 수집하여 이를 태사太師67)에게 바쳤고 태사는 다시 이 가운데서 음률에 맞는 것을 골라 천자에게 바쳤으며 천자는 이를 통해 각지의 민정, 즉 풍속과 정치 상황

65) 傅斯年, 董希平 箋注, 『傅斯年詩經講義稿箋注』, 北京: 當代世界出版社, 2009.1. 91쪽.
66) 남상호, 『孔子의 詩學』, 춘천: 강원대학교출판부, 2011.8. 158, 160쪽.
67) 주나라의 국가기구로 왕의 좌우 보좌관인 太師와 太保가 있었는데 군권을 쥐고 있었다.

을 살폈다고 한다. 국풍과 소아에는 이렇게 수집된 시가 많다.

채시采詩			
주나라 조정에서 전문적으로 민가를 채집하는 관리 '行人'행인 혹은 '遒人'주인			
1 민정과 풍속을 살피다		2 정치에 참고한다	
↘ 민정시찰이나 사회동향 파악 ↗ 漢書·藝文志, 孔叢子·巡狩篇, 漢書·食貨志			

채시의 동기[68]				채시의 방법	
1 合樂	2 오락	3 감상	4 의식용	自上行下 위로부터 아래로	自下行上 아래로부터 위로

헌시獻詩는 주로 공경이나 사대부들이 시가로서 제왕을 풍간하거나 공덕
을 찬송한 시들인데 일종의 정치풍유시로 간주할 수 있다.

헌시의 목적[69]	
풍간	찬송
↳ 정치에 대한 평가·견해	

진시陳詩는 천자가 순수할 때 태사가 진술한 것들이다. 채시·헌시·진시
에는 일반 백성들의 정서를 담고 있어 문학적 가치가 높다.

68) 于興, 『詩經硏究槪論』, 北京: 中國社會出版社, 2009.6. 3쪽.
69) 于興, 앞의 책, 4쪽; 徐志嘯, 『詩經寫眞』, 杭州: 浙江古籍出版社, 2012.11. 16쪽.

헌시獻詩	진시陳詩
천자에게 지방행정의 실적을 보고할 적에 지방 장관들은 헌시했다	천자가 각 지방을 순수巡狩할 적에 각 지방에서는 진시했다
國語·周語70)	禮記·王制71)

주대에는 民意의 소재를 파악하기 위하여 민간가요를 중시	
1. 민정과 민속을 고찰	2. 詩敎를 정립
↳ 정치의 득실, 시비, 선악 등을 밝혀 施政에 참고 오늘날 여론조사나 동태파악의 일환	

시와 악의 결합 상황		
국풍	아송	
채집된 시 + 음악	기존의 음악 + 가사	
祭祀詩, 燕饗詩		
⁝		
채시관	헌시관	樂官·巫·史
수집	정리	창작

采詩	采詩·獻詩	獻詩	宗廟祭祀詩, 頌詩		
國風	소아	대아	주송	상송	노송
160편	74(80)편	31편	31편	5편	4편
민간	민간, 사대부	사대부	사대부		

시경의 수집과 정리72)		
'王官采詩'	'太師編詩'	'孔子刪詩'
편집	정리와 가공	편찬과 수정

---

70) 爲民者宣之使言, 故天子聽政, 使公卿至於列士獻詩. 『國語·周語』
71) 天子五年一巡狩, …… 命太師陳詩以觀民風. 『禮記·小戴禮·王制』
72) 陳節, 張善文·馬重奇 主編, 『詩經開講』, 上海: 華東師範大學出版社, 2013.7. 26쪽.

옛날에 『시』가 약 3000여 편이 있었는데 공자 때에 이르러 그는 중복된 시를 버리고 예의禮儀에 합당한 305편을 엄선하여 직접 악기로 연주해보고 노래도 불러보아 음절에 맞는가를 검증했다고 한다. 이것이 바로 산시설刪詩說의 시작이다.

예의에 합당한 것인가 '예악'	노래 부를 수 있는 것인가 '어울림'
도덕표준	심미표준

편집 · 정리[73]

3000여 편 ↦ 305편	
시경 삼백 편을 공자가 모두 현악기에 맞추어 노래하여 소韶와 무武, 아와 송의 음조에 맞도록 했다	내가 위나라로부터 노나라에 돌아와서는 시가의 악보는 정연히 정리되었고, 착란 되었던 가사도 바르게 분류되게 되었다
史記 · 孔子世家[74]	論語 · 子罕[75]
공자산시설	

역대에 걸쳐 이 주장이 옳다고 믿는 사람이 다수인 것과 별개로 적지 않은 사람이 회의를 품어온 것도 사실이다.

3천여 편에 달했던 것을 중복되거나 유사한 부분을 버리고 정리	고적에서 그 근거를 찾기 어렵다는 이유로 산시설에 회의적 태도
陸明德 歐陽修 鄭樵 王應麟 馬端臨 邵雍 顧炎武 등	孔穎達 朱熹 朱彝存 王士禎 趙翼 崔述 方玉潤 등

⋮

---

73) 張以慰, 『中國古代音樂舞蹈史話』, 鄭州: 大衆出版社, 2009.9. 91쪽.
74) 詩三百篇, 孔子皆弦歌之, 以救合韶武雅頌之音. 『史記 · 孔子世家』
75) 吾自衛反魯, 然後樂正, 雅頌各得其所. 『論語 · 子罕』

인정	반대
鄭玄 孔穎達 程頤 朱熹	鄭樵 葉適 崔述 梁啓超
객관적 자료 불충분 → 긍정·부정은 무의미	

술이부작述而不作 신이호고信而好古 의 정신	음란한 정풍鄭風 과 위풍衛風이 들어간 이유	논어 장자 묵자 등에서 '시삼백' 으로 칭했다	일시逸詩 중 예악에 어긋나지 않은 것도 있다
산시에 대한 반대 주장의 근거			
↳			
객관적 자료 引詩 觀樂 論語			

우선, 『좌전』『국어』『예기』 등에 인용한 『시』를 살펴보면 여기에 인용한 시가 원래 편수가 305편에서 크게 벗어나지 않음을 의미한다.

고서에 인용된 시경 편수		
左傳	國語	禮記
10/156	1/22	3/10
屈萬里 詩經釋義76)		
305편 중 약 292편 언급, 14편(없는 것)/278편(보이는 것) ≒ 1/20		

:

國語	左傳	孟子	墨子	荀子
1/31	10/219	0/33	3/10	7/84
逸詩 21條 / 引詩 337條				

또한, 계찰季札이 "노나라의 음악을 살폈다"[觀樂]는 시는 현행 305편 본과 '국풍'의 차례만 일부가 다르고 '송'이 주송·노송·상송으로 구분되지 않을 뿐 거의 차이가 없었으니77) 나중에 공자가 대폭 산시할 여지는 없었던 것이다.

---

76) 屈萬里, 『詩經釋義』, 台北: 中華文化出版事業委員會, 1952.8. 敍論 8쪽.

季札이 본 국풍	毛詩의 국풍
周南 召南 邶 鄘 衛 王 鄭 齊 豳 秦 魏 唐 陳 鄶 (曹)	周南 召南 邶 鄘 衛 王 鄭 齊 魏 唐 秦 陳 檜 曹 豳
국풍의 순서	

'詩三百' 공자 당시의 통용본	옛것을 굳게 믿고 좋아한다	『악』을 바로잡다 아·송이 제자리를 찾다
爲政편, 子路편	述而편	子罕편
論語		

요컨대, 공자는 옛것을 징험할 수 있는 귀중한 자료를 임의로 없애버리지 않았을 것이다. 그러나 공자가 비록 산시를 하지 않았더라도 고시의 자료를 갖고 이를 재편성하거나 정리 작업을 했을 가능성은 크다. 최소한 『시경』 의 형태는 공자의 정리를 거쳐 편차가 정해졌다고 본다.

		○	×
采詩채시	獻詩헌시 陳詩진시	刪詩산시	
채시관-太師	사대부가 천자에게 頌德·諷諫	공자 '正樂'	
	음률에 맞는 것을 선정 ↳ 시경의 완성		

---

77) 韓宏韜, 『毛詩正義研究』, 北京: 中國社會科學出版社, 2009.8. 213쪽.

唐 이전 國風 3종 序例 대조표																
	1	2	3	4	5	6	7	8	9	10	11	12	13	14	15	비고
左傳	周	召	邶	鄘	衛	王	鄭	齊	豳	秦	魏	唐	陳	鄶	曹	歐陽修 詩圖總序
毛詩	周	召	邶	鄘	衛	王	鄭	齊	魏	唐	秦	陳	檜	曹	豳	歐陽修 詩圖總序
詩譜	周	召	邶	鄘	衛	檜	鄭	齊	魏	唐	秦	陳	曹	豳	王	王柏 詩疑

『시경』 305편은 사용한 어휘로 볼 때 주송이 가장 이르며 대체적으로 서주 초기(기원전 1110년 전후)의 작품이다.

시경의 생성 시기						
주송·대아	소아	국풍·상송 노송	송	대아	소아	풍
서주 초기	서주 말기	동주 전기	주송: 서주전기	서주전기 (소수) 서주후기 (다수)	서주후기	서주 (소수) 동주전기 (대다수)
언어 현상에 따른 구분78)			시간 순서에 따른 구분79)			
시경 중 가장 이른 시기의 작품 (2가지 주장)						
1 주송 중 大武樂歌 6편 武 賚 桓 昊天有成命 般 酌			2 상송 5편 那 烈祖 玄鳥 長發 殷武			

국풍 가운데 가장 이른 작품은 대략 서주 말기(기원전 850년 전후)에 지어졌고, 늦은 작품은 춘추 중기(기원전 620년 전후) 이후까지 내려온다.

국풍	
가장 빠른 것	가장 늦은 것
서주 말년(기원전 850년 전후)	춘추 중엽(기원전 620년 전후) 株林(陳風)(기원전 570년) 下泉(曹風)(기원전 510년) 無衣(秦風)(기원전 506년)

---

78) "주송·노송·상송 중 주송의 시대가 가장 빠르다. 상송은 실제로는 宋나라의 시여서 주송보다 늦다. 압운 현상(無韻)으로 볼 때 주송은 서주 초기일 가능성이 많다." 王力, 『詩經韻讀』, 上海: 上海古籍出版社, 1980.12. 79쪽.

79) 蔣長棟, 「中國韻文禮節之用槪論」, 『東洋禮學』 4, 2005.5, 6쪽.

주남·소남	王·衛·唐	齊·魏	鄭·曹
東遷 후	동주 초	춘추 초	춘추 중엽

대아 중에도 몇 편은 서주 초기의 작품 같으나 대부분은 서주 중기(기원전 900년 전후) 이후의 작품이다. 소아는 대부분이 서주 중기 이후의 작품이고, 일부는 분명히 동주 초기(기원전 760년 전후)에 지어졌다.

대아	소아
서주 초년의 작품으로 보이는 것도 있으나 대부분 서주 중엽 이후의 시	대부분 서주 중엽(기원전 900년 전후) 이후의 시
소아는 주나라 초기에서 東遷 이전에 지어진 것 × 주나라 동천 전후해서 풍에서 갈라져 소아가 생기고 다시 거기서 대아와 송의 순서로 발전 ○	

노송 4편은 전부 노나라 희공(기원전 659~627) 때의 작품이고, 상송 가운데 가장 늦은 작품 또한 이 무렵에 지어졌다.

魯頌 4편	殷武(商頌)
魯나라 僖公 때 기원전 659~627	宋襄公 때 기원전 650~637

(상송)
殷 후기

←― 이른 순서　　　…　　　늦은 순서 ―→

상송
宋나라

시경의 생성 연대[80]	
(西　周)	(東　周)
(周　頌)	(商　頌)　(魯　頌)
(大　小　雅)	
(國　風)	
	(二　南)
(기원전 1122-771)	(기원전 770-570)

시경의 작시 시기 구분(1)[81]		
제1기	제2기	제3기
文王 武王 周公 成王	厲王 宣王 幽王	平王의 동천 이후
주송(思文·天作)과 대아(大明)	주송과 대아(瞻卬), 소아(節南山), 국풍(車鄰) 등	노송·상송 및 국풍 대부분

주송	노송	상송
주나라 초기의 시	노나라 僖公 때의 시	후대(宋)의 시

---

80) 許世旭, 『中國古典文學史』(上), 서울: 法文社, 1986.3. 38쪽.
81) 김학주, 『신완역 시경』, 서울: 명문당, 2002.5. 30쪽: 錢穆, 「讀詩經」, 『新亞學報』 5: 1, 1960.8. 인용.

시경의 작시 시기 구분(2)[82]				
시기	국풍	소아	대아	송
1.太甲(기원전 1753) 이후				3편
2.祖甲(기원전 1258) 이후				2편
3.文王(기원전 1122) 이전	24편			
4.武王(기원전 1122) 이후	1편	16(22)편		3편
5.成王(기원전 1115~1081)	7편		18편	26편
6.康王(기원전 1078) 이후				3편
7.厲王(기원전 878) 이후	3편	26편	12편	
8.平王(기원전 770) 이후	49편		1편	4편
9.시대 미상	76편	32편		
전체 작품 305(311)편	160편	74(80)편	31편	40편

시경의 成書 시기														
陳靈公 재위 15년														
1	2	3	4	5	6	7	8	9	10	11	12	13	14	15
613	612	611	610	609	608	607	606	605	604	603	602	601	600	599
14	15	16	17	18	1	2	3	4	5	6	7	8	9	10
魯文公					魯宣公									
陳靈公(기원전 613~599) ⋮ 左傳 魯襄公 29년(기원전 544) 吳公子 季札 '觀樂'에 의거														
기원전 6세기 초중엽으로 추정														

---

82) 황위주, 「시경의 형성과 양식적 특징」, 『선비문화』 2006: 10. 56쪽.

시경의 분류 근거		
1	2	3
시가의 체재와 내용	시가의 작가	시가의 음악

시경의 작가·내용에 따른 분류83)		
시인의 창작	민간가요	귀족악가
正月·十月·節南山·嵩高·蒸民 등	(1)戀歌: 靜女·中谷·將仲子 등 (2)頌神歌·壽歌: 思文·雲漢 등 (3)悼歌· 頌賀歌: 蓼莪·麟之趾 등 (4)農歌: 七月·甫田·大田·行葦·既醉 등 (5)기타	(1)宗廟樂歌: 文王 등 (2)頌神歌·壽歌: 思文·雲漢 등 (3)宴會歌: 廷燎·鹿鳴·伐木등 (4)田獵歌: 車攻·吉日 등 (5)戰事歌: 常武 등 (6)기타

『시경』의 작가는 대다수가 미상이다. 단지 몇 편의 시문에 확실한 기재가 있을 뿐이다.

시경의 작가		
1	2	3
작자의 성명을 알 수 있는 작품	확신할 수 없으나 흔적을 찾을 수 있는 작품	전혀 살펴볼 수 없는 작품
작품의 내용과 형식에 의거		

『시경』 중에 작자의 이름을 직접 밝힌 경우로 이런 시는 작자가 누구인지 확실히 알 수 있다.

83) 柳存仁, 『上古秦漢文學』, 台北: 台灣商務印書館, 1967.10. 58쪽.

「소아小雅・항백巷伯」에 "내시 맹자가 이 시를 지었다"寺人孟子, 作爲此詩.

「대아大雅・숭고崧高」에 "길보가 악보를 짓고 그 시는 공석이 지었다"吉甫作

誦, 其詩孔碩.

「대아大雅・증민烝民」에 "길보가 송시誦詩를 지으니 의미심장함이 청풍과 같

다"吉甫作誦, 穆如淸風.

節南山 (小雅)	巷伯 (小雅)	崧高 (大雅)	蒸民 (大雅)	閟宮 (魯頌)
家父	寺人孟子	尹吉甫[84]		奚斯
작품 중에 제시한 작가				

『상서』・『좌전』・『국어』・『사기』 등의 책에 작자를 명기한 경우가 있다.
비록 전부 믿을 수는 없지만 일정 부분 근거가 있다고 보인다.

先秦 典籍에 의거한 작가[85]			
載馳(鄘風) 許穆夫人	棠棣(小雅) 召穆公		文王(大雅) 周公
左傳	左傳		呂氏春秋
鴟鴞(豳風) 周公	桑柔(大雅) 周大夫芮良夫		時邁(周頌) 周公
尙書	左傳		國語
抑(大雅) 衛武公	碩人(衛風) 衛人	淸人(鄭風) 鄭人	黃鳥(秦風) 國人
國語	左傳		

---

84)
(尹)吉甫가 누구인가	
주 선왕 시기 문무를 겸비한 국가를 중흥시킨 공신	중국문학사상 최초로 성명이 명확히 기재된 시인

85) 周文公之頌曰: 載戢干戈『國語』→ 載戢干戈『詩經・時邁』; 周文公之爲頌曰: 思文

「모시서」에 누구의 작품이라고 기재했지만 이 중에 믿을 만한 작가와 작품은 몇 편에 불과하다.

모시서에 근거한 작가[86]				
衛·莊姜	黎侯之臣	衛女	共姜	許穆夫人
4	2	2	1	1
宋·襄公母	秦·康公	周公	周·家父	蘇公
1	1	4	1	1
衛·武公	召康公	召穆公	凡伯	芮伯
2	3	3	3(2/1)	1
仍叔	尹吉甫	史克	僖公	孟子
1	4	1	1	1

⋮

許穆夫人	秦康公	周公	衛武公	僖公	召康公
載馳	渭陽	鴟鴞 文王	賓之初筵	閟宮	卷阿 公劉 泂酌

國君 또는 國君夫人		王族 또는 公族		大夫	
11편		2편		17편	
大夫의 처		君子		國人	
3편		6편		27편	
百姓		孝子		民人	
1편		1편		1편	
국풍 69편의 작가(모시서)[87]					

后稷, 克配彼天 『國語』 → 思文后稷 『詩經·思文』; 周公居東二年, 則罪人斯得, 於後, 公乃爲詩以貽王. 『尙書·金縢篇』 → 「鴟鴞」(周公) ……

86) 許世旭, 『中國古典文學史』(上), 法文社, 2003.3. 38~39쪽.

이밖에 정현의 전箋과 공영달의 소疏에서 누구의 작품이라고 지목하는 경우도 확실히 믿을만한 증거가 없다. 또한 전혀 작가를 알 길도 없고 억측에 의한 부연설명조차 없는 경우가 대부분을 차지한다.

국풍 중 대부분 민가	아	송
일반 평민	사대부	조정 巫祝·史官·樂官
풍요: 악관(채집) 민간	정치풍유시	祭祀詩 燕饗詩

작시의 공용과 목적[88]		
心之憂矣심지우의 我歌且謠아가차요 園有桃원유도(魏風)[89]	維是褊心유시편심 是以爲刺시이위자 葛屨갈루(魏風)	君子作歌군자작가 維以告哀유이고애 四月사월(小雅)
마음에 시름 있으니 노래나 실컷 불러 볼까	다만 마음이 급하고 편협하여 풍자를 하게 되었다	군자가 이 노래를 지어 슬픔을 알리는 바이다
王欲玉女왕욕옥녀 是用大諫시용대간 民勞민로(大雅)	奚斯所作해사소작 孔曼且碩공만차석 萬民斯若만민사약 閟宮비궁(魯頌)	吉甫作誦길보작송 其詩孔碩기시공석 其風肆好기풍사호 以贈申伯이증신백 崧高숭고(大雅)
왕이 그대 옥같이 여겨 이에 크게 일러주노라	해사가 지었도다. 길고도 크나니 만민이 따르리라	길보가 노래 지으니 그 시가 훌륭하다오. 이 좋은 노래 지어 신백에게 바치노라

⇩

작시의 공용	작시의 목적
시가는 사상을 표현하고 정감을 토로하는 공용을 지니고 있음을 명확히 진술하다	작가가 시를 지은 정치적 목적을 공개적으로 밝히다
이것은 시가이론 형성에 중요한 작용을 했고 유가시론의 문화적 바탕이 되었다	

---

87) 魯洪生, 『詩經學槪論』, 瀋陽: 遼海出版社, 1998.10. 81쪽: 朱東潤, 「詩三百篇探故·國風出于民間論質疑」 인용.

謠 · 歌 · 詩90)		
음악과 상관없이 혼자 입으로 읊조리는 행위	음악에 맞추어 부르는 노래	歌의 노랫말 또는 내용을 다듬어 문자로 표현한 것
謠	歌	詩
상고시가 = 노동가 제사가 토템가 情歌 …		

『시경』의 내용은 매우 광범위하여 백성들의 애정, 일상생활, 전쟁과 사냥, 귀족계층의 부패상 등의 다양한 모습을 담고 있다.91)

1	2	3	4	5	6
男女歌唱	社會詩	史詩	讚美怨刺詩	實用詩	기타 雜詩
52편	45편	15편	55편	83편	55편

---

88) 趙明, 『文化視域中的先秦文學』, 濟南: 山東文藝出版社, 1997.4. 185쪽; 許志剛, 『詩經藝術論』, 瀋陽: 遼海出版社, 2006.12. 292쪽.

不我過, 其嘯也歌	夫也不良, 歌以訊之.	是用作歌, 將母來諗.	矢詩不多, 維以遂歌.	雖曰匪予, 既作爾歌.
江有汜(召南)	墓門(陳風)	四牡(小雅)	卷阿(大雅)	柔桑(大雅)
작시의 상황				

89)

心之憂矣, 我歌且謠. → '發憤著詩說'	
園有桃(魏風)	史記 · 太史公序
'歌謠'	

90) 김상호, 「古代中國의 歌謠연구」, 『中國文學』 26, 1996.12. 29쪽.

91) 農歌 · 牧歌 · 夯歌 · 山歌 · 戰歌 · 情歌 · 頌歌 · 哀歌 · 祭歌 · 諷刺歌 등.

시경의 내용[92]

↓

1. 남녀가창시(52편)		
일반 연가(11)	남녀가창(29)	相思曲(12)
關雎 漢廣 采蘋 摽有梅 叔又田 狡童 出其東門 汾沮洳 十畝之間 有杕之杜 東門之枌	草蟲 野有死麕 靜女 桑中 木瓜 采葛 大車 丘中有麻 將仲子 遵大路 女曰鷄鳴 褰裳 風雨 子衿 野有蔓草 溱洧 鷄鳴 東方之日 甫田 東門之池 東門之楊 防有鵲巢 月出 澤陂 素冠 隰有萇草 白駒 采綠 濕桑	卷耳 汝墳 殷其靁 江有汜 蟋蟀 竹竿 伯兮 有狐 君子于役 揚之水(王風) 東門之墠 杕杜(小雅)

2. 사회시(45편)				
戰亂征役(14)	不平之鳴(11)	憂時之作(6)	苛虐政治(6)	社會傳眞(8)
擊鼓 雄稚 式微 旄丘 葛藟 淸人 陟岵 鴇羽 四牧 采薇 祈父 黃鳥 漸漸之石 何草不黃	小星 北門 干旄 芄蘭 兎爰 伐檀 碩鼠 候人 七月 大東 北山	柏舟(邶風) 園有桃 沔水 節南山 正月 十月之交	北風 牆有茨 君子偕老 鴻鴈 雨無正 小旻	柏舟 山有扶蘇 黃鳥(秦風) 宛丘 株林 下泉 我行其野 苕之華

3. 史詩(15편)		
民族史(5)	戰史(6)	기타 史事(4)
大明 緜 皇矣 生民 公劉	出車 六月 采芑 江漢 常武 泮水	定之方中 文王有聲 崧高 長發

---

92) 周錦, 『詩經的文學成就』, 台北: 智燕出版社, 1973.9. 목록.

4. 讚美諷刺詩(55편)		
讚美(28)	怨忿(22)	諷諫(5)
兎罝 羔羊 碩人 大叔于田 羔裘(鄭風) 有女同車 還 盧令 猗嗟 蟋蟀 駟驖 終南 鳲鳩 破斧 狼跋 車攻 黍苗 文王 棫樸 旱麓 思齊 靈臺 卷阿 韓奕 有客 武 酌 駉	泉水 鶉之奔奔 相鼠 載馳 河廣 黍離 南山 羔裘 蜉蝣 鴟鴞 小弁 何人斯 巷伯 四月 無將大車 小明 角弓 蕩 抑 桑柔 瞻卬 召旻	采苓 墓門 巧言 葛屨 山有樞

5. 實用詩(83편)		
祭祀(42)	燕飮(15)	婚姻(10)
淇奧 鼓鐘 楚茨 信南山 甫田 大田 旣醉 鳧鷖 假樂 雲漢 淸廟 昊天有成命 我將 時邁 執競 思文 臣工 噫嘻 振鷺 豐年 有瞽 潛 雝 載見 閔予小子 訪落 敬之 載芟 良耜 絲衣 桓 賚 般 閟宮 那 烈祖 玄鳥 殷武	伐木 鹿鳴 皇皇者華 魚麗 南有嘉魚 南山有臺 蓼蕭 湛露 彤弓 桑扈 頍弁 賓之初筵 魚藻 行葦 有駜	采苓 墓門 巧言 葛屨 山有樞
公庭禮儀(8)	祝福(5)	行獵(3)
簡兮 菁菁者莪 庭燎 瞻彼洛矣 裳裳者華 鴛鴦 靑蠅 采菽	天保 斯干 無羊 椒聊 螽斯	騶虞 吉日 瓠葉

6. 雜詩(55편)		
家庭的(11)	怨婦辭(9)	朋友(5)
凱風 緇衣 揚之水(鄭風) 杕杜(唐風) 葛生 東山 常棣 小宛 蓼莪 下武 葛覃	日月 綠衣 終風 谷風(邶風) 新臺 氓 中谷有蓷 谷風(小雅) 白樺	羔裘(唐風) 無衣 都人斯 蓁葭 晨風
迎送(5)	隱士(2)	其他(23)
二子乘舟 小戎 渭陽 九罭 蒸民	考槃 衡門	芣苢 采繁 敝筍 載驅 無衣 縣蠻 民勞 板 甘棠 行露 何彼襛矣 匏有苦葉 東方未明 揚之水(唐風) 車鄰 權輿 匪風 鶴鳴 菀柳 泂酌 小毖 蘀兮 君子陽陽

1	2	3	4	5	6
民族史詩	農事詩	祭禮·禮儀詩	農業生活詩	享燕·朝會詩	軍事·巡獵詩
7	8	9	10	11	12
婚姻嫁娶詩	家庭生活詩	戰爭徭役詩	政治國情詩	傷時感懷詩	役夫思婦詩

婚戀篇	家庭篇	政風篇	用人篇	言路篇

시경의 내용 · 제재[93]

訟詩	貴族史詩	社會詩	愛情詩
			戀歌 婚曲 棹歌 賀詩

---

93) 趙明, 『文化視域中的先秦文學』, 濟南: 山東文藝出版社, 1997.4. 100쪽; 楊天宇,

시경 애정시의 내용[94]								
1	2	3	4	5	6	7	8	9
求友	愛慕	歡聚	幽會	熱戀	苦戀	失戀	野合	定情
10	11	12	13	14	15	16	17	18
盼魂	賀婚	迎婚	悔昏	拒婚	私奔	悲婚	離婚	喜婚
19	20	21	22	23	24	25	26	27
恩愛	賢妻	征夫	征婦	思婦	團圓	怨婦	棄婦	喪偶

⋮

賀婚	迎婚	迎婚	私奔	離婚	求婚	悔婚	拒婚	悲婚
시경의 혼인 관련 제재 · 주제[95]								
혼인을 축복 찬미			혼인의 애환을 노래			혼인의 과정을 노래		
桃夭 鵲巢 碩人			日月 終風 谷風 氓 關雎 草蟲 雄稚 葛生 鷄鳴 女曰鷄鳴 柏舟 將仲子			燕燕 綢繆 伐柯		

『詩經: 朴素的歌聲』, 上海: 上海古籍出版社, 2008.7. 목록; 洪順隆, 『中國文學史論集』(一), 台北: 文津出版社, 1983.12. 43~56쪽.

94) 段楚英 편저, 박종혁 역, 『詩經(抒情詩)』, 서울: 학고방, 2010.3. 목차.

95) 柳明熙, 「시경의 情歌 속에 나타난 審美意識」 婚姻詩를 중심으로, 『中國語文學』 45, 2005.6. 184~185쪽; 李素恩, 「詩經 婚姻詩 硏究」, 숙명여대(석사논문, 중국어교육), 2001.12. 63~64쪽.

시경의 행역시 분류96)			
思鄕의 시	思夫의 시	兵役·徭役의 시	小臣의 원망시
揚之水(王風) 陟岵(魏風) 鴇羽(唐風) 四牧(小雅)	汝墳(周南) 卷耳(周南) 草蟲(召南) 殷其雷(召南) 雄雉(邶風) 伯兮(衛風) 有狐(衛風) 君子于役(王風) 葛生(唐風) 小戎(秦風) 杕杜(小雅)	擊鼓(邶風) 式微(邶風) 黍離(王風) 兎爰(王風) 破斧(豳風) 東山(豳風) 伐檀(魏風) 碩鼠(魏風) 隰有萇草(檜風) 匪風(檜風) 何草不黃 漸漸之石 祈父 四月 采薇 出車 六月 大東 (이상 小雅)	小星(召南) 北門(邶風) 東方未明(齊風) 小明 北山 縣蠻 無將大車 (이상 小雅)
4	11	18	7
40편			

시경 행역시의 남녀97)			
여자가 행역나간 남자를 생각하는 시	행역나간 남자의 노래		
汝墳 草蟲 殷其雷 雄雉 伯兮 君子于役 葛生 小戎	자기 집을 그리는 시: 卷耳 陟岵 揚之水 杕杜(小雅)	행역의 고달픔을 노래한 시: 擊鼓 鴇羽 四牡 采薇 祈父 小明 綿蠻 何草不黃	장수가 정벌의 괴로움을 읊은 시: 出車 漸漸之石

96) 權志姸, 『詩經 行役詩 硏究』, 중앙대(석사논문), 1994.12. 87쪽.
97) 김학주, 『중국의 경전과 유학』, 서울: 명문당, 2003.4. 252~254쪽.

사회현실을 풍자 비판한 시		
伐檀(魏風) 碩鼠(魏風) 東山(豳風)	女墳(周南) 草蟲(召南) 殷其靁(召南)	正月(小雅) 大東(小雅)
위정자·관리 비판 출정한 병사의 고생	출정 간 남편을 둔 아내의 심정	신분의 차이로 인한 소외감
후대 사회시의 선구		

생활상을 표현한 시		
구체적 생활상을 드러내지 않는 것	일부 생활상의 편단을 드러낸 것	사회생활에 대해 주관적 색채를 띤 것
鶴鳴 將有茨 谷風 何人斯	采芑 采菽 瞻彼洛矣	大明 思齊 (采菽)

↓

제사 전쟁	조회 음연 전렵 연애 婚家 가정	농경 채취 노역
농경·제조업·방직업·건축업·어로업·생물학 관련		

현대적 의미의 내용 분류[98]						
1	2	3	4	5	6	7
애정시	생활시	저항시	전쟁시	풍자시	정치시	귀족생활시
野有蔓草 木瓜 蘀兮 靜女 溱洧 將仲子 氓	茶苢 七月 甫田 大田 載芟 良耜	伐檀 碩鼠	無衣 擊鼓 鴇羽 君子于役	新臺 君子偕老 相鼠 南山 株林 牆有茨	節南山 何人斯 桑柔 北山 正月 巷伯	小弁 白華 鹿鳴 常棣 伐木 賓之初筵 蜉蝣 蟋蟀
내용이 다양하고 풍부하다						

시경의 求賢의식[99]			
卷耳 樛木 兎罝 芣苢 漢廣 麟之趾	采蘩 草蟲 摽有梅 野有死麕 騶虞	靜女 干旄 有狐 丘中有麻 緇衣 有女同車 蘀兮 丰 東門之墠 子衿 有杕之杜 車鄰 蒹葭 晨風 東門之池 澤陂 匪風 候人	鶴鳴 白駒 裳裳者華 桑扈
주남 6편	소남 5편	13국풍 19편	소아 4편

시경의 祭禮의식[100]			
魚麗 楚茨 瓠葉	旱麓 生民 鳧鷖	淸廟 烈文 天作 昊天有成命 我將 時邁 執競 思文 臣工 噫嘻 振鷺 豊年 潛 雝 載見 有客 閔予小子 訪落 載芟 良耜 絲衣 酌 桓 般	那 烈祖 玄鳥 長發 殷武
소아 3편	대아 3편	주송 24편	상송 5편

윤리도덕			상무정신						
思齊	棠棣	伐木	皇矣	大明	下武	出車	六月	長發	殷武
大雅	小雅	小雅	大雅			小雅		商頌	
修齊治平의 토대	형제간의 우애	친구의 우정							

98) biog.daum.net/windada11/8760580.

99) 崔錫起, 「星湖 李瀷의 詩經解釋에 나타난 經世觀-求賢意識을 중심으로」, 『경상대
논문집(인문계편)』 29(2), 1990. 22~26쪽.

100) 문승용, 「詩經에 나타난 祭禮意識 考」, 『中國文學』 37, 2006.6. 6쪽.

孝親·敬祖 사상101)		敬天·敬德·保民 사상102)	
凱風(邶風) 蓼莪(小雅)	楚茨(小雅) 板(大雅)	文王(大雅) 大明(大雅) 皇矣(大雅) 天保(小雅)	
중국문화의 기초·핵심		정치관념	

:

시경에 표현된 정신103)						
重德	崇祖	敦親穆友	戀故土	重邦國	尙實際	親自然
1	2	3	4	5	6	7
가치관념·사유방식						

시경의 표현 방식104)			
서정시	묘사시	풍자시	陳說詩
鴟鴞(豳風) 無衣(秦風) 白駒(小雅) 木瓜(衛風) 黃鳥(秦風) 螽斯(周南) 등 최다	女曰鷄鳴(鄭風) 猗嗟(齊風) 楚茨(小雅) 生民(大雅) 등 다수	鶴鳴(小雅) 山有樞(唐風) 敝笱(齊風) 新臺(邶風) 등	常棣(小雅) 賓之初宴(小雅) 抑(大雅) 등

↓

서정시	서사시	陳說詩
연애시 감회시 애도시 송하시 연회시 등	史傳詩 전쟁시 제사시 농목시 유렵시 등	勸戒詩 說里詩 잡시 등
70%	25%	5%

---

101) 李涓,「詩經의 社會性과 周代文化」,『中國文學硏究』16, 1998.6. 75쪽.

102) 魯洪生,『詩經學槪論』, 瀋陽: 遼海出版社, 1998.10. 導言 2~3쪽.

103) 趙明,『文化視域中的先秦文學』, 濟南: 山東文藝出版社, 1997.4. 101쪽.

104) 繆天綏 選註,『詩經』, 台北: 台灣商務印書館, 1969.10. 목차; 조두현 역해,『시경』, 서울: 혜원출판사, 2007.3. 시경해제(허세욱), 12쪽.

제 2 편

『시경』의 표현 기법으로는 부·비·흥이 있다. 이것을 앞서 말한 풍·아·송과 합쳐 육의六義라고 한다. 육의는 『시경』에 실린 시를 분류하는 원칙이다.

태사가 육시六詩를 가르쳤는데 풍風·부賦·비比·흥興·아雅·송頌이 라고 한다	첫째가 풍風, 둘째가 부賦, 셋째가 비比, 넷째가 흥興, 다섯째가 아雅, 여섯째가 송頌이다
周禮·春官 太師職	毛詩序
육시[1]　　＝　　육의[2]	
분류 항목	

'육의'는 여섯 항목이지만 시의 내용과 형식에 따라 크게 둘로 나눠진다. 하나는 풍·아·송으로 시의 내용과 성질에 따른 분류이고, 다른 하나는 부·비·흥으로 시의 작법과 서술방식에 따른 분류이다.

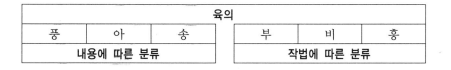

풍·아·송은 앞에서 이미 설명했으므로 여기서는 부·비·흥 위주로 살펴보기로 한다.

---

1) 太師敎六詩, 曰風, 曰賦, 曰比, 曰興, 曰雅, 曰頌, 以六德爲本, 以六律爲之音. 『周禮·春官』太師職

2) 故詩有六義焉: 一曰風, 二曰賦, 三曰比, 四曰興, 五曰雅, 六曰頌. 「毛詩序」

육시와 육의의 차이3)		
六詩 → 六義		
풍 부 비 흥 아 송 내용·순서가 같다		
풍 아 송 음악적 용도	부 비 흥 언어적 용도	모두 언어적 의미로 해석된 것 政敎作用
실제 용도에 따른 분류		
周禮·春官 太師職		毛詩·大序

⇩

육의설 4가지4)					
1 六體說	2 六用說	3 體用說		4 經緯說	
육의가 원래 시의 체제였다	육의는 시의 6가지 작법이다	풍아송	부비흥	풍아송	부비흥
		三體	三用	三緯	三經
鄭玄5)	程頤6)	孔穎達7)		朱熹8)	

---

3) 沈成鎬, 「詩經 '比詩'의 類型 研究-詩集傳을 중심으로」, 『中語中文學』 23, 1998.12.
303쪽.

4) 이밖에도 敎詩方法說, 詩歌表演形式說, 用詩方法說 등이 있다.

5)

風	賦	比	興	雅	頌
風言 賢聖治道之 遺化也.	賦之言鋪,直 鋪陳今之政 敎善惡.	比見今之失, 不敢斥言, 取比類以言 之.	興見今之美, 嫌于媚諛, 取善事以喩 勸之.	雅, 正也, 言今之正者 以爲後世法.	頌之言誦也, 容也, 誦之德廣 以美之.
鄭玄 周禮注					

6)

風	賦	比	興	雅	頌
'美刺'	'詠述其事'	'以物相比'	'興起其義'	'陳其正理'	'稱美其事'
二程全書·伊川經說三					

7) 賦比興是詩之所用, 風雅頌是詩之成形, 用彼三事, 成此三事, 是故同稱爲義. 『毛詩正
義·詩序疏』

'육의'의 삼체삼용설은 주관周官 '육시'六詩의 본의와 아주 다르지만 '시삼백' 의 배열·체제와 부합된다.

삼체三體	삼용三用
풍·아·송	부·비·흥
시경의 성질 혹은 내용	시경의 창작방법 혹은 표현기교

육시 중의 부·비·흥은 용시用詩 방법이었다.[9] 후한의 유가들이 용시 방 법을 사용하여 『시경』을 해설하게 되면서, 육의 중의 부·비·흥은 작시 방법으로 바뀌었다.[10]

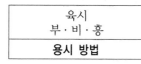

육시 부·비·흥
용시 방법

후한의 유가 ⇒

육의 부·비·흥
작시 방법

풍	아	송
詩之成形 = 시의 형식		
三體		

부	비	흥
詩之所用 = 시의 기능		
三用		

孔穎達

8) 風雅頌是三經, 是作詩之骨子; 賦比興是里面橫串的, 是三緯. 『朱子語類』 風雅頌, 聲 樂部分之名, 賦比興, 則所以製作風雅頌之體也. 朱熹

풍	아	송
三經		
시의 내용과 성질		

부	비	흥
三緯		
시의 체제와 서술 방식		

朱熹

9) 周禮에서 六詩는 풍·부·비·흥·아·송로서 전체를 음악적으로 다룬 것으로, 부·비·흥은 본래 시의 표현 방식이 아니라 노래 또는 연주의 표현 방식으로 생 각된다.

10) 魯洪生, 『詩經學槪論』, 瀋陽: 遼海出版社, 1998.10. 40쪽.

부·비·흥은 예술의 표현 방법으로『시경』의 기본적인 창작 방법과 부합된다.[11]

문자화 이전의 노래	문자화 이후의 읽는 시로만 생각
노래 또는 연주의 표현 방식	시의 표현 방법
周禮의 '六詩' = 음악적 측면	
풍부시흥아송 ○	'풍아송'과 '부비흥' ×

노래 또는 연주의 표현 방식		
흥 →	발전단계 비 →	부
서로 화답하는 노래 메기고 받는 노래 (독창+중창)	비유로 표현하는 방식 주고받는 노래의 한 형식 ⬇	사실을 그대로 표현하는 直敍法 독창에 적합한 형식

---

11) "賦·比·興은 詩篇의 예술적 구상과 표현 방법인 '詩法' 즉 詩의 作法이다." 이재훈,「詩集傳 賦比興 표기에 관한 硏究」,『中國語文論叢』11, 1996.12. 75쪽: 李湘,「也談賦·比·興」,『河南師大學報』1980: 6. 86쪽 인용.

男女 對唱의 창법 예[12]			
여: 鷄旣鳴矣 朝旣盈矣	남: 匪鷄則鳴 蒼蠅之聲	여: 采采卷耳 不盈頃筐 嗟我懷人 實彼周行	남: 陟彼崔嵬 我馬虺隤 我姑酌彼金罍 維以不永懷
여: 東方明矣 朝旣昌矣	남: 東方則明 月出之光	여: 采采卷耳 不盈頃筐 嗟我懷人 實彼周行	남: 陟彼崔嵬 我馬玄黃 我姑酌彼兕觥 維以不永傷
여: 虫飛薨薨 甘與子同夢	남: 會且歸矣 無庶予子憎	여: 采采卷耳 不盈頃筐 嗟我懷人 實彼周行	남: 陟彼砠矣 我馬瘏矣 我僕痡矣 云何吁矣
鷄鳴계명(齊風)		卷耳권이(周南)	

1 對唱 문답식, 연접식	2 伴唱, 幫腔 一唱衆和	3 重唱
唱和		

부·비·흥은 3가지 기본 방법이다. 한초의 『모전』은 '흥'을 언급하기 시작했다.[13] 주희의 『시집전』은 '흥'을 언급하고 '부' '비'도 언급했다.[14]

일을 직설하기	이것으로 저것을 비유하기(의식적)	사물을 보고 감동하기(무의식적)
자신의 정감을 직설적으로 토로하는 것	사물을 빌어서 자신의 의지를 말하는 것	어떤 사물에 의탁하여 말을 꺼내는 것
노신魯迅[15]		

---

12) 徐有富, 「卷耳新解」, 『中國語文學』 36, 2000.12. 35, 41쪽.
13) 興也, 雄稚見雌雄飛之, 鼓其翼泄泄然. 『毛傳』

마음과 사물 사이의 세 가지 관계	
興흥 xìng	興흥 xīng
흥취(명사)	일어나다(동사)
흥겹다, 흥이 나다, 감흥, 흥취, 흥미	

『시경』의 기본 표현 기법은 부·비·흥 3법으로 학술계의 공식共識이자 중국시학의 전통적 예술방법이 되었다.

부賦	비比	흥興
직서법 직설적 서술	비유법 비유적 표현	암시법 간접적 감흥
(抒情, 寫景, 敍事)	비와 흥은 자주 함께 쓰임	
	상징법	연상법

⋮

---

14)

賦者, 敷陳其事而直言之. 「葛覃」注	比者, 以彼物比此物也. 「螽斯」注	興者, 先言他物以引起 所詠之詞也. 「關雎」注
부란 어떤 사건을 넓게 펴서 풀어 쓰되 직접적인 서술을 표현하는 것이다	비란 한 사물을 다른 사물과 견주는 것이다	흥이란 먼저 다른 사물을 언급하고서 그로부터 읊고자 하는 말을 이끌어 내는 것이다
直指其名, 直敍其事者, 賦也.	引物爲說者, 比也.	本專言其事而虛用兩句鉤起, 因而接續去者, 興也.
직접 그 이름을 지적하고, 직접 그 일을 서술하는 것이 부이다	사물을 인용하여 설명하는 것이 비이다	본래는 한 가지 일을 말하려다가 따로 다른 두어 구절을 끌어내어 이에 따라 접속시켜나가는 것이 흥이다

15) 魯迅, 『漢文學史綱要』, 上海: 上海古籍出版社, 2005.8. 9쪽.

풍·아·송은 성질 면에서 말한 것	부·비·흥은 체제 면에서 말한 것
三經	三緯

이것 혹은 저것을 있는 그대로 보여주는 방식	이것을 통해 저것을 말하는 방식	이것이 저것을 불러내는 방식
敍物言情	借物言情	觸景生情

서두에서 어떤 사물을 예시함으로써 그 시의 이미지를 부각시키는 수법 우선 자연의 정경을 읊고 그에 따라 자신의 감정을 표현한다 자연사물 ⋯⋯ → (연상) ⋯⋯ → 사물·정감

'부'는 사실을 있는 그대로 직설적으로 서술하는 방식이다. 이런 표현방식은 가장 일반적이며, 은근히 비틀거나 비유를 사용하지 않는다.[16] 예를 들어 「葛覃갈담」(周南) 2장은 처음부터 끝까지 한 사건을 길게 설명하며, 「卷耳권이」(周南) 4장 역시 한 사건을 길게 서술한다.

부의 작용	
七月 氓 靜女 溱洧 등	君子于役 伐檀 黍離 將仲子 등
사물이 변하는 시간과 공간에 의거 순차적으로 서술한 것	자신의 생각과 감정 직접적으로 표현한 것

'비'는 어떤 한 사물을 사용하여 다른 한 사물을 비유하여 표현하는 방식이다. 예를 들어 여인의 화사함이 복사꽃 같다든가 못된 사람의 악행을 홍수나 맹수 같다든가 하는 표현이 바로 '비'이다.[17] 3백편 중에 '비'의 작법은 다음 두 가지 방식이 있다.

---

16) "부는 한 章 상하 시구가 모두 부구로 구성 되어 있다." 朴順哲, 「詩經에서의 賦比興의 作詩方式에 關한 小考」, 『中國人文科學』 31, 2005.12. 173쪽.

17) "사물에 의탁하여 비유하는 것이 비이다." 因物喩之, 比也. 『詩品』

비의 방식18)	
1	2
한 章 상하 시구가 모두 비구로 구성된 것	한 章 상하 시구가 비구와 부구로 구성된 것

지금의 잘못을 보고 감히 직접 비판하지 못하고 비슷한 사례나 사물을 가지고 말하는 것이다19)	비는 사물에 빗대는 것으로 '무엇 같다'라고 말하는 것은 모두 빗대는 말이다	비는 저 사물로 이 사물을 비유한다20)
鄭玄	孔穎達	朱熹

鄭玄		朱熹	
직설적인 비판이 불편	사물을 취해 간곡하게 돌려서 풍자	두려워하여 돌려서 말한다	문학적 언어의 특성에 기인
×	○	×	○
		미감·구성·함축 등 예술기법	

미모를 비유한 것	심정을 비유한 것
白毛純束 有女如玉 野有死麕야유사균(召南)	我心匪席 不可轉也 我心匪席 不可卷也 柏舟백주(邶風)

---

18) 朴順哲, 앞의 책, 173쪽.

19) '비'의 작법을 "비판을 함축적으로 하는 방법"이라고 규정했다. 比見今之失, 不敢斥言, 取比類以言之, 『周禮·大師六詩』注

20) '비'는 곧 비유하는 사물과 비유의 대상이 되는 사물 사이에 유사한 상상을 공유하며, 이에 따라 유사한 연상 작용을 통하여 사물을 이해하는 서술 방식이다.

比詩 = 총 127장						
비			부비	비흥	흥비	부흥비
국풍 73장	소아 35장	대아 3장	2장	5장	6장	3장
111장			16장(혼합부분비)			
시집전에서 比로 분류한 章21)						

'흥'은 『시경』의 작법 중에서 가장 복잡하고 난해하여 가장 문제가 된다. 『모시전』은 각 시마다 '흥'만은 앞에 '흥'이라고 주를 붙여 표시하고 주희의 『시집전』도 '흥'을 표시했지만 모두 합치되지는 않는다.

흥의 작용		
본론을 이끌어 내기 위한 일종의 말의 두서 내지 사물을 빌려 전체시를 이끌어 내는 방법22)		
본의와 관련 있는 것 '取義' 예: 關雎관저(周南)	본의와 관련 없는 것 '不取義' 예: 兎罝토저(周南)	
發端·比喩의 작용	단지 發端의 작용	
○	정서·분위기	운율

흥의 '取義' '不取義'23)	
比句(興句,上句)＋賦句(應句,下句)	賦句(興句,上句)＋賦句(應句,下句)
의미적으로 유관한 연결	의미적으로 무관한 관계: 대개 격조格調로 연결

21) 沈成鎬, 「詩經 '比詩의 類型 硏究 - 詩集傳을 중심으로」, 『中語中文學』 23, 1998. 12. 305, 315쪽.
22) "어떤 물건을 빌어서 시작하지만 실상 본론은 그 다음 구절에 있다." 興是借彼一物, 以引起此事, 而其事常在下句. 『朱子語錄』(二)
23) 朴順哲, 「詩經에서의 賦比興의 作詩方式에 關한 小考」, 『中國人文科學』 31, 2005.12. 173쪽.

흥에 대한 견해[24]		
1 有義說	2 無義說	3 兼義說
比喩의 역할이 있다고 이해한 견해	比喩의 의미가 없으며, 단지 協韻을 위한 것일 뿐이라는 견해	두 가지 역할을 모두 겸하고 있다고 인정한 견해

흥체興體는 시의 앞머리에서 시의 내용과는 상관없이 시 전체의 감흥을
일으키는 말로, 아래의 글을 불러오는 방식이다. 이때 감흥을 불러일으키
는 방법이 매우 다양하여, 이 때문에 '비'와 '흥'을 혼동하는 경우가 많다.

군자 · 숙녀 의 어울림	A는 B 같다	저구새의 정다움	저구새의 화락함	연상 작용	군자 · 숙녀 의 화락함
내용 · 수법 비 늑 흥					
비유 = 비: '표리구조'			연상 = 흥: '선후구조'		
비란 저 물건을 가지고 이 물건을 비유하는 것이다 詩集傳, 螽斯종사(周南)			흥이란 먼저 다른 사물을 말하여 읊고자 하는 말을 일으키는 것이다 詩集傳, 關雎관저(周南)		
비와 흥의 구조[25]					

---

24) 김민종, 「歷代 詩經 興說 辨析」, 『詩經硏究』 1, 한국시경학회, 1999. 66쪽.
25) 比者, 以彼物比此物. 興者, 先言他物, 以引起所詠之詞也. 沈成鎬, 「詩經 '比詩'의
類型 硏究 - 詩集傳을 중심으로」, 『中語中文學』 23, 1998.12. 306쪽.

'雎鳩의 和鳴' 關雎관저(周南)	'草蟲의 鳴聲과 跳躍' 草蟲초충(召南)
군자가 숙녀를 구해 배필로 하는 것: '求偶'	부인이 남편을 그리워하는 것: '戀慕'
흥의 예[26)]	
山有扶蘇, 隰有荷華. 不見子都, 乃見狂且. 山有扶蘇산유부소(鄭風)	蘀兮蘀兮, 風其吹女. 叔兮伯兮, 倡予和女. 蘀兮택혜(鄭風)
운율을 조절하고 정감을 불러일으킨다 '諧音'	

요컨대, '흥'은 감흥을 불러일으킨다는 뜻이다. 감흥이 일어나서 먼저 다른 사물을 읊음으로써 작자가 원래 읊고자 하는 주제를 불러오는 작용을 하는 가사이다. 그 방법은 먼저 작가의 본뜻과 작품의 주제와 직접 상관이 없는 사물을 묘사하여 감흥을 일으키고,[27)] 그런 다음에 작자의 주관적인 연상 작용을 통하여 비로소 주제를 읊는 방식이다.[28)] 그러므로 '흥'은 주제의 내용과 논리적인 연관성이 없다고 보면 된다.

흥 = 보조관념과 원관념 사이에는 무의식적인 관계		
1 비약	2 생략	3 상상[29)]
후대 漢詩에 끼친 영향 ↳ 先景後事 먼저 자연의 풍경을 묘사한 후 시인의 감정을 표현하는 방식		

---

26) 陸堅 主編, 『中國古代文學精解』, 上海: 上海文藝出版社, 1989.4. 20쪽.
27) 김학주, 『중국의 경전과 유학』, 서울: 명문당, 2003.4. 244~245쪽.
28) 李澔, 「詩經의 文學的 價値」, 『人文科學硏究』(誠信女大) 8, 1988.3. 99쪽.

흥의 작법에는 원칙이 있다. 흥은 대부분 아주 짧은 단락이며, 짧은 단락 안에 간단한 묘사가 들어간다. 이를 흥사興辭라고 하는데 전체 문맥과는 아무런 상관이 없고 그저 감흥만 불러일으킨다. 이렇게 감흥을 일으키는 작용과 사물의 묘사 부분이 합쳐져서 '흥'을 이룬다. 사물의 묘사 부분만 떼어 놓고 보면 얼핏 '부'와 같으나 아래의 본문을 위한 감흥을 불러일으키는 작용을 한다는 점에서 또한 '부'와 구별된다.

흥의 작용30)			
비유하고 돋보이게 한다	주제를 드러내어 보인다		분위기를 부각시키고 경계를 창조한다
習習谷風, 以陰以雨 谷風곡풍(邶風)	'風'… 흉포·재앙	'鳥'… 애정·혼인	蒹葭蒼蒼, 白露爲霜 蒹葭겸가(秦風)

흥의 7가지 용법31)			
1	2	3	4
첫머리에서 단순히 운을 뗀다 車鄰거린(秦風) 2장, 3장	첫머리에서 시제를 이끌어온다 桃夭도요(周南)	첫머리에서 서정적 분위기를 만들어낸다 蒹葭겸가(秦風)	첫머리에서 '托物起興'하여 義理를 나타낸다 谷風곡풍(邶風)
5		6	7
첫머리에서 시간의 연속과 시의에 대한 연상을 나타낸다 采薇채미(小雅) 黍離서리(王風)		비흥을 연용하여 이상과 정서를 기탁한다 關雎관저(周南)	중간에서 감탄을 나타낸다 "河水淸且漣猗" 伐檀벌단(魏風)

---

29) 김학주, 『중국의 경전과 유학』, 서울: 명문당, 2003.4. 246쪽.
30) 于興, 『詩經硏究槪論』, 北京: 中國社會出版社, 2009.6. 158쪽.
31) 劉明華 主編, 『中國古代詩歌藝術精神』, 重慶: 重慶出版社, 2004.12. 18~21쪽.

『모전』은 '흥의'興義를 중시하여 116가지의 예를 들고 있다.32)

모전의 흥의33)			
국풍	소아	대아	송
72/160	38/74	4/31	2(1)/40
116(115)/305			

　『모전』에 해석된 '흥'은 모두 비유로서 이를 통해 정치사상과 윤리사상을 표현하고, 일부 정시情詩 연가戀歌와 일반 서정시를 봉건정치교화의 의미를 띠고 있다고 해석했다. 『모전』은 이러한 '설시'說詩34) 방법을 대량 운용하여 '흥의' 이론을 제시했는데, 이는 역사고사의 잡설로써 견강부회하는 삼가시보다 훨씬 뛰어난 것이다.

---

32) 毛公述詩, 獨標興體. 劉勰 『文心雕龍·比興』; 韓宏韜, 『毛詩正義研究』, 北京: 中國社會科學出版社, 2009.8. 313쪽.

'흥'의 발전변화 과정			
항목	毛詩傳	鄭箋	孔疏
'흥' 표기 작품	116수	92수	131수
'흥' 총수	116개	102개	209개

33) 朱自淸, 『詩言志辨』, 華東師範大學出版社, 1998. 121쪽.

34)

說詩	讀詩	解詩
누군가를 대상으로 설정하여 시를 설명하는 것	제 스스로 시를 읽고 의미를 해독하는 것	시에 대한 여러 가지 견해를 저술 등을 통해 진술하는 것

興詩 분류표35)	毛傳의 興(78편) 64+14			
朱傳의 興 (91편) 64+27	64편	淇奧 中谷有蓷 葛藟 東方之日 園有桃 山有樞 綢繆 杕杜 葛生 車鄰 終南 黃鳥 晨風 東門之池 東門之楊 澤陂 鳲鳩 九罭 鹿鳴 南山有臺 蓼蕭 湛露 采芑 沔水 節南山 桑扈 鴛鴦 車舝 采菽 角弓 黍苗 隰桑 (32편) / 關雎 樛木 桃夭 漢廣 鵲巢 江有汜 何彼襛矣 凱風 雄雉 旄丘 泉水 柏舟 芄蘭 揚之水 野有蔓草 常棣 伐木 南有嘉魚 菁菁者莪 小宛 小弁 巷伯 谷風 蓼莪 大東 裳裳者華 頍弁 青蠅 菀柳 棫樸 卷阿 桑柔 (32편)	27편	殷其靁 小星 簡兮 葛屨 汾沮洳 匪風 候人 四牡 皇皇者華 巧言 無將大車 魚藻 旱麓 文王有聲 行葦 鳧鷖 泂酌 有駜 (18편) / 燕燕 新臺 鶉之奔奔 黍離 揚之水 正月 四月 何草不黃 泮水 (9편)
	14편	摽有梅 有狐 采葛 風雨 鴇羽 有杕之杜 采苓 蒹葭 無衣 蜉蝣 杕杜 黃鳥 綿蠻 苕之華		(5편: 日月 伯兮 丘中有麻 東門之墠 伐檀)

『시경』305편 가운데 한 작품 전편에 부체를 쓴 경우가 많은 편이고 전편에 비체比體를 쓴 경우는 드물다. 순수한 비체의 시는「석서碩鼠」,「치효鴟鴞」,「종사螽斯」,「학명鶴鳴」등 몇 편에 불과하고 대부분이 부구賦句 혹은 흥구興句를 수식하기 위해 비유를 곁들인 것이다. 그리고 전편에 흥체를 쓴 경우는 없다. 왜냐하면 흥을 일으키기 위한 서술 내지 비유가 전제되어야 하기 때문이다. 따라서 부구가 비흥과 함께 쓰이거나 비구가 흥과 함께 쓰이게 된다.36)

35) 文鈴蘭,「詩經通論之賦比興說」,『硏究論文集』(東海專門大學) 1994: 2, 1994.8. 10쪽.

부·비·흥 운용의 예		
부	비	흥
七月(豳風) 東山(豳風) 靜女(邶風) 君子于役(王風)	碩鼠(魏風) 新台(邶風) 碩人(魏風)	黃鳥(秦風) 綢繆(唐風)
	흥·비 결합 關雎(周南) 漢廣(周南) 凱風(邶風)	

부	비	흥	겸류
727	111	274	29
1141章			
宋 朱熹 詩集傳			

부	흥	비
720	370	110
1200章		
明 謝榛 四溟詩話		

풍·아·송과 부·비·흥의 조합			
형식\내용	풍	아	송
부	풍·부	아·부	송·부
비	풍·비	아·비	송·비
흥	풍·흥	아·흥	송·흥
이밖에 풍·부비, 아·부비, 송·흥부비 등의 조합도 가능하다			

작시법과 체제 분석표[37]					
형식/내용	풍	소아	대아	송	(합계)
부	71(72)	30	19(20)	38	158(160)
비	18(17)	4	0	0	22(21)
흥	39	11(10)	2	1	53(52)
부비	7	1	2(1)	0	10(9)
부흥	17	17	6	1	41
흥비	6	4(5)	0	0	10(11)
부비흥	2	7	2	0	11
(합계)	160	74	31	40	305

36) 夏傳才, 『詩經語言藝術新編』, 北京: 語文出版社, 1998.1. 110~111쪽.

시경 육의설의 후대 시가에 대한 영향38)					
1			2		
풍	아	송	부	비	흥
풍아정신			漢 大賦 중의 鋪陳	楚辭 중의 은유	古詩十九 首 등의 漢魏 시가
순박·분방	전아·장중				
현실을 반영하고 정감이 진지하다 풍아전통					

『시경』에는 비유比喩 과장誇張 차대借代 대우對偶 배비排比 시현示現 모장摹狀 정침頂針 반힐反詰 경책警策 복첩複疊 대비對比 의인擬人 친탁襯托 등의 다양한 수사법이 운용되었다.

현대적 의미의 수사법 운용39)			
1. 직유	2. 은유	3. 과장	4. 상징
'有力如虎' 簡兮간혜(邶風) '如切如磋' 淇奧기오(衛風)	'胡爲虺蜴' 正月정월(小雅) '公侯干城' 兔罝토저(周南)	'一日不見, 如三秋兮' 采葛채갈(王風)	鴟鴞치효(豳風) 碩鼠석서(魏風)
5. 역설	6. 풍자	7. 대화	
衡門형문(陳風) 行露행로(召南)	碩鼠석서(魏風) 新臺신대(邶風) 相鼠상서(鄘風)	采蘋채빈(召南) 河廣하광(衛風) 東門之墠동문지선(鄭風) 女曰鷄鳴여왈계명(鄭風)	

37) 남상호, 『孔子의 詩學』, 춘천: 강원대학교출판부, 2011.8. 61쪽.
38) 韓高年, 『中國人應知的文學常識』, 北京: 中華書局, 2013.2. 4~7쪽.
39) biog.daum.net/windada11/8760580.

시경의 비유법40)		
1. 明喩(直喩)	2. 隱喩	3. 類喩
'如' 사용 手如柔荑, 膚如凝脂. 손은 부드러운 띠 싹 같고 살결은 기름같이 보드랍다 碩人석인(衛風)	'如' 사용하지 않음 哀今之人, 胡爲虺蜴. 슬프다 요즘 사람들은 독사 같은 짓만 한다 正月정월(小雅)	我心匪席, 不可轉也. 我心匪席, 不可卷也. 내 마음 돌이 아니라 굴릴 수 없으며 내 마음 자리가 아니라 말아둘 수 없다 柏舟백주(邶風)
4. 博喩	5. 對喩	6. 詳喩
如山如阜, 如岡如陵, 如川之方至, 以莫不增. 산처럼 언덕처럼 산마루처럼 구릉처럼 냇물이 막 이르는 듯 불어나지 않다 天保천보(小雅)	시경 대다수의 의인·의물 ⬇	1章 또는 1篇으로 비유하는 것

擬人	擬物	較物
鴟鴞치효(豳風)	螽斯종사(周南) 碩鼠석서(魏風)	相鼠상서(鄘風)

『시경』은 총 2949개의 단자單字, 3900여 개의 단음절어로 되어 있다.41)

시경의 어휘			
단자	단음절어	합성어	단어, 단어결합
2949(2826)	3900여	약 1000	약 5000
305편			

시경의 동식물42)					
花草	樹木	禽鳥	獸類	昆蟲	魚類
105종	75종	39종	67종	29종	20종

---

40) 朱自淸 등, 『名家品詩經』: 「詩經的藝術表現」(張西堂), 北京: 中國華僑出版社, 2009.1. 206쪽.

41) 夏傳才, 『詩經語言藝術新編』, 北京: 語文出版社, 1998.1. 2쪽.

시경의 식물[43]				
의료衣料	식용	약용	잡초	화초
葛 藘 茹藘 綠 藍	卷耳 蕨 薇 蕍 菲 荼 苦 苣 薺 莫 蓫 葍 荍 菫	菫 茶 苡 苓 蕕 萑 蕢澤鴽草 蔞 諼草 薇	艾 蒿 苹 芩 蔞 蕭 莪 蔚 茨 薹 萊 蓬 唐 女蘿 莠 稂 蓍 茅 蕡 菅 竹	芄蘭 蕑 苕 鷊 勺藥 鬱金(黃流)
5	14	9	21	6

식물의 형상				자연현상			
蒹葭 겸가	楊柳 양류	黍離 서리	卷耳 권이	梅 매	桑 상	苕 초	蜉蝣 부유
距離	別離	亂離	分離	摽有梅 (召南)	氓 (衛風)	苕之華 (小雅)	蜉蝣 (曹風)
비극심리 관련 어휘[44]				시간·인생 관련 어휘			

'山'字 66회	'水'字 30회
'山' '水'의 상징의의 = 만고불변, 영원토록 변치 않다	
'山' '水' 관련 어휘[45]	
山과 관련 있는 字: 119자 丘 陵 岩 谷 巇 岡 등	水와 관련 있는 字: 288자 隰 川 海 河 流 泉 澗 池 濱 澤 淵 泮 淲 湑 溪 渚 洲 滾 湯 滔滔 決決 減 淺 深 등

국풍	아	송	국풍	아	송
46회	64회	9회	173회	103회	12회

42) 黃鴻秋 注解, 『詩經精解』, 北京: 人民文學出版社, 2010.3. 編者的話 2쪽.

43) 辛然, 『我生之初尙無爲:詩經中的美麗與哀愁』, 西安: 陝西師範大學出版社, 2006.10. 22~28쪽.

44) 高玉玲, 「詩經植物意象與審美心理」, 『詩經研究叢刊』 11, 2006.7. 129쪽.

45) 李金坤, 「詩經楚辭山水美意識探賾」, 『東洋禮學』 4, 2005.5. 221~222, 134쪽.

'水流' 20여 條				
涇 渭 洽 漆 沮 豊 등	汾 揚	洛 溱 洧 寒泉 泉源 肥泉 濟 汝 淮 등	江 漢	河(黃河)
關中	山西	河南 山東	長江 漢水	15편, 27차

相思 · 婚姻 관련 어휘[46]		
采	薪	飛
關雎(周南) 芣苢(周南) 草蟲(召南) 采葛(王風) 采綠(小雅) 采薇(小雅)	南山(齊風) 伐柯(豳風) 揚之水(王風) 揚之水(鄭風) 揚之水(唐風) 車舝(小雅)	燕燕(邶風) 東山(豳風) 鴛鴦(小雅)
상투어 운용 = 특정한 情意		

魚	雨
新臺(邶風) 敝笱(齊風) 匪風(檜風)	殷其靁(召南) 東山(豳風)
암시성의 은어隱語 응용	

『시경』의 기본 구식은 매구每句가 4언 위주로 되어 있으면서도[47] 장단구를 자연스럽게 운용하여 격조가 활발하고 리듬감이 있다.[48]

---

46) 吳宏一, 『詩經與楚辭』, 台北: 台灣書店, 1998.11. 128~131쪽.

47) 100분의 90 이상은 4자 1구로 되어 있다. 4언체는 중국시가의 기본 형식으로 『시경』 이후에도 여전히 지어졌다. 예컨대, 曹操의 「步出夏門行」과 陶淵明의 「停雲」 등이 대표작이다.

48) 4언 위주이지만 때로는 2 3 5 6 7 8언구가 섞여 있다. 심지어 28자를 1구로 보는 경우도 있다. 韓奕(大雅): '王錫韓侯'에서 '儵革金厄'까지 7구

一句四字	一章四句	一篇三章
시경의 기본 형식49)		
12句, 48字, 4字 4句 三環形式50)		
4자구		기타
90% 이상		10% 미만

독특한 형식으로 된 작품으로 3언 혹은 3언 위주로 된 「월출月出」(陳風), 「강유사江有汜」(召南), 「유필有駜」(魯頌)과 5언 위주로 된 「행로行露」(召南)가 있다. 구식의 변화가 가장 많은 작품으로는 3·4·6·3·4 구법에 2장으로 구성된 「권여權輿」(秦風)를 예로 들 수 있다.51)

305편 중 162편이 非四字句를 함유52)			
국풍	소아	대아	송
82편	32편	22편	25편

1언	2언	3언	4언	5언	6언
敝	祈父	山有樞	關關雎鳩	雖謂雀無角	我姑酌彼金罍

7언	8언	9언×	
交交黃鳥止於桑	十月蟋蟀入我床下	泂酌彼行潦/挹彼注茲	
		5언○	4언○

---

49) 일반적으로 매편 3~5·6장, 매장 4~8구이다.
50) 糜文開·裵普賢, 『詩經欣賞與研究』, 台北: 三民書局, 1977.12.(台5版) 467쪽.
51) 김학주 역, 『詩經』, 서울: 탐구당, 1981.1. 222쪽.
52) 孫力平, 『中國古典詩歌句法流變史略』, 杭州: 浙江大學出版社, 2011.11. 65쪽.

篇 · 章 · 句(句式)의 통계[53]											
총 편수	총 장수	-	총 구수	1 자구	2 자구	3 자구	4 자구	5 자구	6 자구	7 자구	8 자구
160	481	국풍	2662	6	8	124	2238	172	52	16	4
74	370	소아	2316	0	6	12	2211	68	16	2	1
31	224	대아	1536	1	0	8	496	97	15	1	0
40	71	송	734	0	0	14	685	32	2	0	0
305	1146	합계	7248	7	14	158	6291	369	85	19	5

또한 첩구疊句를 대량 운용했고, 그 중에 첩자疊字 · 첩운疊韻 · 쌍성雙聲 등의 수사 기법을 운용하여 시가의 서정성과 언어의 표현력을 강화시키고 음운 상의 아름다움을 추구했다.

첩구의 통계[54]					
	國風	小雅	大雅	頌	합계
편수	14	3	1	2	20
횟수	38	4	3	2	47

첩자의 통계[55]					
	國風	小雅	大雅	頌	합계
편수	92	58	26	22	198
횟수	218	231	125	72	646

첩자의 공능		
1	2	3
음악성 강화	사물의 묘사	의성擬聲

---

53) 夏傳才, 『詩經語言藝術新編』, 北京: 語文出版社, 1998.1. 28쪽, 37~39쪽.
54) 夏傳才, 앞의 책, 67쪽.
55) 夏傳才, 앞의 책, 56쪽.

첩자의 예						
각종 성음·상태·동작 등에 '重言'을 운용하여 묘사						
詵詵선선	薨薨훙훙	揖揖집집 || 噍噍초초	脩脩소소	翹翹교교	嘵嘵효효
여치가 많이 나는 모습 요란한 날개 소리			힘 빠짐	피로함	위태로움	두려움
			의태어		의성어
螽斯종사(周南)			鴟鴞치효(豳風)			

瞿瞿구구	蹶蹶궤궤	休休휴휴	陾陾잉잉	薨薨훙훙	登登등등	馮馮풍풍
예의를 돌아보는 모습	일에 민첩한 모습	도를 즐기는 모습	'척척' 담다	'쓱싹' 메우다	'영차' 쌓다	'싹싹' 쳐내다
			노동 행위를 묘사			
蟋蟀실솔(唐風)			公劉공류(大雅)			

첩운의 예		
窈糾요규	懮受우수	夭紹요소
여인이 걸을 때의 곡선미와 자태를 형용		
月出월출(陳風)		

첩자	쌍성(첩성)	첩운
시각적인 미	청각적인 미	음조의 諧和 ⟶ 餘韻
문학적 가치56)		
關關관관 夭夭요요 翩翩편편 萋萋처처	參差참치 燕婉연완 踟躕지주 匍匐포복 蒹葭겸가	窈窕요조 逍遙소요 婆娑파사 綢繆주무 蜉蝣부유
동일한 글자	성모가 같은 글자	운모가 같은 글자
(시각·청각·촉각)	栗烈율렬 lìliè 輾轉전전 zhuǎnzhuǎn 蟰蛸소소 xiāoxiāo (쌍성 겸 첩운)	

첩영의 공능[57]		
1	2	3
노래 부르기	기억하기	전파하기
편리		

彼采葛兮, 一日不見, 如三月兮.
彼采蕭兮, 一日不見, 如三秋兮.
彼采艾兮, 一日不見, 如三歲兮.

칡을 캐세. 하루를 못 보면 석달을 못 본 듯
삥쑥을 캐세. 하루를 못 보면 삼추를 못 본 듯
쑥을 캐세. 하루를 못 보면 삼년을 못 본 듯
采葛채갈(王風)

한두 글자만 바꾸어 정감을 반복·심화시킨다[58]

采采芣苢, 薄言采之. 采采芣苢, 薄言有之.
采采芣苢, 薄言掇之. 采采芣苢, 薄言捋之.
采采芣苢, 薄言袺之. 采采芣苢, 薄言襭之.
ABAB, ABAB, ABAB
芣苢부이(周南)

3장 12구 48자: 반복, 중간에 6개 동사만 변동					
采채	有유	掇철	捋랄	袺결	襭힐

---

56) 李滿, 「詩經의 文學的인 價值」, 『人文科學硏究』(誠信女大), 1988.3. 82~83쪽.

57) 시의 句數나 章數는 일정치 않지만, 시 한 편의 각 장의 句數가 같은 것들이 많은데, 이를 청대 姚際恒은 『詩經通論』 論旨에서 '疊詠'이라고 불렀다.

58) 4음절이 한 행을 이루는 리듬이 세 번 반복되는 노래다. 거의 같은 뜻의 말을 반복하는 구조 속에서, 韻을 바꾸고 말을 바꾸어 점진적으로 감정을 고조시켜 나간다. 月, 秋, 歲가 각각 葛, 蕭, 艾의 글자와 押韻을 맞추고 있다.

첩영의 편수59)		
완전첩영	불완전첩영(혼합)	비첩영(독립)
133편	74편	64편
77%		23%
시경 305편 중 獨章 34편, 重章(2장 이상)60) 271편		

첩자·첩구·첩장의 운용61)										
구분		국풍		소아		대아		송		합계	
		편수	횟수	편수	횟수	편수	횟수	편수	횟수	편수	횟수
첩자	정식	92	218	58	231	26	125	22	72	198	646
	변식	14	27	16	26	3	4	3	5	36	62
첩구		14	38	3	4	1	3	2	2	20	47
⋮											
첩장		131편		41편		3편		2편		177편	
비율		82%		55%		10%		5%		58%	
연장체의 통계62)											

　　매장每章 하나의 글자 혹은 낱말만 다르게 나타나는 것을 연장체聯章體, 複沓라고도 하는데 「벌단伐檀」(魏風), 「석서碩鼠」(魏風), 「상서相鼠」(鄘風) 등이 그러한 예이다. 또한 중간의 몇 장에만 변화가 있는 「동방미명東方未明」(齊風)

---

59) 『시경』 총수 중에 2장, 3장, 4장시의 수량이 많다.

2장시	3장시	4장시
12.7%	34.7%	13.1%

　　王金芳, 「試論詩經音律形成的條件」, 『詩經研究叢刊』 3, 2002.7. 65쪽: 王洲明, 「中國早期認識論和詩經的特徵」 인용.

60) 王金芳, 앞의 책, 64쪽: 黃振民, 『詩經研究』, 「詩經詩篇篇章結構形式之研究」의 표 인용.

61) 황위주, 「시경의 형성과 양식적 특징」, 『선비문화』 2006: 10. 61쪽.

62) 夏傳才, 『詩經語言藝術新編』, 北京: 語文出版社, 1998.1. 42~43쪽.

은 반연장체半聯章體의 예이다.

연장체		
1 反覆	2 複詞·疊語	3 (比興)
예: 伐檀벌단(魏風) 舞衣무의(秦風)		

반복과 변화
摽有梅, 其實七兮. … (제1장) 툭툭 매실을 따니 나무에는 7할만 남았네 摽有梅, 其實三兮. … (제2장) 툭툭 매실을 따니 나무에는 3할만 남았네 摽有梅, 頃筐塈之. … (제3장) 툭툭 매실을 따서 바구니 기울여 주워 담네 摽有梅표유매(召南)
사랑을 갈망하는 여인의 심리를 표현

'兮' '矣' '只' '思' '斯' '也' 등 어기사(소리글자)의 반복 사용은 시구의 운율과 관련이 깊다. 그 중 민가에 자주 쓰였던 어기사의 사용 횟수는 다음과 같다.[63]

'兮'자의 출현 횟수			'兮' '矣' '也'자의 출현 횟수[64]		
국풍	소아	송·대아	兮(啊)	矣	也
258회	27회	0회	321회	207회	90회

---

63) 『시경』 중 구말에 '兮'자를 쓰는 구식은 전국시기의 새로운 시체 『초사』에서 대량으로 사용되었다.

64) 夏傳才, 『詩經語言藝術新編』, 北京: 語文出版社, 1998.1. 5쪽.

兮
月出皎兮, 佼人僚兮, 舒窈糾兮, 勞心悄兮. 月出皓兮, 佼人懰兮, 舒慢受兮, 勞心慅兮. 月出照兮, 佼人燎兮, 舒夭紹兮, 勞心慘兮. 月出월출(陳風)
매구 '兮'자 사용(12회), 古音은 '啊'와 같다 **음악성**

於 思 止	
'於'	'思' '止'
首句 어기사	句尾 어기사
대무大武 **악장의 상용 어기사**[65]	

『시경』에는 '言' '思' '不' '爰' '聿' '其' '有' '斯' '于' '曰' '維' '惟' '伊' '居' '諸' '式' '越' '載' '止' '夷' '且' '胥' 등의 접사가 쓰였다.[66] 이들은 대부분 4자구의 음절수를 채우는 외에 아무런 의미와 기능이 없다.

접사의 운용						
[접사]	동사	주어	부사	[접사]	동사(형용사)	보어
言	念	君子	溫	其	如	玉.
1	2	3	4	5	6	7
군자를 생각하니			온화하여 옥과 같도다.			
	3' 2'			4' 7' 6'		
小戎소융(秦風)						
1과 5가 번역에 반영되지 않는 의문에 대한 설명이 필요						

⋮

---

65) 董運庭, 『論三百篇與春秋詩學』, 北京: 中國社會科學出版社, 2013.10. 31쪽.
66) 천기철, 「詩經의 接詞 研究」, 『東洋漢文學研究』 14. 2000.12. 237~239쪽.

1	2
문장구조 학습에 도움	접사에 의해 일어나는 오역을 방지

'言' '思' '不'

接辭	實辭

시집전에서 주희가 접사에 대해 사용한 용어[67]					
'辭'	'語辭'	'語詞'	'語助'	'語助辭'	'發語辭'
言 近	思 止 居 只 員 且 其 胥 哉 斯 亦	斯 思 止	聊	只 且 其 亦 只且	思 逝 式 蒸 況 遹 誕 載 聿

言告師氏, 言告言歸 부모님께 아뢰고 歸寧하려 할 제 '言'자 3회: 절박한 심정 葛覃갈담(周南)		
言, 我也(實詞) = 일인칭 대사代詞		言, 辭也(虛詞) = 간결성과 리듬
毛亨	鄭玄	朱熹
⋮		
言[68]		
①≒而(접속사) ②乃(부사) ③之(대사)		①1인칭대사 ②조사 ③부사 ④형용사(詞尾) ⑤전치사
1		2

67) 천기철, 「詩經接詞硏究」, 석사논문(부산대), 1997.8. 4쪽.
68) 胡適, 「詩三百篇言字解」, 『胡適文存』 권2; 趙伯義, 「讀詩辨言」, 『詩經硏究叢刊』 16, 2009.6. 386~392쪽.

조사의 용법에 따른 구분		
구조조사	어기조사	補音조사
斯 攸 所 者 之 수식구·명사구 등 구의 구성: 어법적 역할	矣 止 斯 其 兮 也 爾 焉 哉 者 乎 居 諸 猗 只 且 而 旃 有 是 之 則 若 然 如 于 來	亦 誕 逝 云 無 爰 不 維 侯 遹 式 越 載 抑 曰 思 噬 以 斯 夷 或 且 乎 攸 只 焉 哉 茲 忌 員 生 言 薄 聿 胥 其 期
5개	27개	39개
71(60)개		

之	兮	......	或 越 茲 期 員 爾
495회	353회	......	1회

조사의 출현 횟수		
풍	아	송
46개	46개	27개
1,124회	1,170회	199회
총 60개 2,493회		

이처럼 실사로 쓰이지 않고 감정을 표현하거나 운율을 맞추기 위해 허사로 쓰인 많은 글자들은 『시경』을 읽는 독자의 입장에서 보면 『시경』의 이해를 힘들게 하는 요인이 된다.[69]

---

69) 임수진, 「詩經 助詞 硏究」, 제주대(박사논문, 중어중문), 2011. 135~138쪽.

부정어의 운용[70]						
亡망	無무	不불	罔망	弗불	否부	未미
13	296	628	14	32	9	38
非비	匪비	靡미	莫막	毋무	勿물	·
3	99	75	90	6	19	·
부정법을 사용한 시어 1322번						

山有○○, 隰有○○ 율격의 운용[71]						
簡兮 (邶風)	山有扶蘇 (鄭風)	山有樞 (唐風)	車鄰 (秦風)	晨風 (秦風)	隰有萇楚 (檜風)	四月 (小雅)
애정·혼인 관련 청각적 효과, 음악적인 효과 ↳ 현실에 대한 좌절과 비관의 뜻 반영						

『시경』은 시詩와 가歌가 함께 어우러져 대체로 음악성이 풍부하다. 그러나 점차 음악에서 이탈하는 현상이 나타난다.[72]

詩: 문학성	<	歌: 음악성
'의미' 위주		'소리' 위주 ↳

민간가요	의식용 음악
풍, 소아(일부)	아, 송, 주남·소남(일부)

---

70) 남상호, 『육경과 공자 인학』, 서울: 예문서원, 2003.11. 284쪽; 남상호, 『孔子의 詩學』, 춘천: 강원대학교출판부, 2011.8. 162쪽.
71) 文鈴蘭, 「詩經 '山有○○, 隰有○○' 格律考」, 『中語中文學』20, 1997.3. 135, 163쪽.
72) 沈成鎬, 「先秦 詩樂의 結合과 分離」, 『中國語文學』29, 1997.6. 219쪽.

음악에 맞춰 '합악'合樂 하려면 어울리는 음절과 운율이 따라주어야 한다. 전체 305편 중 298편에 압운하고 있는데 격구운隔句韻, 환운換韻, 연주운連珠韻 등 다양한 압운의 변화를 시도하고 있다.『시경』은 상고시대의 음운체계를 밝힐 수 있는 기초 자료로서, 운은 복잡하면서도 자유로운 특징이 있다.[73]

압운 방식[74]		
每句押韻	隔句押韻	제1, 2, 4구 押韻 제3구 不用韻
碩鼠석서(魏風) 제1장 節南山절남산(小雅) 제6장	桃夭도요(周南) 제1장 제2구 '灼灼其華'의 華에 압운 제4구 '宜其室家'의 家에 압운	靜女정녀(邶風) 제1장 제1, 2, 4구 말자 姝 隅 躕 압운

제1, 2, 4구 압운	매구압운	교운交韻
제1장	제2장	제3장
一韻到底	換韻(轉韻)	↵
交韻은 奇句는 奇句끼리 압운하고 偶句는 偶句끼리 압운하는 것 예: 自牧歸荑, 洵美且異. 匪女之爲美, 美人之貽. 靜女정녀(邶風)		

---

73) 成百曉 역주,『詩經集傳』(懸吐完譯), 서울: 전통문화연구회, 1993.4. 6쪽.

시경의 말구 용운법					
1, 2, 4句의 用韻	隔句用韻	每句用韻	2, 3句의 換韻法	句首用韻法	句腹用韻法
1	2	3	4	5	6

74) 吳宏一,『詩經與楚辭』, 台北: 台灣書店, 1998.11. 126~127쪽.

한 章에 쓰인 운의 수		
2운 이상: 換韻	1운: 一韻到底	
鼠 栗 女 顧(汝) 女 土 土 所(署)	麥 德 國 直	苗 勞 郊 號
1장	2장	3장
碩鼠석서(魏風)		

1장	2장	3장	1장	2장	3장
매구압운	격구압운		매장 앞 2구에 압운(독창) 말구에 미압운(합창)		
	심정의 변화75) 촉급하다 … 느려지고 머뭇거리다		첩영의 가창법		
碩鼠석서(魏風)			麟之趾인지지(周南), 騶虞추우(召南)		

구의 마지막 글자의 앞 글자에 압운76)
'之' '我' '矣' '也' '只' '思' '止' '兮' '猗' 등 대사代詞 혹은 어기사
예: 參差荇菜, 左右流(之). 窈窕淑女, 寤寐救(之). 關雎관저(周南) 坎坎伐檀(兮), 寘之河之干(兮), 河水淸且漣(猗). 伐檀벌단(魏風)

주송周頌의 8편만 완전히 운이 없고,77) 「사문思文」(1장 8구)의 말 4구와 「재삼載芟」(1장 31구)의 말 3구에 운이 없다. 『시경』 전체의 98%가 운율(節奏·韻脚)을 띤 시가이다.78)

---

75) 李達五, 『中國古代詩歌藝術情神』, 重慶: 重慶出版社, 2004.12. 7~8쪽.
76) 『시경』의 구절 중에 代詞 또는 語氣詞로 끝맺는 경우 운은 그 앞에 두는 경우가 많다. 이를 句中韻 내지는 句尾韻의 변형으로 볼 수 있다.
77) 傅斯年, 董希平 箋注, 『傅斯年詩經講義稿箋注』, 北京: 當代世界出版社, 2009.1. 19쪽.
78) 王力, 『詩經韻讀』, 上海: 上海古籍出版社, 1980.12. 79~80쪽.

一韻到底	轉韻(換韻)	句中用韻	首二句不入韻	全首不用韻
				↙

무운시無韻詩							
1	2	3	4	5	6	7	8
淸廟	昊天有成命	時邁	武	噫嘻	酌	桓	般
淸廟之什			臣工之什		民予小子之什		

　『시경』은 중국 고대의 경제, 정치, 사상, 도덕, 문학 등 여러 방면으로 큰 영향을 끼쳤다. 특히『시경』은 후세 문학에 많은 영향을 주었다.

　장학성章學成은『문사통의文史通義』에서는 중국의 후대 문체는 전국시대에서 비롯되며 전국시대의 문체는 대부분 육경에 근원을 두는데 그 가운데에 『시경』의 영향이 가장 크다고 했다. 특히 종횡가의 산문에 풍유諷諭가 많이 포함된 것도『시경』의 영향을 많이 받았기 때문이다. 물론『시경』이후의 중국의 시문학은『시경』의 절대적인 영향을 받았다고 볼 수 있다.

악부 · 근체시 · 사 · 곡 등의 본질	산문 · 소설 · 騈文 등의 작문 기교
시경의 직접적 전변	시경의 부비흥의 범위
중국의 시문학에 끼친 영향 ⬇	

시경의 시체			시경의 민요적 기초			
3언시 江有汜 振振鷺	5언시 誰謂雀無角 何以穿我屋 ↲	6, 7언				
李白 天馬歌	한대 오언시	樂府	초사 楚辭	악부 樂府	사 詞	곡 曲
한대 郊祀歌의 3언, 碑銘의 4언 絕句와 律詩의 5언 7언 賦, 散文, 기타문학			역대 시사악곡 형식의 本源			

시경 二雅의 정신과 정감79)			시경의 서정과 풍간		
政治怨刺詩의 문학정신	인격미 內修·外儀	美政의 추구 절조, 우국	韋孟 諷諫在鄒	東方朔 誡子	韋玄成 子劫 戒子孫
離騷 九章	文化心理의 계승		唐山夫人 安世房 中藥	傅毅 迪志	仲長統 述志詩

憤世嫉俗	憂國憂民	精彩絕艷
'北風南騷'		

한대 악부	당 杜甫	당 白居易
현실비판시		

屈原 離騷	楚歌	張衡 四愁詩	庾信 鄉關之思 詩歌
↑			
變風·變雅, 詩言志, 觀風俗·移敎化, 美刺 80)			

---

79) 趙明, 『文化視域中的先秦文學』, 濟南: 山東文藝出版社, 1997.4. 98~99쪽.

80) 周建軍, 『唐代荊楚本土詩歌與流寓詩歌研究』, 北京: 中國社會科學出版社, 2006.5. 63쪽.

碩人 (魏風)	標有梅 (召南)	卷耳 (周南)	月出 (陳風)	大東 (小雅) 末段	文王 (大雅)	常武 (大雅)	閟宮 (魯頌)
시경의 표현 기교[81] ↳							
宮體詩	閨怨詩	唐 張仲素 春閨思	騷賦	楚辭 낭만문학	曹植 贈白馬王 表	唐 韓愈 平淮西碑	漢賦
	司馬相如 封禪頌		東方朔 誡子詩		張衡 怨篇	仲長統 述志詩	

屈原	曹植	王粲	蔡琰	陳子昂
離騷 九章	贈白馬王表	七哀詩	悲憤詩	感遇 38수 贈幽州臺歌
李白·杜甫·白居易·陸游·黃遵憲·艾青 풍아정신의 계승과 창조 ⋮				
시경의 美敎化·厚人倫 및 思無邪				
溫柔敦厚	眞性情		比興의 수법	忠君愛國
두보시의 '경전화'[82]				

　『시경』은 문학적 가치 외에도 가장 오래된 고대의 문자를 잘 보존하고
있어 훈고학訓詁學자료의 귀중한 보고이기도 하다. 이런 점은 『시경』의 성
운聲韻과 어휘 역시 마찬가지이다. 더욱이 『시경』은 고대인의 생활상을 노
래로 반영하기 때문에 중국 고대의 혼인제도와 농촌생활 및 종교 신앙 등
사회상 연구에 필요한 정보를 제공하는 중요한 사료이다.

---

81) 李滿, 「詩經의 文學的인 價値」, 『人文科學硏究』(誠信女大) 8, 1988.3. 102쪽.
82) 吳儀鳳, 「杜甫與詩經-一個文學典律形成的考察」, 『詩經硏究叢刊』 3, 2002.7. 37쪽.

시경의 문화적 의의	
天人合一천인합일 隆禮重德용례중덕 求實安守구실안수 崇尙中庸숭상중용 追求和平추구화평	婚嫁의 禮　桃夭(周南) 悼亡의 禮　綠衣(邶風) 贊頌의 禮　考槃(衛風) 邀請의 禮　蘀兮(鄭風) 感謝의 禮　還(齊風)
응대, 정치, 수신, 사회교화의 용도	禮의 용도[83)

『시경』은 '15국풍'에서 알 수 있듯이 고대 중국 여러 지방에서 채집한 시가이므로 고대의 지리적 특성이 잘 나타나 있어서 고대의 지리환경을 살펴보는 데도 많은 도움을 준다. 또한『시경』에 나타난 여러 동식물을 비롯하여 궁실·의복·주거舟車 등의 명칭 등을 통하여 고대 명물에 대한 사전적 지식도 넓힐 수 있다.

시경의 명언과 경구警句
반복적으로 인용되어 점차 사람들의 정의情意를 표현 ↳ 현대한어 중 성어·속담·격언

---

83) 蔣長棟,「中國韻文禮節之用槪論」,『東洋禮學』4, 2005.5. 9쪽.

시경에서 나온 성어84)		
국풍	소아	대아·(송)
甘棠有愛 蒹葭伊人 耿耿于懷 經緯分明 鷄鳴戒旦 故宮禾黍 骨肉離散 孔武有力 巧笑倩兮 鳩占鵲巢 求之不得 琴瑟之好 勞心忉忉 綠衣黃裏 德音莫違 桃之夭夭 同仇敵愾 明山涉水 無冬無夏 美目盼兮 跋前跋後 百年偕老 百身何贖 膚如凝脂 不稼不穡 不日不月 匪石匪席 舍明不渝 三星在戶 相鼠有皮 碩大無朋 夙夜在公 夙興夜寢 信誓旦旦 新婚宴爾 深厲淺揚 婉如淸揚 寤寐不忘 夭桃穠李 窈窕淑女 憂心思遠 遇人不淑 悠哉悠哉 委委佗佗 宜家宜室 衣冠楚楚 二三其德 人言可畏 日居月諸 一日三秋 顚倒衣裳 輾轉反側 切磋琢磨 左右采獲 至死靡它 螓首蛾眉 參差不齊 涕泗滂沱 惴惴不安 充耳不聞 七月流火 投木報瓊 抱布貿絲 摽梅之年 風雨瀟瀟 風雨如海 風雨淒淒 風雨飄搖 謔浪笑敖 偕老同穴 邂逅相遇	高山仰止 高岸深谷 空谷足音 劬勞之感 鬼蜮技倆 巧舌如簧 急人之難 南箕北斗 弄璋之喜 萬壽無疆 螟蛉之子 鳴于喬木 白駒空谷 不稂不莠 壽比南山 楊柳依依 哀鴻遍野 如鼓琴瑟 如臨深淵 如日方升 嗷嗷待哺 雨雪霏霏 憂心如焚 憂心忡忡 綽綽有餘 戰戰兢兢 竹苞松茂 春日遲遲 出口成章 惴惴小心 他山之石 必恭必敬 暴虎馮河 軒輊不分 赫赫有名	兢兢業業 多士濟濟 明哲保身 穆如淸風 無聲無臭 鳳凰朝陽 不可救藥 不愧屋漏 鮮克有終 小心翼翼 愛莫能助 鳶飛魚躍 於乎哀哉 殷鑑不遠 進退維谷 天作之合 投桃報李 (高高在上) (懲前毖後)
86	35	19

시경 상용성어 39가지(진한 색) 개요

84) 于江倩 編著, 『經典可以這樣讀·詩經』, 安徽文藝出版社, 2008.10. 3~9쪽, 109~111
쪽; 辛然, 『我生之初尙無爲:詩經中的美麗與哀愁』, 西安: 陝西師範大學出版社, 2006.
10. 40~43쪽.

○ **琴瑟之好**금슬지호 부부 사이가 화목하고 즐거움을 비유하는 말(周南 · 關雎)

窈窕淑女요조숙녀 琴瑟友之금슬우지			
窈窕 : 세련된, 우아한, 얌전한 / 琴瑟 : 거문고와 비파			
琴瑟之樂	琴瑟相和	琴瑟和諧	琴瑟和明

○ **寤寐不忘**오매불망 자나 깨나 잊지 못하다(周南 · 關雎)

寤寐求之오매구지	寤寐思服오매사복
자내 깨나 그리워하다	자나 깨나 생각하다

○ **輾轉反側**전전반측 생각을 극심히 하여 잠이 오지 않아 누워서 몸을 이리저리 뒤척이다(周南 · 關雎)

반 바퀴 구르다	한 바퀴 완전히 뒹굴다	뒤집다	옆으로 세우다
輾전	轉전	反반	側측
몸을 반 바퀴 쯤 구르는 것	완전히 한 바퀴 구르는 것	반 바퀴보다 좀 더 구르는 것	한 바퀴 구르다 멈추는 것
편안한 잠이 오지 않다		잠을 이루지 못해 뒤척이다	
= 輾轉不寐전전불매			

○ **鳩占鵲巢**구점작소 다른 사람의 물건이나 업적을 무리하게 빼앗아 버림을 비유(召南 · 鵲巢)

維鵲有巢유작유소 維鳩居之유구거지			
까치가 둥지를 지으면 비둘기 들어와 차지하듯			
여자가 결혼하여 남편 집으로 가는 것			
鵲巢鳩占	鳩居鵲巢	鵲巢鳩居	鳩奪鵲巢

○ **甘棠遺愛**감당유애 백성들을 사랑하는 관리의 어진 마음을 비유(召南 · 甘棠)

소공수召公樹 소공당召公棠 ← 소공召公의 인정仁政			
甘棠遺愛	甘棠之愛	甘棠之化	甘棠之惠

○ **綠衣黃裏**녹의황리(邶風·綠衣)

①귀천의 자리가 서로 바뀌었음	②처첩이 분수없이 방자한 것
= 綠衣黃裳녹의황상	

○**涇渭分明**경위분명 시비나 한계가 뚜렷하고 분명하다(邶風·谷風)

涇水	渭水
濁	淸
涇以渭濁경이위탁	

○**百年偕老**백년해로(邶風·擊鼓)

死生契闊사생계활 죽거나 살거나 만나거나 헤어지거나	與子成說여자성설 그대와 함께 하자고 약속했네
執子之手집자지수 그대의 손을 잡고서	與子偕老여자해로 그대와 함께 늙자고 말일세
부부의 인연을 맺어 평생을 같이 즐겁게 지내다	

○**切磋琢磨**절차탁마 골각 또는 옥석을 자르고 닦고 쪼고 갈다 → 학문과 덕행을 힘써 닦음을 비유(衛風·淇奧)

切절	磋차	琢탁	磨마
뼈를 자른다	상아를 썬다	옥을 쫀다	돌을 간다
노력 ↔ 성취에 만족		더욱 정진하는 노력 ↪ 성공	
꾸준한 노력을 하되 순서 있게 하는 것 = 切磋硏磨			

如切如磋 如琢如磨	
사람의 도덕 수양으로 해석	하나를 보고 열을 아는 것으로 칭찬
論語·學而	

○ **偕老同穴**해로동혈 살아서는 함께 늙으며 죽어서 한 무덤에 묻힌다 → 부부의 사이가 좋은 것을 형용(衛風·氓)

생사를 같이 하는 부부의 사랑과 맹세	부부 금슬이 좋아 함께 늙고 함께 묻힘
1	2

○ **投木報瓊**투목보경 남녀가 서로 선물을 주고받는 풍속 ⋯ 자신에게 후의를 베푼 사람에게 보답하는 것(衛風 · 木瓜)

고대의 약혼 풍속	
投瓜報瓊투과보경	投瓜得瓊투과득경
↪ 보잘 것 없는 선물에 값진 답례를 하다	

○ **一日三秋**일일삼추 짧은 시간도 삼년같이 느껴질 정도로 그 기다리는 마음이 간절하다(王風 · 采葛)

彼采蕭兮 日日不見 如三秋兮	
그대 대숙 캐러 가시어 하루 동안 못 뵈어도 세 해나 된 듯하고	
고대: 一晝夜 = 100刻	현대: 一刻 = 15분
一刻三秋, 一刻如三秋	

○ **三星在戶**삼성재호(唐風 · 綢繆)

三星在天삼성재천	三星在隅삼성재우	三星在戶삼성재호
삼수參宿에는 빛나는 3개의 별이 일렬로 연이어 있다		
↪ 남녀가 결혼하는 길일양진吉日良辰		

○ **如鼓琴瑟**여고금슬 거문고와 비파를 타면 음률이 어울려 서로 화합해서 즐거운 분위기를 자아내듯 아내와 뜻이 잘 맞다(小雅 · 常棣)

妻子好合처자호합		如鼓瑟琴여고슬금	
처자가 좋게 화합하는 것이		비파와 거문고를 타는 것과 같고	
거문고와 비파의 합주처럼 부부가 화합함			
琴瑟相和	琴瑟相樂	琴瑟之樂	和如琴瑟

○ **急人之難**급인지난 형제간에 의가 좋은 것을 말한다(小雅 · 常棣)

脊令在原척령재원		兄弟急難형제급난	
할미새 들에 있고		형제가 위급하고 어렵다	
할미새의 이미지 = 형제간 매우 급한 일에 서로 도우는 것			
형제의 우애와 화목을 표현			

○ **鳴于喬木**명우교목(小雅 · 伐木)

出自幽谷출자유곡 遷于喬木천우교목	
지위가 상승하는 것을 비유	학문의 진전을 비유

○ **軒輊不分**헌지불분(小雅 · 六月)

軒헌 마차의 앞이 높고 뒤가 낮은 것	輊지 마차의 앞이 낮고 뒤가 높은 것
고저高低와 경중輕重을 구분 못함을 비유	

○ **他山之石**타산지석(小雅 · 鶴鳴)

他山之石 可以爲錯 하찮은 돌 → 숫돌			他山之石 可以攻玉 하찮은 돌 → 옥	
①다른 사람의 하찮은 언행도 자기의 지혜이나 덕망을 닦는 데 도움이 됨의 비유 ②쓸모없는 것이라도 쓰기에 따라 유용한 것이 될 수 있음의 비유				
他山之助	他山之攻	他山攻錯	攻玉以石	≒ 切磋琢磨

○ **弄璋之喜**농장지희(小雅 · 斯干)

弄璋之喜농장지희	弄瓦之喜농와지희
아들을 낳은 기쁨을 말함 옛날 아들을 낳으면 구슬을 장난감으로 주었다 = 弄璋之慶농장지경	딸을 낳은 기쁨을 말함 옛날 딸을 낳으면 길쌈을 할 때 쓰는 벽돌을 장난감으로 주었다 = 弄瓦之慶농와지경
남녀차별	

○ **竹苞松茂**죽포송무 뿌리가 튼튼하고 잎이 무성함을 비유(小雅 · 常棣)

송죽이 무성하다	
옛날, 건물의 낙성을 축하할 때 쓴 말	가족이나 자손이 번성한 것을 비유

○ **暴虎馮河**포호빙하 모험하고 무모함 ⋯→ 용맹하고 과감함을 비유(小雅 · 小旻)

맨손으로 범을 잡고 맨발로 황하를 건너다	
눈앞의 이익에 팔려 장차 어떤 일이 일어날지 눈치 채지 못하다	용기 < 신중한 검토, 적정한 대책

○ **戰戰兢兢**전전긍긍 겁을 먹고 몸을 움츠리는 모양. 매우 두려워서 떠는 모습. 두려워하고 조심하는 모습(小雅 · 小旻)

戰戰전전	兢兢긍긍
두려워하는 것 겁이 나서 떨고 있는 모습	경계하고 삼가는 것 몸을 삼가는 모양
자신을 반성하고 두려워하다 → 두려워 벌벌 떠는 모습을 표현	
어떤 위기감에 의하여 몹시 두려워하는 모습 = 兢兢業業긍긍업업	

○ **螟蛉之子**명령지자 양자養子를 일컫는 말(小雅 · 小宛)

螟蛉有子명령유자 뽕나무벌레 새끼들이 있거늘	蜾蠃負之과라부지 나나니벌이 업는구나
양자를 들이다, 제자를 키우다 - 위인을 본받고 자연을 본받다	

○ **巧舌如簧**교설여황(小雅 · 巧言)

巧言如簧 顔之厚矣 교언은 생황과 같고 얼굴이 두텁다	令儀令色 그 몸가짐과 용모가 아름답다
말을 잘하는 자는 장단에 맞추어 언사를 하고 낯가죽이 두텁다는 것	행동거지나 자태의 아름다움을 기리는 말
小雅 · 巧言	大雅 · 烝民

巧言令色교언영색	↔	剛毅木訥강의목눌
남에게 잘 보이려고 그럴듯하게 꾸며 대는 말과 알랑거리는 태도		의지가 굳고 용기가 있으며 꾸밈이 없고 말수가 적은 사람을 가리킨다 이러한 사람은 인에 가깝다

○ **劬勞之感**구로지감 자식을 낳아 기른 부모의 고생을 생각하는 마음(小雅 · 蓼莪)

劬勞구로		
①병으로 고생함	②어머니가 자기를 낳느라 힘들여 수고함	③자식을 낳아 기르는 수고

○ **高山仰止**고산앙지 높은 산처럼 우러러 사모하다(小雅 · 車轄)

高山仰止고산앙지	景行行止경행행지
저 높은 산봉우리 우러러보며 큰길을 향해 나아가노라 높은 산을 우러러보고 큰길을 걷노라	
↪ 高山景行고산경행 사람의 덕행이 고상함을 칭송하는데 쓰는 말	

○ **無聲無臭**무성무취 하늘의 이치나 하늘의 의지는 오묘해서 직접 느끼기 어렵다
　　　　　　↪ 아무소리도 들리지 않는 것을 형용(大雅 · 文王)

자연의 도를 알기 어려워서 들어도 소리가 없고 맡아도 냄새가 없음	은거하여 나타나지 않음을 비유해 이르는 말

○ **多士濟濟**다사제제 인재가 많다. 아무리 훌륭한 사람도 인재가 없이는 일을 할 수
　　가 없다(大雅 · 文王)

濟濟多士제제다사	多士濟濟다사제제
훌륭한 여러 선비	여러 선비가 다 뛰어남

○ **小心翼翼**소심익익 공경하고 엄숙함 ↪ 행동이 무척 조심스러운 것을 형용(大雅 ·
　　大明)

小心소심	翼翼익익
조심하고 삼가다	공경하고 삼가하는 모양
깊이 삼가고 작은 것까지 마음을 쓰는 것	

○ **鳶飛魚躍**연비어약 모든 만물이 각각 자신에게 적합하게 활동하다 ↪ 일을 적합하
　　게 잘 처리함을 비유(大雅 · 旱麓)

'鳶飛'戾天연비어천 솔개는 하늘에서 활개치고	'魚躍'于淵어약우연 고기는 물속에서 뛰논다
본분이자 자연의 섭리 우주의 생성원리 動靜 陰陽 乾坤 등	

○ **鳳凰朝陽**봉황조양(大雅·卷阿)

'鳳凰'鳴矣 于彼高岡; 梧桐生矣 于彼'朝陽'
어진 인재가 때를 만나 일어난다

○ **不可救藥**불가구약(大雅·板)

심해지면 그땐 고칠 약도 쓸 수 없다	
일이 만회할 수 없을 지경에 달했음을 형용한 말	모든 일에는 백약이 무효한 상태에 이르기 전에 좋은 약을 찾아야 한다

○ **鮮克有終**선극유종(大雅·湯)

靡不有初미불유초, 鮮克有終선극유종 처음은 누구나 노력하지만 끝까지 계속하는 사람은 적다
임금의 정치가 처음과 끝이 달라 백성이 등을 돌렸다는 것

○ **殷鑑不遠**은감불원 다른 사람의 실패를 자신의 거울로 삼아 경계하다 ⋯→ 남의 실패는 나의 거울로 삼는다(大雅·湯)

殷鑑不遠은감불원 在夏后之世재하후지세 은나라 왕이 거울로 삼아야 할 망국의 선례는 먼 데 있는 것이 아니라 바로 전 왕조의 마지막 왕이었던 걸왕 때에 있네
본받을 만한 좋은 전례는 가까운 곳에 있다는 말 = 商鑑不遠상감불원

○ **投桃報李**투도보리 서로 선물을 주고받음을 비유(大雅·抑)

'投'我以'桃'투아이도		'報'之以'李'보지이리
복숭아를 보내주면 오얏으로 보답한다		
선물로 받음	선물을 주고받으며 친밀하게 지냄	답례함
내가 은덕을 베풀면 남도 이를 본받음 ↪ 친구 간에 우의가 두터움을 비유		

○ **不愧屋漏**불괴옥루 홀로 있어도 신중하고 마음에 부끄러움이 없다(大雅·抑)

사람이 보지 않는 곳에 있어도 행동을 신중히 하고 경계하므로 귀신에게도 부끄럽지 아니하다	마음이 광명정대하여 어둠 속에 있을지라도 나쁜 마음이 안 일어나고 나쁜 짓을 안 하는 것을 비유

○ **進退維谷**진퇴유곡 나갈 수도 물러설 수도 없이 궁지에 몰려 있다(大雅·桑柔)

人亦有言인역유언	進退維谷진퇴유곡
세상에 떠도는 말이 있으니	이젠 나아가지도 물러나지도 못할 형편이로다

○ **明哲保身**명철보신 총명하고 사리에 밝아 일을 잘 처리하여 몸을 잘 보전하다 (大雅·烝民)

旣'明'且'哲'기명차철 밝고 현명하게 처신하여	以'保'其'身'이보기신 그 몸을 보전했다
자신의 일신을 보호하고자 하는 데만 똑똑하고 명석하게 굴다 明哲 < 保身	

○ **懲前毖後**징전비후 이전에 저지른 과오에서 교훈을 얻어 뒷날에는 일을 신중하게 하다(周頌·小毖)

予其'懲' 而'毖'後患 내가 경계함은 후환을 삼가는 일이다
과거를 거울삼아 현재를 돌아보고 미래를 위해 미리 경계하다

제3편

『시경』은 본시 '시' 또는 '시삼백'으로 불리다가 전국 말기부터 '경'으로 불리기 시작했다. 『시경』에는 중국문화의 근간이 되는 예의 전범典範과 정신적 가치가 그 안에 녹아들어 있으므로 수신의 교재로 삼을 만하다.1)

시경	
중국문화의 연원 (문화적 가치)	시학의 원류 (문학적 가치)
經	
(공자가) 시·서·예·악·역·춘추 육경을 연구했다2)	경을 외우는 것에서 시작해서 예를 읽는 데서 끝난다3)
莊子·天運	荀子·勸學

⋮

①기재한 죽간의 쪽수가 많다 ②항상 뒤져야 한다 線: 죽간을 묶는 줄 = 經: 본래는 '날줄'로서 피륙의 가장 기본적인 단위	
糸사: 의미부분	巠경: 발음부분
經, 織也. 從糸, 巠聲. 說文解字	

서한 초기에 통치자들이 유술을 제창하고 유가의 시詩·서書·역易·예禮·춘추春秋 등을 '경'으로 받들어 '오경'五經으로 불렀다. '시'는 한문제 때, '서' '예' '역' '춘추'는 한무제 때 '경'으로 확정되었다.

---

1) 劉夢溪, 『國學與紅學』, 上海: 上海辭書出版社, 2011.5. 119쪽.
2) 治詩書禮樂易春秋六經. 『莊子·天運』 이것은 선진시대의 전적 중 『시경』을 육경의 하나로 일컫은 가장 오래된 기록이다.
3) 학문의 시작과 끝을 논하면서 "始乎誦經, 終乎讀禮."라고 하여 '經'이란 말이 나온다. 순자가 말한 '經'은 그 당시의 용어 습관으로 보아 『詩』와 『書』를 가리키는 것이다. '經謂詩書' 唐 楊京 『荀子注』

시(경)의 명칭 변화 과정					
『詩』				오경의 하나	『詩經』
논어	묵자	좌전	국어	→ 전국 말기~ 서한 이후	남송 (朱熹)
'詩三百'		'詩曰' '詩云'			

후세에 전해진 모시는 남송의 학자 주희에 의해 '시경'으로 불리게 되었다.[4]

朱熹 詩集傳 8권의 권머리 제목	저서명에 '詩經'을 넣음
詩經卷一·詩經卷二 …	王夫之 詩經傳疏 段玉裁 詩經小學
'詩經'이란 명칭이 종래의 '詩'라는 명칭을 대신	

또한 『시경』이 문장의 정화精華라고 여겨 '파경'葩經이라고도 한다.[5]

수많은 사람들의 모습과 생활을 꽃과 같이 생생하고 아름답게 그려냄			
詩正而葩 - '葩'파: 꽃 '葩經' '正葩' 韓愈			화가의 그림 같다 如畵工之肖物 王士禎
시경의 정감	명물 지식의 기재	자태가 다양하고 서로 다르다	
내용의 純正		葩	

---

4) 고대에는 그냥 '詩三百' 또는 '詩'라고만 불렀다. 현존하는 자료를 종합하면, 최초로 '經'자와 합쳐 '詩經'이라고 부르게 된 것은 남송 초 료강(廖剛: 1070~1143)의 『詩經 講義』이다.

5) "『시경』은 바르고 꽃봉오리와 같다."

『春秋』謹嚴	『左氏』浮誇	『易』奇而法	『詩』正而葩
韓愈「進學解」			

시경의 효용	시경을 공부하는 효과	뜻의 통달	의로움의 작용
시로서는 사람들의 뜻을 서술한다 莊子·天下	사람을 절도 있게 한다 史記·滑稽傳	司馬遷 史記·太史公自序 '六藝'	班固 漢書·藝文志 '六藝略'
시경 = 육경[6]의 하나		**시경 = 육예의 하나**	

공자와 시경의 관계[7]		
1	2	3
악보 배합	산시刪詩 여부	시에 대한 비평
		↵
用詩, 評詩 20조 중 공자의 평론 16조	上博楚簡詩論, 29개 竹竿, 약 1006자 60편의 시평(53편 판독)	
論語	孔子詩論	

공자는 『시경』의 시를 한마디로 평하여 '사무사'思無邪라고 했다.

一言以蔽之	思無邪
'요컨대' '한마디로'	생각이 꼬여있지 않고 순하다

『시경』에 거짓이 없다는 뜻으로 진실성(사실성)을 전제로 한다는 말이다. 즉 공자는 시를 통하여 인간의 참되고 순수한 감정을 이해하고 자신의 성정을 순화시킬 수 있다고 보았다.

---

6)

시	서	역	예	춘추	악
시가모음집	사건자료집	점복관련서	예의규범집	역사기록집	음악자료집
맹자는 詩·書·春秋를 經으로 보았고 순자는 여기에 禮와 樂을 추가했으며 장자는 다시 易을 추가했다 ↪ '六書' 또는 '六經'					

7) 蔣祖怡 編著, 『詩歌文學纂要』, 台北: 正中書局, 1975.2.(台2版) 26쪽.

사무사思無邪		
말(馬)의 특성을 개괄한 말 ↪ 시(詩)의 특성을 개괄한 말 느리지 않다(빨리 달린다)　　[생각에] 사악함이 없다 '思'8)		
본래 의미 없이 단지 가락을 조절하기 위한 조사		공자의 시대에는 의미를 지닌 말로 인용

시경의 뜻과 도리
論語·爲政

1	2	3
시인의 마음에 거짓이 없다는 뜻	시를 읽는 독자의 생각에 거짓이 없어진다는 뜻	우리가 거짓이 없는 마음을 만나기 위해 시를 읽는다는 뜻
거짓 없이, 있는 그대로 사실성 · 진정성		
생각에 사악함이 없다	사악한 생각을 없애준다	
⋮		
(시인의 생각에) 거짓이 없는 것	(시를 읽는 독자의 생각에) 거짓이 없어진다	
있는 것을 사실대로 드러내는 일에 충실		

시경의 정신

思 일반 감성(×), 순수 정감이나 본심(○)		
사상이 순수하고 발라야 한다		
사람이 생각이 바르면 모든 일이 잘 된다		
착한사람은 더욱 분발시키고 사특하고 간악한 자는 징계하기 위해 꾸밈과 거짓이 없다 ⇧ 시는 그 의지를 숨김이 없다9)		
1. 창작 방면	2. 用詩 방면	3. 시가비평 방면

---

8) 陳舜臣, 서은숙 역, 『논어교양강좌』, 서울: 돌베개, 2010.1. 48~49쪽.

시경이 공자에게 끼친 영향	
초월자를 인정하지 않는 인간중심주의	본능을 포함한 인간성의 존중

공자 교리敎理의 핵심

정치·도덕의 표준	시교詩敎의 주요 원칙

溫柔敦厚10): 공자	
①성품을 순화	②정서를 함양

온유함과 넉넉함

'無邪'	'中和'
정치·도덕의 표준	심미 척도

溫온	柔유	敦厚돈후
안색이 따스하다	마음이 부드럽다	인정이 두텁다
사기辭氣: 말과 얼굴빛		성정性情
정서의 표현 방법 ⋯→ 성정의 순화11)		
선량 친절 성실 심후		흉악 냉담 허위 천박
○		×

---

9) "시는 그 의지를 숨김이 없고, 음악은 그 정감을 숨김이 없으며, 문장은 그 생각을 숨김이 없다." 詩亡隱志, 樂亡隱情, 文亡隱言. 『孔子詩論』

詩·樂·文	志·情·言(意)
시경의 형식	시경의 내용

10) "공자가 말했다. 그 나라에 들어가 보면 그 나라의 교화를 알 수 있다. 즉 그 곳 사람됨이 언사나 얼굴빛이 온유하고 성정이 돈후함은 시경의 가르침의 효과이다." 子曰, 入其國, 其敎可知也. 其爲人也, 溫柔敦厚, 詩敎也. 『禮記·經解』

11) 시는 찬미하거나 풍간하거나 원망하거나 할 때, 직접 지적하지 않고 완곡하게 또는 온당하게 노래한다. 따라서 이것에 도야되는 자는 자연히 온유돈후하게 된다는 의미이다.

시경 학습의 중요성			
시를 안 배우면 남과 대화가 안 된다12) 論語 · 季氏		사람이 주남 · 소남을 공부하지 않으면 마치 벽을 마주보고 서 있는 것 같다13) 論語 · 陽貨	
시와 학문의 관계	시와 지식의 관계	免面墙 ○	面長 ×
학문할 권리 · 자격론			
시경의 교육적 가치			

시경 = 수신을 위한 교과서		
興於詩	立於禮	成於樂
수신의 시작	입신의 준칙	성정의 도야
論語 · 泰伯		

예를 배우지 않으면 서지 못한다 論語 · 季氏	예를 알지 못하면 서지 못한다 論語 · 堯曰

인간의 교양이 완성되기까지의 과정14)

---

12) "시를 학습하지 않으면 할 말이 없다." 不學詩, 無以言. 『論語 · 季氏』 살아 있는 자연 존재의 세계를 살아 있는 그대로 순수하게 받아들이는 수용태도가 갖추어지지 않고서는 아예 어떠한 말도 할 수 없다.

13) "공자께서 伯魚(공자의 장남 鯉의 자)에게 일러 말했다. 너는 시경의 주남과 소남을 공부했느냐? 사람으로서 주남과 소남을 공부하지 않는다면 그것은 마치 담을 마주하고 서 있는 것과 같다." 子謂伯魚曰, 女爲周南召南矣乎, 人而不爲周南召南, 其猶正墻面, 而立也與. 『論語 · 陽貨』 免面墻: 담벼락에서 벗어나다. 답답함을 면할 수 있다.

14) "시를 읽어서 인간적 감정을 불러 깨우치고, 예에 본받아 인격 내용을 충실히 하며, 음악을 배움으로써 완성을 도모한다." 興於詩, 立於禮, 成於樂. 『論語 · 泰伯』; 不學禮, 無以立. 『論語 · 季氏』; 不知禮, 無以立也. 『論語 · 堯曰』

1	2	3
도의적 감흥을 일으키다	인륜의 규범을 세우다	화락한 마음을 지녀 품성을 완성하다

현실적 효과 중시, 도덕·인격수양 관련

⋮

'善之' '美之' '喜之' '敬之' '悅之'
孔子詩論

시	예	악
문학	도덕	음악

3자가 원만하게 융합하는 관계15)

↳

인문적 교양

정치적 사업능력과 외교적 조절능력16)	아버지를 잘 모시고 임금을 잘 섬기다17)
論語·子路	論語·陽貨
정치외교상 주요 역할	사람의 도리를 올바로 인식
시경을 읽는 목적이 실천하기 위해서 임을 강조	

---

15) 김원중, 「孔子 文學理論의 思想的 檢討」, 『建陽論叢』 4, 1996. 58쪽; 최성철, 「孔子의 生涯와 政治哲學에 關한 硏究」, 『社會科學論叢』(한양대) 1, 1982. 184쪽.

16) "시 삼백 편을 다 외웠다하더라도 그것을 정치에 적용시켜 통달하지 못하고 여러 나라 사신으로 가서 시로써 응대하지 못한다면, 비록 많이 안다 하더라도 무엇에 쓰이겠는가!" 誦詩三百, 授之以政, 不達; 使於四方, 不能專對, 雖多, 亦奚以爲? 『論語·子路』 專對: 외국에 사신으로 나가 혼자서 대응하는 것

17) 邇之事父, 遠之事君. 『論語·陽貨』

1 정치윤리교과서	2 언어교과서
중국 최초의 시가 모음집 공자 - 유가	
정치윤리 및 언어 교재	

子所雅言, 詩書執禮.	不學詩, 無以言.	多識於鳥獸草木之名.
공자께서 평소 늘 말씀하신 것은 시와 서 및 예를 행하는 일이었다	시를 공부하지 않고서는 어떤 말도 할 수 없다	새와 짐승, 풀, 나무의 이름과 더불어 많은 것을 알게 된다[18]
論語·述而	論語·季氏	論語·陽貨

생물의 물명과 생김새, 습성 등을 그림과 함께 소개 동식물 총 255종 = '생물백과사전'						
徐鼎, 毛詩名物圖說 9권, 1771년[19]						
草名	木名	鳥名[20]	獸名	昆蟲名	魚名	각종 기물
105	75	39	67	29	20	300여
胡樸安의 통계[21]						

---

18) 조선시대의 실학자 丁學游(1786~1855)는 『시경』에 나오는 동식물을 정리하여 『詩名多識』(정학유, 허경진·김형태 역, 詩名多識: 조선의 인문학자 정학유의 박물노트, 한길사, 2007.8.)이라는 책을 썼다.

19) 『毛詩名物圖說』(연세근대동아시아번역총서5), 徐鼎 지음, 매지고전강독회 옮김, 소명출판, 2012.7. 『시경』 속에 등장하는 풀과 나무, 새, 짐승, 벌레, 물고기 등에 대해 소개했다.

1	2	3	4	5	6	7	8	9
새	짐승	벌레	물고기	풀 (상)	풀 (중)	풀 (하)	나무 (상)	나무 (하)

20) 조류를 편명으로 하는 작품으로 關雎·晨風·雄雉·鴇羽·燕燕·鳲鳩·黃鳥(1)·鶉之奔奔·鴻雁·黃鳥(2)·鳲鳩·鷄鳴·桑扈·鴛鴦·鶴鳴 등이 있다.

21) 夏傳才, 『詩經語言藝術新編』, 北京: 語文出版社, 1998.1. 3쪽: 胡樸安, 『詩經學·

시경의 시적 기능			
興흥	觀관	群군	怨원
예술적 감화 기능	사회적 인식 기능	사회적 단결 기능	사회정치적 비판 기능

사회적 기능 = 흥관군원설[22]

可以興[23]	可以觀[24]	可以群	可以怨
감흥이 일어난다	정치를 잘하게 된다	무리와 잘 어울리게 된다	잘못을 싫어하게 된다
감성	지성 통찰력·대응력	조화	소통
論語·陽貨			

사회적 공용	심미적 특성
시가의 사회교육 작용	시가의 미학 작용

詩經之博物學』, 商務印書館, 1929. 인용.

22) "시를 배우면 표현 연상력을 배울 수 있고 관찰력을 향상시킬 수 있으며, 다른 사람과 어울리는 훈련을 할 수 있고 풍자법을 배울 수 있다" 詩. 可以興, 可以觀, 可以群, 可以怨. 『論語·陽貨』

梁 鍾嶸 詩品	淸 王夫之 詩繹
구체적 사례를 들어 '군' '원'만 끄집어내어 설명	정치·철학적 관점으로 '흥' '관' '군' '원'의 상호관계에 대해 설명

23) 錢鍾書, 『管錐編』 第1冊, 北京: 三聯書店, 2007.10. 110쪽.

興	
賦比興의 '興'	興觀群怨의 '興'
시의 작법	시의 공용

24)

觀	
풍속의 성함과 쇠함을 관찰하는 것 觀風俗之盛衰	득실을 고찰하는 것 考見得失
鄭玄 論語集解	朱熹 論語集注

시경을 읽으면 좋은 점 6가지					
1	2	3	4	5	6
감수성이 풍부해진다	정치를 잘하게 된다	주위 사람들과 잘 어울릴 수 있게 된다	잘못된 일과 불쾌한 일을 빨리 알아채려 고치게 된다	사람의 올바른 도리를 알고 행하게 된다	동식물의 이름을 많이 알게 된다

시삼백		
시가	음악	무용
결합된 형식 (전국시대 이후 가사만 남게 되었다)		

⋮

關雎편의 연주			
后妃의 德	諷君刺時	夫婦婚配	民間戀歌
×	×	×	○
국풍에 角調	남녀 간의 애정과 일상생활에 관한 것이 대부분		角音이 백성
宮은 군주를, 商은 신하를, 角은 民을, 徵는 事를, 羽는 物을 말한다 樂記 · 樂書			

악사 지가 연주를 시작할 때와 관저의 마지막 곡을 연주할 때는 귓속에 아름다움이 가득 찼다[25]	관저는 즐거우면서도 음란하지 않고 슬프면서도 마음을 상하게 하지 않는다[26]
論語 · 泰伯	論語 · 八佾
공자가 關雎편을 평한 말	

---

25) 師摯之始, 關雎之亂, 洋洋乎, 盈耳哉. 『論語 · 泰伯』
26) 樂而不淫, 哀而不傷. 『論語 · 八佾』 丁若鏞은 이 단락이 關雎 · 葛覃 · 卷耳 3편 시

『시경』은 유가의 예악禮樂 일치 이념에 매우 충실했다. 예악은 공자가 덕을 닦는 방법이자 사람을 교육하는 법도였으며, 정치에도 적용하여 예악으로 나라를 다스리기를 권장했다.

신하 · 임금 忠 ↑ 여인의 마음 關雎	남녀관계 禮 ↑ 여성의 유혹 野有死麕	임금 · 백성 仁 ↑ 세태의 풍자 碩鼠	악장			
			제사			향연
			조상	감사	神	君臣
			生民 公劉	噫嘻	豊年	鹿鳴
유가사상 = 예악						

이처럼 제사와 향연의 의식을 행할 때 음악과 시가 그리고 무도를 합하여 예악을 완성했다.

전통적 예 예 · 악으로 분화					
예			악		
전장제도	도덕규범	예의형식	詩	樂	舞

⋮

고대 중국에서의 禮 ← 분화되지 않은 종합적인 문화		
典章制度	道德規範	禮儀形式
군신 · 부자 · 귀천의 등급제도	충 · 효 같은 것	협의적 의미로서의 예

의 의미를 밝힌 것으로 보았다.

關雎	葛覃	卷耳
樂而不淫	勤而不怨	哀而不傷

예 · 악 · 시로 분화27)			
외형적			
사회적 정치적 ← 예 → 내면적 개성적 문학적			
예	악		
	악	시	
		언어적 용도	음악적 용도
		부비흥	풍아송

악에 소속된 일부로서의 시28)		
개인의 정감을 토로(×) 개인의 시(×)	하늘에 기도하고 아뢰며 선조를 칭송하며 중대한 역사 사건과 공적을 서술하는 노래 가사(○) 공동의 시(○)	
⇧ 詩 · 樂 · 舞 삼위일체 = 고대의 분화되지 않은 '樂'		
詩	樂	舞
'言志' 뜻을 말한 것	'永聲' 그 소리를 길게 한 것	'動容' 그 모습의 동작
구두성	집체성	종합성
상고시가의 특징29)		

『논어』에 보면 공자도 소악韶樂을 듣고 감동하여 석 달 동안 고기 맛을 알지 못했고,30) 위나라에서 노나라로 돌아오자 『악』이 바로 잡혔다고 기록

27) 沈成鎬, 「禮 · 樂 · 詩의 分化」, 『中國文學硏究』16, 1998.6. 52쪽.
28) 沈成鎬, 앞의 책, 36~37쪽.
29) 金勝心, 「中國上古詩歌硏究」, 『中語中文學』22, 1998.6. 267쪽.
30) "선생님이 제나라에 계실 때 소를 듣고 석 달 동안 고기 맛을 몰랐다." 子在齊聞韶, 三月不知肉味. 『論語 · 述而』

했다.31) 음악은 공자가 제자들을 가르칠 때 인격 도야에 필요한 '육예'六
藝32)의 한 과목이었다.

경서로서의 육예	교육과목으로서의 육예
詩·書·易·春秋·禮記·樂	禮·樂·射·御·書·數
지식과 덕행을 겸비한 인물 양성	

옛날의 시는 바로 음악의 가사로 인간의 감정을 밖으로 표현하고 전달하
는 유력한 수단이었다. 시의 목적을 인륜을 두텁게 하고 백성을 교화시켜
풍속을 바꾸는 데 두었다. 이것이 바로 유가의 전통적인 시교詩敎사상이다.

공자는 305편의 시에 모두 곡조를 붙여 노래로 부름으로써, 韶·武·雅·頌의 음악에 맞추려 했다. 예와 악이 이로부터 회복되어 서술할 수 있게 됨으로써, 왕도를 갖추고 육예가 완성되었다	雅와 頌의 악곡을 연주하면 백성들의 정서가 바르게 되고 높고 우렁찬 격앙된 소리는 사기를 고조시키며 鄭나라와 衛나라의 노래를 부르면 민심이 음란해진다
史記·孔子世家33)	史記·樂書34)

---

31) "내가 위나라로부터 노나라에 돌아와서는 시가의 악보는 정연히 정리되었고, 착
란 되었던 가사도 바르게 분류되게 되었다." 吾自衛反魯, 然後樂正, 雅頌各得其
所. 『論語·子罕』

32)
六德	六行	六藝
知仁聖義忠和	孝友睦婣任恤	禮樂射御書數
周禮·大司徒 卷10 '鄕三物'		

33) 三百五篇孔子皆弦歌之, 以求合韶武雅頌之音. 禮樂自此可得而述, 以備王道, 成六
藝. 『史記·孔子世家』

34) 雅頌之音理而民正, 嘄噭之聲興而士奮, 鄭衛之曲動而心淫. 『史記·樂書』

유가의 전통적 악교	유가의 전통적 시교
음악	시 - 음악의 가사

⇩

詩(감흥) 禮(행동규범) 樂(성정)35)
개인의 인격수양 ⋯▶ 정서발달, 사고훈련 조화로운 사회

선진先秦 시기에는 저서著書와 입설立說에 시를 인용하여 증명하고 외교적 응대에 부시賦詩 · 단장斷章하는 두 가지 실용적 방편을 중시했다. 『좌전』, 『국어』, 『논어』, 『맹자』, 『순자』, 『예기』 등에 『시경』을 인용하여 사상을 전개하거나 『시경』에 대하여 단편적으로 언급하고 있다.

群經	諸子百家
391회	227회
시경 인용 (618회)36)	

先秦 典籍에 인용된 시경의 편수/횟수37)						
論語	孟子	大學	中庸	荀子	墨子	大戴禮記
6/6	28/35	10/12	14/17	47/77	6/6	12/12
禮記	孝經	左氏傳	呂氏春秋	晏子春秋	國語	戰國策
48/73	10/10	72/156	14/15	16/21	19/22	3/4
305/466						

---

35) "시에서 감흥을 일으키고, 예로써 행동규범을 세우고, 음악으로써 성정을 완성시 킨다." 興於詩, 立於禮, 成於樂. 『論語 · 泰伯』
36) 남상호, 『孔子의 詩學』, 춘천: 강원대학교출판부, 2011.8. 165쪽.

논어와 좌전에 인용된 시경의 횟수38)					
論語			左傳		
引詩 7차	評詩 4차	說詩 5차	賦詩 28차(73수)	引詩 33차(42수)	기타 (13수)

사서에 인용된 시경의 편수39)			
論語	孟子	大學	中庸
8편 (逸詩 2편 포함)	37편 (逸詩 1편 포함)	12편	16편
73편			

용시用詩40)				
1			2	3
서주			춘추 ~ 전국 초	전국 중·후
以聲爲用			聲義兼用 부시賦詩	以義爲用 인시引詩
제사	연향	射禮	자신 혹은 상방의 상황을 비유·논평하는 방식 연회, 전례, 일상생활, 외교왕래41)	
(주례·의례·예기)				

---

37) 李埰文, 「先秦諸家의 詩經 引用에 關한 硏究」, 성균관대(박사논문, 중어중문), 2000.6. 12쪽.

38) 이병찬, 「韓·中 詩經論의 問題點과 再認識 - 楚簡本 詩經 關聯資料에 根據하여」, 『語文硏究』 42, 2003.8. 186쪽 주해: 袁長江, 『先秦兩漢詩經硏究論稿』, 學苑出版社, 1999. 2쪽 인용.

39) 朴仁和, 「四書에 引用된 詩經詩 硏究」, 공주사대(석사논문, 중국어교육), 1988.12. 12~13쪽.

40) 董運庭, 『論三百篇與春秋詩學』, 北京: 中國社會科學出版社, 2013.10. 217쪽.

41) 강윤옥, 「출토문헌 詩經의 언어학적 특징 연구」, 『中語中文學』 40, 2007.6. 75~76쪽.

賦詩言志	引詩說理
자기의 뜻 또는 각지의 민풍	시를 인용하여 설득력 증강
춘추 ~ 전국 초	전국 이후 증가
단장취의斷章取義[42)의 방법을 사용 賦詩 > 引詩 음악적 요소·기능	
春秋: 賦詩	荀子: 引詩[43)
국풍 > 아송	국풍 < 아송
부시·인시 중의 시편[44)	

1	2
생활교과서	언어예술품
일상생활용품[45)	

단장취의의 예

戎狄是膺융·적시응, 荊舒是懲형서시징 閟宮비궁(魯頌)

戎: 西戎	狄: 北狄	荊: 楚	舒: 楚 부근
주나라가 융과 적을 치자 형과 서가 저절로 징계 되었다 × 융과 적을 치고 형과 서도 징계했다 ○			
주나라 僖公의 일을 다룬 것 ┅→ 맹자가 周公의 일을 설명한 것[46)			
①유추類推 ┅→ ②단장취의 ┅→ ③견강부회			

---

42) 시편의 일부를 잘라 본래의 문맥과는 달리 인용자의 뜻에 맞게 어구를 사용하는 방식이다.

43) 총 75회(46편)

국풍	아·송
12회(8편)	63회(38편)

44) 董運庭, 『論三百篇與春秋詩學』, 北京: 中國社會科學出版社, 2013.10. 緒論 6쪽.

45) 董運庭, 앞의 책, 150쪽.

공자의 시교와 그의 제자47)		
수신의 용도	정치적 용도	언어 단련의 용도
성정을 함양	세무世務에 통달	응대, 설득력
공자가 인식한 시경의 공용성			

대학을 지으면서 지선至善의 세계는 시경의 경지임을 변증	중용을 지으면서 대통일·대화합의 세계는 시경의 경지임을 증명	성선설을 주장하면서 시경의 논리로 증거 삼음	예법을 강조하면서 시경의 시구를 인용
曾子	子思	孟子	荀子

맹자의 시 감상 및 비평 방법
以文解辭, 以辭解志 ← 斷章取義
以意逆志48) 시 전체의 주제로써 시구를 이해해야 한다 孟子·萬章上
知人論世49) 역사해석법 '이의역지'를 위해서는 '지인논세'가 기초되어야 한다 孟子·萬章下

46) 詩云: "戎狄是膺, 荊舒是懲, 則莫我敢承." 無父無君, 是周公所膺也. 『孟子·滕文公下』

47) 서정기 역주, 『새 시대를 위한 시경』, 서울: 살림터, 2001.3. 34쪽.

48) 이현중, 「詩經의 易學的 이해」, 『哲學論叢』 36, 2004.4. 136쪽. 說詩者, 不以文害辭, 不以辭害志, 以意逆志, 是爲得之. 『孟子·萬章上』

49) 단지 문자 자체만 보아서는 안 되고 작자의 사람됨과 그 사적까지도 살펴서 고찰하여야만 정확한 결론을 도출해 낼 수 있다.

文	辭	志
문장文章	문장으로 표현된 언어言語	언어에 담겨져 있다
따라서 '志'가 언어로, 언어가 문자로 드러난다		

'志' = 聖人의 志	'意' = 君子의 意
作詩者(과거적 존재)의 뜻	讀詩者(미래적 존재)의 뜻
以意逆志	

⇩

文 한 글자	辭 한 구절	志 작자의 뜻	意 독자의 의견
文으로 辭를 해쳐서는 안 된다	辭로 志를 해쳐서는 안 된다	意를 志로 받아들여야 한다	
이에 비로소 시의 참뜻을 얻게 된다			

1	2	3	4
編 『詩』	敎 『詩』	用 『詩』	解 『詩』
주대			선진양한
꜀		
윤리철학사상체계의 일부분		시가의 현실주의 전통 형성	
經學 · 詩學50)			

『시경』은 진시황秦始皇의 분서焚書로 인하여 대부분이 소실되었는데,51) 서한西漢 문제文帝 때 원고생袁固生, 신배공申培公, 한영韓嬰이 기억에 의거하여 금

---

50) 王姸, 『經學以前的詩經』, 北京: 東方出版社, 2007.3. 293쪽.

51)

秦의 기록과 博士館 소장의 책, 의약, 卜術, 농업 관련 책을 제외한 나머지	시서를 논하며 사소한 불평불만 '偶語'
焚書	'棄市'
秦始皇 34년(기원전 213년)	

문今文으로 기록했다. 이들이 전수한 『시경』은 각기 노시魯詩 · 제시齊詩 · 한시韓詩로서 '금문삼가'今文三家 또는 '삼가시'三家詩라고 불렸다. 서한 말년에는 고문古文으로 기록된 모시毛詩가 발견되었는데, 모시는 삼가시와 문자가 다를 뿐만 아니라 문구와 훈고, 내용 해석도 달랐다. 모시는 동한의 정현鄭玄이 『모전毛傳』에 주해를 단 이후 지금까지 전해져 읽혀지고 있다.

三家詩			4
1 齊詩	2 魯詩	3 韓詩	4 毛詩
今文: 隷書에서			古文: 篆書전서
四家詩			

↳

鄭玄 毛詩傳箋	
모전의 주해	삼가시 등 금문의 경설
금고문 시학을 집대성	

　　노 · 제 · 한 삼가의 시학은 『시경』을 빙자하여 그 시대의 정치원리를 설명할 목적으로 시의 대의를 억지 해석하는 부분이 많다. 모시 또한 이른바 미자론美刺論을 펼치며 정치에 대한 풍자를 거론했지만, 시의 본문을 해석할 때는 공허한 주장이 적어 삼가시보다 훨씬 실용적이다.[52]

---

52)

금문학 = 삼가시	고문학 = 모시
시를 통하여 그때의 정치와 사회현실을 설명하는 데 주력함	경문의 글자와 글귀를 충실히 해석하는 데 주력함
대체로 官學에 속하며 通經治用을 중시했다	대체로 私學에 속하며 그 내용이 平實했다

삼가시는 서한 때 모두 학관學官에 세워졌으나 모시는 사학私學에 불과했다. 그러나 삼가시는 동한에 이르러 점차 모시에 밀리기 시작했고 모시를 배우고 연구하는 풍조가 활발해졌다. 모시는 동한 장제章帝 때 학관에 오르면서 성행했다. 모시의 특징은 "학업을 닦고 옛것을 좋아하며 일을 참되게 하고 옳은 것을 구한다"修學好古, 實事求是는 것으로 일체의 사실로 근거를 삼아 고서의 본래 면목을 깊이 탐구하고자 했다.

삼가시三家詩		
노시	제시	한시
申培	袁固	韓嬰
한문제 때 박사	한경제 때 박사	한문제 때 박사
劉向·孔安國 등	夏候始昌·匡衡 등	南賁生·蔡義 등

삼가시 學官에 오르다	
그 시대의 정치원리 설명	그 시대의 정치현실 옹호
강렬한 현실성과 비판정신	
시 해설은 본뜻에서 어긋나는 것	

노시는 서한 초에 노나라 신배申培: 申公, 申培公, 약 기원전 219~135가 전수한 『시경』이다. 신배는 한문제漢文帝: 기원전 179~157 때 한영과 함께 박사가 되었다.53) 『한서·유림전』에 따르면 신배는 노魯지방 사람으로 순자荀子의 제자인 제齊지방 사람 부구백浮丘伯을 섬겨 『시』를 전수받았다고 한다.

53)

금문학파 十四博士(宣帝·元帝)													
易				書			詩			春秋		禮	
旋讎	孟喜	梁丘賀	京房	歐陽高	夏侯勝	夏侯建	申培公	轅固生	韓嬰	嚴彭祖	顔安樂	戴德	戴勝
1	2	3	4	5	6	7	8	9	10	11	12	13	14

노시의 전수 과정
孔子⋯▸ 子夏⋯▸ 曾申⋯▸ 李克⋯▸ 孟仲子⋯▸ 根牟子
⋯▸ 荀卿 ⋯▸ 浮丘伯 ⋯▸ 申培公 ⋯▸ 江公 ⋯▸ 孔安國   ◀ [魯詩]

『한서·예문지』에『노고魯故』25권과『노설魯說』28권이 저록되어 있으나 신배공이 직접 지은 것이 아니라 그의 제자들이 기록한 것이다.

魯詩	
詩訓故	魯故 25권, 魯說 28권
申培	제자 韋·張·唐·褚氏 등
漢書·藝文志	

  노시가 서한 때에는 매우 성했음을 알 수 있다. 노시의 학풍은 비교적 엄정하고 실질을 구하는 편이어서 제시와 한시에 비해 견강부회한 것이 비교적 적다. 노시는 서한 때 성행했으나 위진대를 거치면서 더 이상 전하지 않는다. 노시가 없어진 후에는 여러 고서에 흩어져 산발적으로 인용되는데 이를 통해 그 면모의 일부나마 살펴볼 수 있다.[54]

魯詩學			
史記	說苑 新序 烈女傳[55]	白虎通義	爾雅
司馬遷	劉向	班固	

---

54) 송대의 王應麟은 考據學의 창시자로『困學紀聞』20권을 지었다.

詩考 1권	詩考의 부록	詩地理考 6권
노·제·한 삼가시의 遺說을 수집	시경 正文의 異字 異文 및 逸詩 수집	시경 역사지리학 연구

제시는 제나라 원고袁固가 전한 『시경』이다. 원고는 제齊지방 사람으로 한경제漢景帝 때 박사가 되었다. 그의 제자들은 제시를 음양오행설과 결합시켰다.

제시의 전수 과정
翼奉 蕭望之 袁固生 → 夏侯始昌 → 后蒼 → 匡衡　　◀ 齊詩

특히 익봉翼奉 일파는 『시경』의 해석을 음양오행화 시키고 더 나아가 참위신학讖緯神學[56]을 결합시켜 사시설四始說[57]·오제설五際說·육정설六情說을 주장했다.

四始	五際	六情
水 火 金 木 4行	卯 酉 午 戌 亥	喜 怒 哀 樂 好 惡

제시는 서한 후기, 동한 초에 성행하다가 동한 말년에 소실되었다. 진교종陳喬樅의 『삼가유설고三家詩遺說考』에 따르면, 하후시창夏侯始昌·후창后蒼·대덕戴德·대성戴聖·경보景普·정현鄭玄·반고班固 등 한대의 쟁쟁한 학자들이 제시로 유명해졌다고 한다.

---

55) 왕의 교화가 안에서부터 밖으로 미쳐야 한다는 취지에서 『시경』·『서경』에 나타난 여인들 중 모범과 경계를 삼을 만한 사례를 모아 저술한 것이다.
56) 자연의 이변을 하늘의 계시로 풀이한다. 미래의 길흉에 대한 예언을 믿는 사상. 음양오행설, 풍수지리설 따위가 섞여 있으며, 주로 혼란한 시대에 나타난다.

57)	「大明」在亥	「四牡」在寅	「嘉魚」在巳	「鴻雁」在申
	水始	木始	火始	金始

齊詩	
詩內外傳	齊后氏故 20권 齊孫氏故 27권 齊后氏傳 39권 齊孫氏傳 28권 齊雜記 18권
袁固	제자: 翼奉·匡衡·師丹·伏恭 등
『漢記』	『漢書·藝文志』

齊詩學			
春秋繁露 董仲舒	漢記 荀悅	易林 焦氏	鹽鐵論 桓寬

'한시'는 전수자 연燕나라 사람 한영韓嬰의 이름에서 명명된 것이다. 주로 연燕·조趙 두 지역에서 유행했다. 한영은 한문제漢文帝: 기원전 179~157 때 박사가 되었으며 경제景帝: 기원전 156~141 때 상산태부常山太傅에 올랐다.

한시의 전수 과정
韓嬰 ⋯▸ 蔡義 ⋯▸ 食子公 ⋯▸ 栗豊 ⋯▸ 張就 　◀　 韓詩

현존하는 『한시외전韓詩外傳』은 한영 자신이 지은 것은 아니고 수隋·당唐의 학자들이 수정·보완한 것으로, 『시경』에 대한 본격적인 주된 해석과 논술이라기보다는 비근한 이야기를 들어 흥미와 동기를 유발하는 데 그 목적이 있었다.

한시외전			
1 經世治民	2 愛民化育	3 仁義道德	4 處世譬喩
유가의 교훈적 일화58) 360조			
매 조에 시경의 인용문으로 결론 지어 정사 혹은 논변 관점을 지지		시경에 대한 주석이자 설명	

먼저 하나의 고사를 얘기하고 의론을 주장한 다음, 시를 인용하여 증명하고 있는데 이는 순자荀子의 "시경의 구절을 직접 들어 그 뜻을 인증하는 방식"[引詩爲證59)을 계승한 것으로 한대의 『설원說苑』, 『신서新書』, 『열녀전烈女傳』과 유사하다.60)

내전	외전61)	
본격적인 정통의 시경 해설서	비근한 예로써 흥미와 동기를 불러일으키는 것	
	시를 인용하여 일(事)을 증명하는 것	일(事)을 인용하여 시를 증명하는 것
	○	×

---

58) 임동석 역주, 『한시외전』, 서울: 동서문화사, 2009.11. 머리말.
59) 『한시외전』에는 순자의 '詩說'을 44곳이나 인용하고 있다.
60) 『한시외전』은 『춘추』의 잡설을 취하고 어떤 것은 고서를 잡다하게 인용하여 『시경』의 내용을 증명한다. 그러나 인용한 자료가 선진제자의 원문과 차이가 나고 '경'의 본뜻과도 서로 부합되지 않는 부분이 많다.
61) 王世貞稱外傳引詩以證事, 非引事以明詩, 其說至確. 『四庫提要』

역사책의 고사, 민간 잡설, 제자백가의 이야기	+	시경의 몇 구절 인용	→	그 뜻을 인증
예: 나무는 고요하고자 하나 바람은 멎지 않고, 자식은 봉양하고자 하나 어버이는 기다려주지 않는다 樹欲靜而風不止, 子欲養而親不待也. 효도를 다하지 못한 자식의 슬픔을 표현하는 말 韓詩外傳 卷9				
風樹之嘆	風木之悲		風樹之悲	風樹之感

『한서漢書·유림전儒林傳』에 따르면, 한영은 연燕지방 사람으로 문제 때 박사에 세워졌으며, 연과 조趙지방 인근의『시』를 연구하는 학자는 모두 한영에게 배웠다고 한다. 위진 이후에 모시가 크게 성행하자 삼가시 중 한시만 남아 있다가 당대와 송대 사이에 사라진 것으로 여겨진다.

韓詩	
韓詩內傳 4권 韓詩外傳 6권	韓詩故 36권 韓詩說 41권
韓嬰	그의 제자
漢書·藝文志	

韓詩 20권 韓詩翼要 22권 韓詩外傳 22권	韓詩 22권
隋書·經籍志	新唐書·藝文志

경학사의 이른바 금고문의 대립은『시경』의 전수에도 큰 영향을 끼쳤다. 삼가시는 한초에 모두 학관學官에 올랐지만, 이들의『시경』해설은 자구의 해석보다 대의의 규명과 그 시대 정치원리에의 적용에 노력했기 때문에, 이들의 이론은 시대가 흐를수록 그 의의를 잃게 되어 이미 위진대에 이들의 업적은 대부분이 세상에서 자취를 감추었다. 이 가운데『한시외전』만이

지금까지 전해지고 있으나 그 내용은 순수한『시경』의 해설서라 볼 수 없
는 성질의 것이다.

세속적 효용 < 필수 교양서 인간 교육
사상적 깊이＋친밀·감흥 주석 **순수한 시경 해설서** ↳ 사회적 시대적 요구에 부응

삼가시의 남은 작품과 경의經義를 모은 후대의 저작으로 진교종陳喬
樅:1809~1869의『삼가시유설고三家詩遺說考』외에 왕선겸王先謙:1842~1917의『시삼가의
집소詩三家義集疏』가 손꼽히며, 현행본『시경』을 읽는 데 많은 도움을 준다.[62]

삼가시의 수집과 주석		
『詩考』 宋 王應麟	『三家詩拾遺』 淸 范家湘	『詩考補注補遺』 淸 丁晏
『三家詩補遺』 淸 阮元	『三家詩遺說考』 淸 陳喬樅	『詩三家義集疏』 淸 王先謙

---

62) 청대에는 송 王應麟의『詩考』, 명 何楷의『詩經世本古義』에 이어 삼가시 수집에
큰 성과를 거두었다. 예를 들어 魏源의『詩古微』는 삼가시를 숭상하여 모시와
鄭玄의 箋을 배척했고, 陳喬樅의『三家詩遺說考』와 王先謙의『詩三家義集疏』모
두 삼가시를 수집하여 주석을 달았다.

↑ **삼가시**			
노시	제시	한시	
北魏	西晉	南宋 이후	현존 시경
	소실된 시기		
			모시 ↓

'모시'는 노魯의 모형毛亨과 조趙의 모장毛萇이 전한 것이다. 모형을 대모공 大毛公이라고 부르고 모장을 소모공小毛公이라고 부른다.

모공毛公		
모공은 조趙나라 사람이다	노魯나라 사람 대모공이 고훈詁訓을 지었고 소모공은 박사가 되었다	모형毛亨이 고훈전詁訓傳을 지어 조趙나라 모장毛萇에게 전했다. 당시 사람이 모형을 대모공, 모장을 소모공이라 불렀다
漢書 · 儒林傳	鄭玄 詩譜	陸機 毛詩草木鳥獸蟲魚疏
간단한 기록 → 점차 구체적으로 소개		

순자荀子의 시학은 자하子夏, 卜商에게서 전수받고 모형은 순자에게서 전수받았다. 서한 초에 모형은 『모시고훈전毛詩故訓傳』을 그의 조카 모장에게 전했다.

모시의 전수 과정
孔子⋯▶ 子夏⋯▶ 曾申⋯▶ 李克⋯▶ 孟仲子⋯▶ 根牟子 ⋯▶ 荀卿⋯▶ 毛亨⋯▶ 毛萇⋯▶ 貫長卿⋯▶ 謝曼卿⋯▶ 賈逵　　◀ 毛詩

모장은 민간에서 『시경』을 강수했는데 하간헌왕河間獻王 유덕劉德은 모장을 박사로 임명하고 군자관君子館에서 『시경』을 강학하도록 했다.[63] 서한때 삼가시가 줄곧 주도적 지위를 차지했고, 모시는 민간에서 전수되다가동한 후기에 학관에 세워져 삼가시의 지위를 대체하게 되었다. 이후에 삼가시는 쇠망하고 모시는 흥성하게 되었는데 우리가 현재 읽고 있는 『시경』은 바로 모시이다.

동한 시기에 유전된 『모시』 305편 매 편의 제목 아래에 있는 간명한 서解題식의 서문가 있다. 여기서 시의 제지題旨를 간단히 서술하거나 시대 배경 및작자를 언급하고 있는데 이것을 '시서'詩序, 毛詩序라고 부른다.

春秋戰國			漢代		
賦詩 · 引詩		↦	毛詩序		
외교사령	인격도야	학설수립	篇旨	시대배경	작자
斷章取義			해제식의 서문 '以禮說詩'		
			美미 刺자 예에 맞는 것, 맞지 않는 것		

「모시서」는 『시경』 각 편에 대한 해제로서 한대부터 현대에 이르기까지2000여 년 동안 논쟁이 끊이지 않았다.[64]

---

63) "또한 모공의 학문이 있었는데, 스스로 子夏에게 전해진 것이라고 했고 하간헌왕이 좋아했지만 학관에 채택되지는 못했다." 又有毛公之學, 自謂子夏所傳, 而河間獻王好之, 未得立. 『漢書 · 藝文志』
64) 이 서는 많은 사람들이 수정 보완한 것으로 주대 역사의 흐름에 맞추어 '삼백편'을 주왕 혹은 제후의 세차 순으로 배열하다보니 시의의 해석도 시대 순으로 하게 된 것이다.

모시서	
각 시의 배열에 의해 시의 제작시대를 정했다	각 시를 위정자의 교훈으로 삼는 도덕적인 견해만을 강조
각 시편의 취지 해설	

논쟁이 가장 많았던 문제는 「모시서」의 작자, 시대 및 「모시서」의 존폐에 관한 것이다.

모시서의 작자[65]	
13家說	16家說
20세기 초기 胡樸安『詩經學』	20세기 중기 張西堂『詩經六論』

序의 작자 卜商(子夏) 혹은 孔子	大序의 작자 卜商 혹은 孔子	小序의 작자 毛亨 혹은 卜商
한	남북조	

衛宏	衛宏과 기타 漢儒	聖賢	'陋儒' '山東學究' '村野妄人'
後漢書·儒林傳	隋書·儒林傳	宋 한학파	宋 송학파

「모시서」는 선진시기의 구설을 보존하고 있다. 또한 한대인들이 계속해서 지어낸 것을 포함하고 있다.

---

65) 「모시서」는 한 시기에 한 사람이 지은 것이 아니다. 그것을 정리하고 집필한 사람으로 毛亨, 衛宏 외에 많은 사람도 있었다. 보존된 선진 古說 중에 孔子·卜商說, 荀子說, 國史說이 있고 그밖에도 孟子說 혹은 詩人自身說 등이 있다.

선진시기 구설을 보존한 근거		
1	2	3
고문모시와 금문삼가는 서로 다르지만, 序說의 일부는 같거나 비슷하다. 모두 荀子가 전한 선진의 구설을 보존하고 있다	毛亨은 序에 근거해 시를 해석했지만, 序에 근거하지 않은 것도 있다	『左傳』'引詩'에서 취한 詩義는 序와 부합한다

한대인들이 계속해서 지어낸 것을 포함한 근거	
1	2
『新書』『說苑』『烈女傳』 등 한대의 저술을 고증해보면 그중에 '引詩解詩'는 서와 부합하고 견강부회한 오류도 같아서 이들 간에 상관관계가 있었음을 알 수 있다	한대에 시서를 지은 사람이 많았으나 모두 소실되었는데 衛宏의 서가 그중의 하나이다 시서는 많은 사람의 손을 거쳐 나온 것으로 한인들의 詩說이 잘 보존되어 있다

「모시서」는 유가의 문학정신을 집약하고 『시경』 전체를 바라보는 관점을 피력했다. 문학의 정치적 사회적 가치에 편중함으로써 문학 자체의 예술성을 외면했으며, 온유돈후의 관점으로 인해 문학이 갖는 적극적 비판기능이 축소 왜곡되기도 했다.[66]

모시는 매 시편 앞에 한 단락의 간단한 설명이 있는데 이를 시서詩序라고 부르고, 단지 한 편의 내용만 설명하는 것은 소서小序라 한다. 국풍의 첫 번째 시 「관저關雎」 앞에 소서 외에 『시경』을 전체적으로 논술하는 긴 문장이

[66] 송대 歐陽修 이후의 학자들은 대부분 「모시서」의 설명에 회의적인 자세를 보이며 모순점을 지적했다. 鄭樵의 「詩辨妄」과 朱熹의 「詩序辨說」 모두 시서를 여지없이 비판했고, 그 이후로 家法을 고수하는 일부 학자 외에 시서를 그대로 믿는 학자는 사실상 거의 없다.

있는데 이를 대서大序, 毛詩大序라고 한다. 서는 본래 대소의 구분이 없었다. 고인 저서와 작서의 체례는 제1편이 총론 내지 총지이고 그 다음에 편을 나누어 각 편의 뜻을 서술하는 것이었다. 총론 부분은 공자 이래 유가의 시가이론을 개괄한 것인데, 이는 『순자荀子 · 악론樂論』, 『예기禮記 · 악기樂記』[67]와 같다.

大序 = 總論	小序 = 解題
책머리에 있는 글, 서문 제1편 關雎 아래 장편의 서문 시경 시 전체의 총론 중국 最古의 시론	각 편의 처음에 그 시에 대해 짧게 설명해 놓은 글
시의 교화 작용, 시가의 성질, 기원, 사회 작용, 체재, 표현수법 등	시의 주제, 작자, 창작배경 등 '以史證詩'
1편	311편

『시경』에는 305편이 있는데 『모시』에는 6편의 생시笙詩에도 소서가 있다.

南陔남해	白華백화	華黍화서
孝子相戒以養也 효자가 서로 경계하여 부모를 봉양함	孝子之潔白也 효자의 결백함	時和歲豊, 宜黍稷也 時和 年豊하여 서직에 마땅함
由庚유경	崇丘숭구	由儀유의
萬物得由其道也 만물이 그 도를 행함	萬物得極其高大也 그 고대함을 지극히 한 것	萬物之生, 各得其宜也 만물의 생장이 각각 그 마땅함을 얻은 것
笙詩 6편의 小序		

---

67) 선진 유가의 음악미학 사상을 종합한 것으로 23편이 있었다고 하며 현재는 전 11편이 『禮記』와 『史記 · 樂書』에 각기 보존되어 있다.

그러므로 대서 1편 소서 311편인데 대서는 총론으로 그 이하 각 편은 해
제로 간주할 수 있는 온전한 체제를 갖추고 있다.

정현 · 육덕명 · 주희의 대서 · 소서에 대한 견해					
關雎序 대단락	葛覃序 이하 각편 서문	'風, 風也' ~末句	처음~'用之 邦國焉'	'詩者志之所 之.'~ '詩之至也.'	그 나머지 앞뒤에 있는 것
대서	소서	대서	소서	대서	關雎의 소서
鄭玄 詩譜		陸德明 經典釋文		朱熹 詩序辨說	

대서는 '삼백편' 창작의 경험을 종합하면서 선진 이래의 유가의 시가에
대한 주요 인식을 개괄하여 이론적인 발전이 있었다. 그 주요 내용은 다음
과 같다.

대서의 주요 내용			
1	2	3	4
시가의 기본 특징에 대한 인식 言志와 抒情	詩 · 樂과 시대 · 정치의 관계, 詩 · 樂을 통한 정치와 도덕교육	삼백편의 분류와 그 내용 풍 · 아 · 송 四始說	시가 창작과 평론의 표준
선진부터 한대까지 유가학설을 흡수하여 발전시켜나간 것			

대서는 선진先秦의 '시언지'詩言志[68]와 시詩·악樂·무舞 삼자가 결합한다는
관점을 계승하고 더 나아가 이 삼자의 핵심이 언지言志와 서정抒情에 있다고
했다.

시·악·무의 삼위일체설 = 실용적 효능			
마음 = 뜻 → 말 = '시'		느낌 → 말·글 → 노래·춤	
시의 정의이자 문학·예술 전반에 대한 정의	어떻게 살아가야 할 것인가 하는 문제와 연관	마음이 흘러가는 바대로 감정을 드러낸다	개인의 감정을 자연스럽게 드러내는 것이 시의 출발점이다
言志		抒情	

대서에 정情·지志를 함께 내세운 것은 선진 시론에 대해 보완한 것이고,
더 나아가 이 둘을 결합하여 정情·지志에 대한 봉건도덕의 규범을 내세우려
고 한 것이다.

---

68) "시는 마음의 뜻을 말로 표현한 것이요, 노래는 말을 읊조린 것이요, 소리는 읊
조림을 따르며, 가락은 소리와 조화를 이룬다."『書經·舜典』

詩言志, 歌永言. 聲依永, 律和聲.

'詩言志'	'詩以言志'	'詩以道志'	'詩言是其志也'
書經·舜典	左傳 襄公 27년	莊子·天下	荀子·儒效

시(詩)는 믿을(寺) 수 있는 말(言)로 뜻을 말하는 것 '言志'	가(歌)는 말을 길게 빼는 것 '永言'
낭송문학	가창문학

王小盾,『起源與傳承-中國古代文學與文化論文集』, 南京: 鳳凰出版社, 2010.9. 57
쪽.

情69) · 志70)	
표현	
성정과 정감 중시	사상 의지 감정 생각 등
志意·情志·志錄	

대서는 시·악과 시대·정치의 관계를 논술했다. 시·악의 감화작용을 통한 정치와 도덕교육은 대서의 핵심 내용이다.

1 윗사람은 풍으로써 아랫사람(臣民)을 교화한다	2 아랫사람은 풍으로써 윗사람(君主)을 풍자한다
上以風化下 <	下以風刺上
시가가 정치를 위해 봉사하는 두 가지 형식	
중국 고대문학의 형성 목적	
오락성 모방·유희 <	풍유성 공리적 교화

---

69)

志~情	
선진시기에는 志가 意(뜻)와 情(감정)을 포괄하는 의미	情이 志에서 의미 분화 되어 喜 怒 哀 樂 敬 愛의 육감으로 변질
孔穎達	漢代 이후

70)

마음에 있는 것	말로 내보내는 것
志	詩
사람의 마음 = 말 ⋯ 사람이 하고자 하는 말을 '기록'한 것	
詩 = 志 마음에 '닿다' ①기억 ②기록 ③회포 '禮' 정치·교화	

가송	풍자[71]
모시서 '美' 28(34)편	모시서 '刺' 129(130)편
157편[72]	
'惡' '責' '止' '閔' '懼' '思' '戒' '哀' '念' '疾' '陳' …	
미자설	

　그 중에 미자설美刺說[73]은 시가로써 풍간하여 통치자가 정치를 개선하고 과실을 바로 잡도록 한다는 것이다. 즉 시가가 봉건 윤리도덕을 선양하기 위한 교화 수단이 되어야 하고 또 이것이 시가 창작과 평론의 표준이 되어야 한다는 것이다.[74]

[71)]

풍의 작용		
풍자	비판	저항

[72)] "풍·아에 들어 있는 시가 총 편수의 약 60%를 차지하고 있다. 미자의 주요 수단은 '흥'인데 소서 중에 미자라고 밝힌 흥시가 모두 67편(美: 6편, 刺: 61편)으로 흥시 총 편수의 약 60%이다." 董運庭, 『論三百篇與春秋詩學』, 北京: 中國社會科學出版社, 2013.10. 266쪽.

[73)] 『시경』의 시에 찬미와 풍자의 의도가 있다는 주장을 말한다. 선왕의 덕과 교화를 이념적 틀로 설정·찬양하고, 이를 근거로 主文·譎諫하는 것을 '美刺'라고 불렀다.

[74)] 蕭兵, 『孔子論詩的文化推繹』, 武漢: 湖北人民出版社, 2006.3. 134, 135쪽.

頌	美	褒	興
諷	刺	貶	比

美刺		詩言志	
시가 창작의 동기	시가 운용의 목적	시가의 성질, 시가 본질적 공능	

정치와 도덕의 선악을 직서	비유 또는 완곡한 풍자[75]
賦	比 · 興

⋮

內包	動因
고상한 정신	정치적 功利性

⇧
思無邪

특히 『시경』 중 "아래에서는 위를 풍으로 비판한다"下以諷刺上는 작품은 정치를 위해 봉사해야 한다는 것이 대서 전체의 기본 사상이다.

목적	방법	효과
정치와 도덕을 풍자	비흥의 기법 주문 · 휼간	말하는 자도 죄가 없고 듣는 자도 족히 경계로 삼을만하다
시경의 해석법 제시[76]		

---

75)

음악의 궁상과 서로 어울리게 하는 일에 관심을 집중하는 것	노래를 부를 때 악보에 따르기도 하고 거슬리기도 하는 것
직간하지 않고 비유로 아뢰거나 완곡하게 풍자해 간언하다 主文 · 譎諫 鄭玄 毛詩鄭箋	

76) "풍은 바람이며 가르침이다. 바람으로 움직이게 하고 가르침으로 교화시킨다." 風, 風也教也. 風以動之, 教以化之. 詩者志之所之也. 「毛詩序」; "윗사람은 풍으로 아래 사람을 교화시키고, 아랫사람은 풍으로 윗사람을 찔렀다. 글에 중점을 두면서도 넌지시 간언을 했는데, 말한 사람은 죄가 없고 들은 사람은 충분히 경계로 삼을 만하여 그러므로 풍이라고 한다." 上以風化下, 下以風刺上, 主文而譎諫, 言之者無罪, 聞之者足以戒. 故曰風. 「毛詩序」

대서는 시대의 정치 상황이 시가에 반영된다고 보고 시대마다 각기 다른 내용이 있다고 했다. 이에 변풍變風·변아變雅의 주장을 제기하여 시대 정치의 흥폐와 시가의 내용 간의 관계를 표명했다.

세상이 평화로웠던 시대에 나온 시	정사가 어지러워진 시대에 나온 시
'미자설' 작시목적 → 美 - 正	'정변설'[77] 정교관념 刺 - 變
정치의 盛衰, 도덕의 優劣, 시대의 早晩, 시편의 先後	
문왕부터 성왕에 이르는 태평시대에 지어진 시 = 正詩	그 나머지 어지러운 세상에서 지어진 시 = 變詩
한대 유가	

⋮

風	雅	
正風 · 變風	正小雅 · 變小雅	正大雅 · 變大雅
正經	變風 · 變雅	
正變說		

치세의 음악	난세의 음악	망국의 음악
편안하면서도 즐겁고 그 정치는 조화가 잘 된다	원망스러우면서도 노여운 듯하고 정치는 도리에 어긋난다	슬프면서도 선정적이고 그 나라 백성들은 곤경에 빠진다
유가의 악교 사상에 따른 분류		
⋮		
시의 시대적 효용설		
詩·樂 ⇌ 정치		

---

77) 鄭玄은 國風에서 周南과 召南만이 정풍이고 나머지는 모두 變風이며, 小雅에서 「鹿鳴」으로부터 「菁菁者莪」에 이르기까지 正小雅이고 나머지는 變小雅이며, 大雅에서 「文王」으로부터 「卷阿」에 이르기까지 正大雅이고 나머지는 모두 變大雅라 했다.

대서는 '육의설'六義說을 제기했다. 풍·아·송으로 분류하고 그 내용에 대해 각기 설명했다. 이것은 시의 내용을 모두 포함하고 있다. 이러한 개괄은 기본적으로 『시경』의 기본 내용과 부합한다.

風	雅		頌
	小雅	大雅	
1	2	3	4
한 나라의 일로써 한 사람의 근본이 이어졌다	천하의 일을 말하고 사방의 풍을 나타낸다		성덕의 모습을 아름답게 하고 그로써 공을 이루어 신명자에게 고한다

風의 始	小雅의 始	大雅의 始	頌의 始
關雎	鹿鳴	文王	淸廟
풍·소아·대아·송의 첫째 편, 4가지 악가의 시작 **四始說** 史記·孔子世家			

⋮

1 미자설美刺說	2 정변설正變說	3 육의설六義說	4 사시설四始說
모시의 주요 관점			

요컨대, 대서는 선진부터 한대까지 『시경』에 대한 해설을 집록한 것으로 그 내용을 개괄하여 유가의 시론을 발전시켰다. 또한 시경학에 대한 기본 이론을 간명하게 종합했다.

1	2	3	4	5
예술특징	내용	분류	표현방법	사회공용

　　소서는 각 시에서 해제解題한 순서, 고사, 인물, 제지題旨에 관하여 여러 사
전史傳과 잡설을 견강부회하고 있다. 그러나 소서는『시경』시대와 근접하
고 또한 경사經史를 한데 모으고 선진의 구설舊說을 보존하고 있어서 시편의
순서와 배경에 대한 견해는 더러는 문장 제목의 취지題旨에 접근하고 더러
는 시의 의미를 탐구하는 데 도움이 된다.[78]

모시고훈전毛詩古訓傳		
모전毛傳 또는 모시전毛詩傳		
1 序	2 注	3 구조분석
현재 河間市: 毛公書院 毛公廟 詩經村 君子館遺址 등		
현존하는 최고의 완전한 시경 주석본	선진시기의 훈고 성과를 집대성	훈고학의 기초를 수립한 저술

모시전전毛詩傳箋[79]		
모시정전毛詩鄭箋 또는 정전鄭箋		
1		2 詩序의 주석	3 詩句의 주해
詩譜序	詩譜		
생성시대 원류와 공용 등을 총론	부류마다 시가의 역사배경 과 특징을 간략하게 소개		

---

78) 소서는 편마다 한 조로 된 것으로 '以史證詩'의 역할을 하고 있다.
79)『모시정전』은 동한 말 고문학가 鄭玄이『모시고훈전』에 근거해서 모시에 주석을
　　붙인 것이다. 정현은 금고경학에 두루 통하여 경전에 주석을 함으로써 고문경을
　　위주로 한 자연스런 금고문경학의 융합을 이뤄냈다. 즉 모시를 위주로 삼가시의
　　장점을 취하여『모시정전』을 지었다.

『모전毛傳』은 시서에 근거하여 시를 해석했고 정현鄭玄은 시서의 세차에 근거하여 『시보詩譜』를 지었으며 삼백편 세차의 온전한 체계를 완성했으니 시서는 한학 의소義疏의 핵심인 것이다.[80]

毛傳	詩譜	箋
훈고 위주로서 선정된 字義와 詩說을 도와주는 데 목적	시경의 국별과 편차에 따라 체계적으로 사료에 부합되도록 편성하여, 거의 각 시편마다 시대를 확정	각 시편의 배경이 되는 역사를 밝혀냈다
	'以史證詩'는 鄭玄에 의해 집대성[81]	

공자 '無邪'의 견해	맹자 '知人論世'의 견해
↘ 毛公 · 鄭玄 ↙	

전편의 대의를 보아야 하고 자구에 구애되어서는 안 된다는 것 孟子	⇒	시편이 어느 시대에 무슨 일로 지어졌는지 증명하는 것 毛公 · 鄭玄[82]

'以意逆志'

---

80)
毛詩箋	詩譜	詩音
鄭玄의 저작		

81) 朱自淸 등, 『名家品詩經』, 「詩經第四」, 北京: 中國華僑出版社, 2009.1. 7쪽.

82) "모공과 정현은 공자의 '無邪'의 견해를 받아들이고 맹자의 '知人論世'의 견해를 취했다. 공자의 詩的 철학으로써 고대의 史說을 別裁하여 시편이 어느 시대에 지어졌는지 어떤 일로 지어졌는지 증명했는데 이것이 바로 맹자가 말한 '以意逆志' 인 것으로 여겼다." 朱自淸 등, 앞의 책, 7쪽.

한대 시경 경학의 발전 단계[83]			
1단계	2단계	3단계	4단계
서한 전반기	서한 후반기	동한 전반기	동한 후반기
노·제·한 > 모	노·제·한 ≥ 모	노·제·한 ≤ 모	노·제·한 < 모
1	2	3	4

삼가시	모시
파벌이 많고 경설이 번거롭고 잡다하다	훈고가 간명하다

毛詩傳箋
한학 시경 연구의 집대성[84]

위진 이후의 『시경』 연구자 대부분 모전毛傳과 정전鄭箋을 위주로 했다. 다만 위나라의 왕숙王肅: 195~256이 『모시주毛詩注』『모시문난毛詩問難』『모시주사毛詩奏事』 등을 짓고 촉나라 이선李譔이 『모시전毛詩傳』을 지어 정현의 『전箋』을 공격했으나 여전히 정전이 높이 받들어졌다. 이 시기에 한시가 아직 존재했으나 배우는 사람이 극히 드물었다. 이에 학자들이 대세에 따르자 위진 이후에 모시는 크게 성행했다. 남북조 시대는 세상이 어지러워 경학이 쇠미했으나 『북사北史·유림전서儒林傳序』에 『시』는 모공毛公을 위주로 한다고 적고 있다.

---

83) 夏傳才, 『詩經硏究史槪要』(增注本), 北京: 淸華大學出版社, 2007.6. 54~58쪽.
84) 모시의 견해는 제·노·한 삼가보다 뛰어났고 동한 정현의 견해는 모공보다 뛰어났다. 毛詩 — 鄭箋 서로 대립관계

위진		남북조	
鄭學(鄭玄) ↔	王學(王肅)	南學 ↔	北學
王基 韋昭 陳統	王肅 李譔 孫毓	周續之 梁間文帝 何胤 崔靈恩 沈重	
隋 수 劉焯 毛詩義疏 劉炫 毛詩述義			

마침내 모시가 삼가시의 학술적 지위를 대신해서 독보적인 『시경』 판본
이 된 것이다.

모시의 비교 우위[85]			
訓詁와 序說	敎化·敎育的 내용	題旨 설명	'興義' 중시
1	2	3	4

모시학자들은 공자의 저술원칙과 시교이론에 근거하여 참위신학을 배척
하고 망탄하고 미신적인 내용을 없애서 성인의 도와 군주의 덕화라는 정치
적 이상을 실현시키려고 했는데, 그러기 위한 수단으로 모시의 정치교화
내지 도덕교육적 내용은 아주 유용한 것이었다.[86]

---

85) 朱自淸 등, 『名家品詩經』, 「詩經第四」, 北京: 中國華僑出版社, 2009.1. 84쪽.
86) 주대 예악관 가운데 교화의 관점을 동원하여 시를 윤리도덕교육의 용도로 쓰게
되면서 시는 정치의 부용으로 간주되었다.

不語怪力亂神	溫柔敦厚
저술원칙	시교이론
聖道王化 실현	

수·당대에 들어오자 정현을 반대하는 주장과 왕숙王肅을 반대하는 주장이 동시에 있었지만 『모시정전毛詩鄭箋』을 존중하는 사람이 다수였다. 당 정관貞觀 16년(641)에 공영달孔穎達: 574~648이 조정의 명을 받들어 정현의 전箋을 정의正義 곧 '바른 해석'으로 여겨 『모시정의毛詩正義』를 펴냈는데 이를 모시주소毛詩注疏또는 공소孔疏라고도 한다.[87]

東漢 鄭玄 127~200	鄭箋	唐 孔穎達 574~648	孔疏
箋		疏	
↳ 정의正義: 바른 해석			

傳注 毛公傳·鄭玄箋	義疏 隋 劉焯·劉炫
北學	南北通學
모시정의의 학술 연원[88]	

---

87) 『毛詩正義』는 『十三經注疏』에 들어 있으며 가장 전통적인 주해서이다.
88) 韓宏韜, 『毛詩正義硏究』, 北京: 中國社會科學出版社, 2009.8. 30쪽.

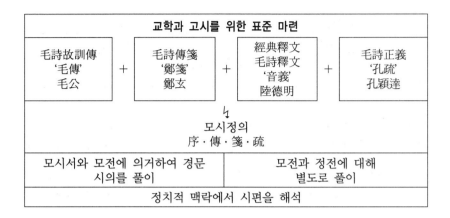

이 시기에 주목할 만한 『시경』 연구서가 나왔는데 바로 성백여成伯璵의 『모시지설毛詩指說』이다. 이 책은 기존의 『모시정전』에만 의존하지 않고 자기의 견해로 『시경』을 해석하여 송대 『시경』 해석을 위한 새로운 길을 열었다.[89)]

위진 이후	송대
문학적 관점으로 시경을 평가	문학적 관점으로 시경을 해석
↳ 자기 견해대로 시를 해석하는 기풍 ↗	

89)

輿述	解說	傳受	文體
成伯璵 毛詩旨說 4篇			

대체로 경학을 한학과 송학으로 구분하는 데, 송학은 한학을 반대했다.[90]
송학은 한학의 경전 서설에 대해 재검토하는 과정에서 서序는 그 세차가 사
적에 부합되지 않고 제해題解에 오류가 많고 시대적 사조에 맞지 않는다는 점
등을 비판하게 된다. 남송에 이르러서 폐서운동이 일어나게 된다.

폐서파	존서파
서는 시의 뜻을 해친다. "서에는 妄生美刺, 隨文生義, 穿鑿附會라는 三弊가 있다"	서에 근거해 시를 해석한다. "시를 배우려고 하면서 서를 보지 않는 것은 입실하려고 하면서 문으로 들어가지 않는 것과 같다"
朱熹 詩集傳	程頤 二程遺書
시서의 존폐	

소서의 주장을 채택한 것	소서의 주장과 대동소이한 것
82편	89편
171/305(60%)[91]	
시집전 **소서를 따른 것이거나 소서를 참고한 것**[92]	

---

90)

	한학파		송학파
	훈고에 정통하고 옛 방식에 밝음	장점	본문에 근거하여 본뜻을 추구
	가법을 답습하여 변통할 줄 모름	단점	훈고에 소홀하고 공허한 의리에 치중

91) "이밖에 『시집전』의 詩解가 소서와 다른 것 126편, 의문으로 남긴 것 8편이 있
다." 謝明仁·陳才, 「淺談朱熹詩集傳的訓詁」, 『詩經硏究叢刊』 16, 2009.6. 403쪽:
莫礪鋒, 『朱熹文學硏究』, 南京大學出版社, 2000. 인용.

92) "근래에 출판된 시경의 주석 중 일부의 해제는 여전히 소서를 따른 것이거나 소서
를 참고한 것이다." 夏傳才, 『二十世紀詩經學』, 北京: 學苑出版社, 2005.7. 312쪽.

	풍	소아	대아	송	총계
소서의 주장을 채택한 것	16	5	5	3	29
소서를 언급하지 않고 답습한 것	36	10	0	7	53
소서와 대동소이한 것	41	18	15	15	89
소서와 다른 것	64	39	11	12	126
의문으로 남긴 것	3	2	0	3	8
합계	160	74	31	40	305
시집전의 해제와 시서의 관계[93]					

송대에 구양수歐陽修의「시본의詩本義」, 소철蘇轍의「시집전詩集傳」, 왕질王質의
「시총문詩總聞」, 정초鄭樵의「시변망詩辨妄」, 주희朱熹의「시서변설詩序辨說」등이
나타났다.

송대 시경의 연구 경향	
1 소서, 모시정전, 305편의 편장 순서 등 이전 설에 대한 회의 풍조	2 실증적 태도, 자료 수집을 중시, 삼가시 정리

특히 주희는 구양수, 소철, 정이천程伊川, 여조겸呂祖謙 등의『시경』에 대한
해설을 종합하여 평이하게 해석할 뿐만 아니라 모시의 什습·章장·節절에
잘못이 있는 것을 바로 잡아서『시집전詩集傳』을 엮었다.

---

93) 檀作文,『朱熹詩經學硏究』, 北京: 學苑出版社. 2003.8. 53쪽: 莫礪鋒,「朱熹詩集傳
與毛詩的初步比較」,『中國古典文學論叢』2, 人民大學出版社, 1985. 140~155쪽 인
용.

송학의 주요 저술				
詩本義 歐陽修	詩集傳 蘇轍	詩辨妄 鄭樵	詩總聞 王質	詩集傳 朱熹
모시정전을 따르지 않는 풍조를 선도 94)	시서를 의심	본격적으로 모시정전을 비판하고 시서를 반박	시서를 제쳐 두고 새로운 해석을 선보임	시서를 배제하고 독자적인 해석체계를 수립

시 해석의 기본 시각	
역사주의 적 입장	순수문학 적 입장
모전	시집전

1 한학의 성과를 비판적으로 계승	2 문학의 관점으로 시경을 연구	3 注疏95)는 간명하고 요령 있게 체제 완비
혁신과 발전	초보적 시도	실사구시의 정신

당	송
모시정의	시집전
舊注 ↔ 新注	

위진 이후	남송 이후
정전	시집전
시경 注疏의 양대 지주	

주희 시집전의 시경 연구96)	

시문구에 의거해 작시된 시대와 까닭을 정한 점	시문구 자체로써 음시의 여부를 가려냈다는 점
시집전의 특징	

---

94) 『시경』의 해석이 人情에 근본 해야 함을 말하여, 舊注를 비판하고 송대 新注의
선구자가 되었다. 시서·모전·정전의 착오와 이들 간의 모순을 지적하고 자신
의 뜻을 밝혔다.

'경'의 의리 관련 부분		문자의 훈고 방면	시경에 대한 평론	
시서의 설을 한 차례도 언급하지 않음		대부분 모시정전을 계승	전통적 설교의 입장을 고수	
진부한 도덕적 해석	상황에 부합하는 해석		온유돈후 한 시교 風敎·風化	산시-교화 간략함 ↪ 영원함
×	○		정치풍자의 기능 무시	
주희 시집전의 주요 내용				

시를 배우는 이유	
감동된 것 중 바른 것	반성 ↪ 勸善懲惡
= 성인·윗사람의 가르침	

자료 활용 = 시교		
공자	모시서	주희
시가 情의 소산이라는 측면	정치사회적 측면	도덕교화적 측면
興觀群怨說 ---→	美刺說 ---→	感發懲創說97)
		善心을 感發 / 性情의 '正'
		시의 좋은 것 여부

<hr/>

95)

注疏	
경전의 본문에 대한 주해 또는 이전 사람의 주해에 대한 주해	
注(註) '經'을 해석한 것 자구를 충실하게 해설: 1차 주석	疏 '注'를 해석·부연한 것 주석의 주석: 2차 주석
傳, 記, 箋, 注, 古訓, 解詁, 章句, 章指, 集解 등	義疏, 正義
주는 경만 해석하는 반면에 소는 주의 해석을 겸한다	

96) 于興, 『詩經硏究槪論』, 北京: 中國社會出版社, 2009.6. 97~99쪽.

주희朱熹는 모든 시에서 선善을 말한 것은 사람의 착한 마음을 감동시켜
분발하게 할 수 있고 악惡을 말한 것은 사람의 방탕한 마음을 징계할 수 있
으니 그 효용은 사람들이 바른 성정을 얻는 데에 돌아갈 뿐이라고 했다. 시
詩 삼백편에는 도덕을 칭송하는 노래와 인간 본연의 감성을 표현한 노래들
이 혼재되어 있는 것처럼 보인다고 했다.

	작자의 본래 의도나 정서 ○	시를 읽는 사람의 심적 태도 ×
공자의 思無邪	주희의 思有邪[98]	
	邪: '禮' 즉 '天理'에 어긋남	

↓ ↓

생각에 삿됨이 없다 - 군신간의 의리 - '男女相悅之詞'
鄭玄
시경을 효·인륜·교화·풍속 등
유가 경전의 측면에서만 해석

주희의 思無邪	
작자의 본래 의도나 정서 ×	시를 읽는 사람의 심적 태도 ○

'詩緣情'[99]	연가 ≒ 음시淫詩	男女相悅之詞[100]
풍의 기원		

∶

陸侃如 牡牡相誘說
朱光潛 性欲說

---

97)

感發志意	勸戒
선을 권하고 악을 경계하는 마음을 일으킬 수 있다	

98) 崔錫起,「星湖의 詩經 註釋에 관한 一考察 - 淫詩를 중심으로」,『首善論集』13,
1988. 60쪽.

　여기서 주희도 마찬가지로 일견 음란한 것들로 보이는 시들도 나름대로의 교훈을 준다는 뜻으로 공자의 말씀을 받아들인 것이다. 물론 꾸밈없는 '남녀상열지사'男女相悅之詞의 감정 그 자체에 공자가 사무사思無邪 즉 생각에 사악함이 없다고 평가했다는 시각도 있다.

음시 인정 유무에 따른 4가지 견해[101]				
작시자의 사무사		독시자의 사무사	시 편찬자의 정신을 사무사로 보는 견해	사무사의 '邪'의 의미를 사특함으로 보지 않고 '거짓'의 의미로 파악하여 거짓 없는 솔직함의 표현으로 보는 견해
○	×			

　주희는 시경의 작품들은 선을 좋아하고 악을 미워하여 모두 성정의 바름에서 나온 까닭으로 그 대요를 간추리면 전혀 사악함이 없다고 풀이했다.

---

99)

尙書	詩序		文賦
詩言志 시는 사람의 뜻을 말한다	詩者志之所之也 시는 뜻이 나타난 것이다	✗	詩緣情而綺美 시는 정감에 따라야 하며 아름다워야 한다

100) "시경에서 풍이라 하는 것은 대부분 민간의 가요에서 나왔다. 이른바 남녀가 서로 함께 부르는 노래이며 각기 그 남녀의 정을 노래한 것이다." 凡詩之所謂 風者, 多出於里巷歌謠之作, 所謂男女相與詠歌, 各言其情也. 朱熹「詩集傳序」

101) 이병찬,『韓中詩經學硏究』, 서울: 보경문화사, 2001.12. 10쪽.

思無邪	
1	2
마음에 생각한 것이 모두 실하다	언행에 모두 사특함이 없다
程頤 → 朱熹 **도덕적 의미** '誠' '實'	

⇧

駉경(魯頌) → 論語 · 爲政	
①馬 어조사: 思	②詩를 특징짓는 말
馬(말) 思(생각) 言(말) · 行(행동) 생각에 사악함이 없다 → 언행에 모두 사특함이 없다 모든 분야에 사특함이 없어야 함을 전제로 해야 한다 무한 보편의 진리인 仁[102]	

    그리고 정풍과 위풍衛風 등에 포함된 29편의 시를 음란한 자들 스스로가 지은 음시淫詩로 규정하였으며 그런 음시가 경전에 실리게 된 이유는 그러한 시들을 악의 표본으로 삼아 경계하기 위함이라고 했다. 음분한 자가 스스로 지은 것이 음시라는 게 주희의 주장이다.

---

102) 남상호, 『육경과 공자 인학』, 서울: 예문서원, 2003. 11. 276쪽.

음시의 예	
風雨풍우(鄭風)	子衿자금(鄭風)
1. 음탕한 여자가 이때, 그녀가 만나기로 한 사람을 만나고 마음에 기쁨을 말했다 2. 서의 뜻은 매우 아름답다. 그러나 시의 말을 살펴보면, 가볍고 방정맞으며, 버릇이 없고 간사하니 어진 이를 그리워한 시가 아니다	1. 이 또한 음분의 시이다 2. 대개 그 시의 말이 빠르고 가벼우나 학교에서 시행하기는 더욱 알맞지 않다
'수양의 도구' 여부	

음시의 존재 여부[103]	
시경에는 淫人이 저작한 淫詩는 없다 모시서	시경에는 淫人이 스스로 저작한 淫詩가 있다[104] 시집전
작시자: 思無邪　｜　독시자: 思無邪	작시자: 思有邪　｜　독시자: 思無邪
정치적 효용을 중시하는 관점 '刺淫' 시대상을 풍자	도덕적 성품을 도야하는 관점 '淫詩' 음분한 요소 ↪ 수양의 도구

---

103) 남녀의 애정을 나타낸 것처럼 보이는 시들은 음란을 풍자한 것도 아니며 음인이 스스로 지은 것이 아니다. 이현중, 「詩經의 易學적 이해」, 『철학논총』 36, 2004.4. 139~140쪽.

104) 朱熹는 『詩集傳』에서 '淫奔詩' 즉 '邪詩'의 존재를 인정, 思有邪 ≠ 思無邪

주희가 음시로 규정한 29편의 편명				
1 靜女 정녀	2 桑中 상중	3 木瓜 목과	4 采葛 채갈	5 丘中有麻 구중유마
6 將仲子 장중자	7 遵大路 준대로	8 有女同車 유녀동거	9 山有扶蘇 산유부소	10 蘀兮 탁혜
11 狡童 교동	12 褰裳 건상	× 東門之墠 동문지선	13 丰 봉	14 風雨 풍우
15 子衿 자금	16 揚之水 양지수	× 出其東門 출기동문	17 野有蔓草 야유만초	18 溱洧 진유
19 東方之日 동방지일	20 東門之池 동문지지	21 東門之楊 동문지양	22 月出 월출	24-2(×) = 22
23 氓○ 맹	24 有狐○ 유호	25 大車○ 대거	26 叔于田○ 숙우전	27 東門之枌○ 동문지분
28 防有鵲巢○ 방유작소	29 澤陂○ 택피	22＋7(○) = 29편		

주희가 음시로 규정한 29편의 작자[105]				
淫男	淫女	淫奔者	淫男女	淫男 또는 淫女
6편	14편	1편	3편	5편

주희는 이의역지以意逆之나 지인논세知人論世의 관점의 틀을 벗어나 본문을 근거로 시지詩旨를 파악하려는 이시해시以詩解詩의 입장을 견지했다.

---

105) 崔錫起, 「星湖의 詩經 註釋에 관한 一考察 - 淫詩를 중심으로」, 『首善論集』 13, 1988. 69쪽.

맹자와 주희의 시가비평	
맹자 '以意逆志'하기 위해서는 '知人論世'가 기초 되어야 한다	주희 시 작가의 내면적 상황을 밝히는 데 치중
以意逆志	以詩解詩
표면적 의미를 뒤집어 교훈을 취함	표면에 드러난 文意에 충실함

以意逆志
맹자
↳
자신의 생각으로 작자의 뜻을 맞이하여
취하다
以己意迎取作者之志
주희

송대 시경학 3파		
한학 시경학	송학 시경학	명물훈고파
呂祖謙 戴溪 嚴粲 段昌武 范處義	鄭樵 朱熹	王應麟 蔡卞
參用傳箋集傳學	斥小序學	名物學

反毛詩(序)	贊毛詩(序)
朱熹 鄭樵	呂祖謙
사랑의 보편성과 해석의 역사성 및 예술적 가치에 중점	

　원명대에는 송학이 계속되면서 주희가 독존獨尊되고 시는 『시집전』만 읽혔으며 한학 저술은 찾아볼 수 없었다.[106]

명대 시경학 4파			
송학파	한학파	독립연구파	명물음운파
胡廣 등 詩經大全	郝敬 詩經原解	何楷 詩經世本古義	陳第 毛詩古音考

청대 초기에는 『시경』을 연구하는 학자들이 어느 한 쪽에 치우치지 않았다. 강희康熙 연간1662~1722년에 요제항姚際恒의 『시경통론詩經通論』은 한학의 잘못은 완고함에 있고 송학의 잘못은 공허함에 있다고 지적하고, 옛 학설을 비교하여 옳은 부분은 따르고 틀린 부분은 버린다고 선언했다.[107]

청대 독립사고파		
姚際恒 詩經通論	崔述 讀風偶識	方玉潤 詩經原始
康熙 연간 章 마다 시문의 내용을 개괄하고, 전편의 취지를 통석하고 편마다 예술표현 수법을 평론했다	嘉慶 연간 당시 考據를 중시하는 조류에 반하여 국풍의 취지를 논술하고 각 편의 내용을 나타냈다	光緒 초년 당시 유행하던 附會와 曲解에 반하여 시의 본의에 따라 시의 원시 의의를 탐구했다
독자적 견해를 바탕, 본래적 의미를 탐구 ↦ 존서와 폐서의 논쟁을 초월		

건륭乾隆: 1735~1796년과 가경嘉慶: 1796~1820년 사이에는 여전히 명대의 학풍이 남아 있었고 일시에 가법이 세워지지 않아 한학과 송학을 동시에 채택했

---

106) 『詩集傳』은 해박한 훈고와 철저한 고증으로 기존 箋註를 압도했다.

許謙 詩集傳名物鈔 馬瑞臨 文獻通考 劉瑾 詩傳通釋	孫鑛 詩經批評 戴君恩 讀風臆評
원	명

107) 吳允淑, 「國風 戀詩에 관한 民俗學的 試論」, 『中國文學研究』 24, 2002.6. 2쪽.

다.108) 청대에 학술이 발전하면서 우선 신한학新漢學이 송학을 반대했다. 주
학령朱鶴齡·유청지劉靑芝·허백정許伯政·모기령毛奇齡 등이 주희朱熹 반대파였
다.

주희 시설에 대한 비판		
음시淫詩를 토론한 것 12조	생시笙詩를 토론한 것 4조	명물名物·훈고訓詁를 잡다하게 논의한 것 4조
毛奇齡 白鷺洲主客說詩		

청대 건가乾嘉: 1735~1796 이래로 한학이 부흥하여 모시를 소해疏解하는 전문
서가 많이 나왔다.

청대의 시경 주소注疏
사물의 훈고 방면 > 의리의 해석 방면 성과

진계원陳啓源의 『모시계고편毛詩稽古編』, 마서진馬瑞辰의 『모시전전통석毛詩傳箋
通釋』,109) 호승공胡承珙의 『모시후전毛詩後箋』, 진환陳奐의 『시모시전소詩毛氏傳疏』
등은 더러는 고문에 전주專主하고 더러는 고문古文을 위주로 하고 금문今文과
양송兩宋 시설詩說을 함께 채택했는데 여전히 시서詩序에 근거해 시를 해석했다.

---

108) 이때 모시가 완전히 부활했고, 鄭箋이 또 다시 크게 성행했다. 그러나 朱傳이
완전히 압도되지 않았으며 모시와 병행했다.
109) 毛傳과 鄭箋을 보충 해설한 책으로 고증이 해박하며 해설이 상세하다. 문호의
편견에 치우치지 않아 청대의 『시경』注疏 가운데 가장 뛰어난 저작 중 하나
로 여겨진다.

陳啓源 毛詩稽古編		
1권~24권	25권~29권 總詁	부록 1권
순서대로 각시를 해설	文字 音訓 名物의 고증	풍·아·송 3부류 시의 취지를 논한 것
시서에 근거한 시 해석		

이러한 저술의 영향은 『시집전』을 압도했다. 시서는 또 다시 시를 해석하는 근거가 된 것이다. 다른 한편으로는 집일輯佚 기풍의 흥기에 따른 삼가시의 수집·정리 작업도 성과를 거두었다. 이들은 시서를 반대했는데, 이는 유신개량維新改良을 선전하기 위한 정치적 수요에서 나온 것이다. 위원魏源의 『시고미詩古微』는 국풍 중 삼가시설과 「모시서」의 이동異同 및 득실得失을 논열論列하고 「모시서」의 본의를 견강부회하고 왜곡한 오류 18곳을 논증했다. 이는 삼가시설에 의거해 미언대의微言大義[110]를 찾아낸 것이다.

魏源 詩古微			
卷首 1권	上篇 2~7권	中篇 8~17권	下篇 18~20권
노 제 한 모시의 전수·원류	四家詩의 異同 詩樂 毛詩 四始	국풍·소아·대아·송의 통론, 문답	古序의 집록
삼가시 해설 주요 업적의 하나			

---

110)

經世를 위한 공자의 微言大義를 기록	托古改制 정신을 핵심으로 함
'微言大義' 간단하지만 심오한 말로 큰 뜻을 말함	'托古改制' 옛 것에 의거해 제도를 고침
금문경	

청대 시경의 연구 경향		
1	2	3
한학의 발달 시경에 나오는 명물의 고증과 훈고의 유행	삼가시의 부흥	시경에 관한 문자학 성훈학의 발달

胡承珙　毛詩後箋 陳奐　　毛詩傳疏 馬瑞辰　毛詩傳箋通釋	魏源　　詩古微 陳喬樅　三家詩遺說考 齊詩翼氏學疏證 王先謙　詩三家義集疏
모전을 위주로 한 저술	삼가시에 관한 연구

시대별 시경학 연구서					
先秦	漢	宋	明	淸	民國 初
先秦詩經學 (朱金發)	漢代詩學硏究(譚德興) 漢代詩經學史論 (劉立志)	宋代詩經文獻硏究 (郝桂敏) 宋代詩經學研究 (譚德興)	從經學到文學-明代詩經學史 (劉毓慶)	淸代詩經學研究 (何海燕)	…
先秦兩漢詩經研究論稿 (袁長江)		宋代詩經學研究 (譚德興)		淸末民初詩經學史論 (陳文采)	

분야별 시경학 연구서[111]				
조직연구전서	史事연구전서	지리연구전서	박물연구전서	음운연구전서
毛詩指說 (唐 成伯璵) 毛詩集解 (宋 殷昌武) 詩經類考 (明 沈萬鈳) 讀詩質疑 (淸 嚴虞惇)	詩經世本古義 (明 何楷) 陸堂詩學 (淸 陸奎勳)	詩地理考 (宋 王應麟) 詩地理徵 (淸 朱右曾)	毛詩草木鳥獸魚蟲疏 (晉 陸機) 毛詩名物解 (宋 蔡卞) 毛詩鳥獸草木考 (明 吳雨) 續詩傳鳥名 (淸 毛奇齡) 詩傳名物集覽 (淸 陳大章)	經典釋文 (唐 陸德明) 詩本音 (淸 顧炎武)

1	2	3	4	5	6	7	8	9
正變	淫詩	刪詩	詩樂	六義	詩序	笙詩	三緯	逸詩
전통적 시경학의 주요 논점								

전통적 시경학				
漢學(訓詁)		宋學(義理)	新漢學(淸代)	
고문경학	금문경학	詩集傳(朱熹)	毛詩稽古篇(陳啓源) 毛詩傳箋通釋(馬瑞辰) 毛詩後箋(胡承珙) 詩毛氏傳疏(陳奐) 詩古微(魏源) 詩經通論(皮錫瑞)	
毛詩鄭箋 (鄭玄) ↓ 毛詩正義 (孔穎達)	今文三家詩 ↓ 詩三家集義 疏 (王先謙)			
훈고학		성리학	고증학	
어휘 장구를 통속적이고 평이한 말로 해석		의리를 중시 시의 뜻과 내용을 해석	명물 전장제도 역사지리 판본 등	
淸 四庫全書 146종(著錄書 62종, 存目書 84종) 수록				

	↑			
공용적 관념	권계작용 강조	해석의 수정	한학 고증·훈고	
先秦	漢	宋	淸	근현대
				순문학
				↓

---

111) 조두현 역해, 『시경』, 혜원출판사, 2007.3. 시경해제(허세욱), 10쪽.

시경 해석학[112]	
미시적 각론적 부분적	거시적 개론적 전체적
훈고학·고증학 등	문화인류학·사회학·시가발생학
시경의 각 시편들을 어떤 시각 어떤 관점으로 해석하는가 하는 문제	시경이 함유하고 있는 그 총체적인 문화를 어떻게 이해하고 수용하는가 하는 점
시경연구사	

시경에 대한 근현대적 해석	
通經	致用
수단	목적
유가경전에 통달하여 실제에 응용하다 ⇩	
시경 문화학 연구	

마르셀 그라네 Marcel Granet 1884∼1940	
『중국고대의 제례와 가요』[113] Fêtes et Chansons anciennes de la Chine, Paris, 1919 민속학적 방법론을 도입	
도덕교과서 ×	정치교훈서 ×
시경을 근대적으로 연구하기 시작한 효시	

왕국유王國維, 문일다聞一多, 고힐강顧頡剛, 주자청朱自淸, 종경문鍾敬文 등은 전인들의 연구 성과를 종합하면서 한학과 송학 문호의 견해를 배척하고 문

---

112) 吳允淑,「近代 以後 中國 詩經 解釋學의 樣相 - 近代 以後 韓中 詩經 解釋學의 樣相과 成果 中 中國篇(1)」,『中國文學硏究』26, 2003.6. 26쪽.

113) 프랑스 중국학자 마르셀 그라네는 『시경』을 고대인들의 생활 전반을 반영한 시가문학 민속학 문화사 종교사 생활사이자, 농경사회의 계절제와 노동 생활에서 불린 농요 노동요 민요 연애가 등으로 보았다.

학 사학 사회학 민속학 등 여러 각도에서 『시경』의 대의를 밝혔다.

王國維[114] 梁啓超[115] 魯迅[116] 胡適[117] 顧頡剛[118]	郭沫若[119] 卷耳集(1923)[120]	聞一多[121] 詩經通義(1937)
새로운 관념과 새로운 방법으로 연구	전대의 연구성과를 계승 심화 · 다양화	

ⓐ 李大釗 魯迅 혁명파	ⓑ 胡適 西化派	ⓒ 章太炎 劉師培 國粹派	ⓓ 顧頡剛 古史辨派 · 學衡派
ⓔ 郭沫若 范文瀾 역사학	ⓕ 聞一多 민속학	ⓖ 高亨 陳子展 余冠英 역사유물주의	ⓗ 胡樸安 張西堂 夏傳才 시경연구사
ⓘ 趙沛霖 발생학 심미학	ⓙ 葉舒憲 문화인류학	ⓚ 錢鍾書 창작예술의 평석	

---

114) 왕국유(1877~1927)의 『시경』 연구 논문

詩樂考略	周大武樂章考	說商頌

115) 양계초(1873~19290의 『시경』 관련 저술

淸代學術槪論(1920)	要籍解題及其讀法(1923)

116) 노신(1881~1931)은 역사유물주의적 관점과 방법으로 『시경』을 논평한 선구자였다.

117) 호적(1891~1962)의 『시경』연구: '훈고'와 '해제' 위주

異文校勘	音韻硏究	字句訓詁	見解序說
역대의 시경 연구를 4방면으로 총결산			

118) 고힐강(1893~1980)은 시경에 대해 철학 사학 교육학 사회학 등 순수학술 방면으로 연구했다.

119) 곽말약(1892~1978)은 마르크스주의의 관점과 방법으로 시경을 연구하여 시로서의 본성을 회복시키는 데 공헌했다.

120) 『권이집』은 국풍 속의 戀歌 40수의 백화시 今譯本이다.

121) 문일다(1899~1946)는 문학적 측면에서 민속학과 제반 훈고학, 문자학, 고증학 등을 운용하여 시경 연구에 획기적인 업적을 남겼다. 그의 『風詩類鈔』는 『시경』 작품의 분류선집이다.

當代 시경 연구		
제1시기(1949~1966)	제2시기(1966~1977)	제3시기(1977~)
陳子展 國風選譯 李長之 詩經試譯 余冠英 詩經選 張西堂 詩經六論	×	문학 역사 문헌 어언 민속 등 다방면의 연구 ↓

시경 민속학 연구	시경 연구역사 연구	시경 문화인류학 연구
國風與民俗研究 (徐華龍) 詩經民俗文化論 (周蒙) 詩經涉及的三種婚俗形 態 (毛忠賢)	詩經研究史槪要 (夏傳才) 詩經研究反思 (趙沛霖) 從經學到文學-明代詩經 學史論 (劉毓慶) 詩經學史 (洪湛侯) 詩經研究史 (戴維)	詩經與中國文化 (廖群) 詩經的文化精神 (李山) 詩經的文化闡釋 (葉舒憲)
시경 연구 분야의 다원화		

서양의 시경 주석서		
James Legge[122]	Arther Waley[123]	Bernhard Kalgren[124]
The She-King	The Book of Songs	The Book of Odes
London, Oxford University Press, 1935	London, Allen &Urwin, 1937	Seocholn, Bulletin of the Museum of Far Eastern tiquities Vol.14.16.18, 1942~1948

---

122)

꾸브레르 Couvrcur	레지 Legge
주희 시집전에 바탕을 둔 것(1886)	주희 시집전 외에 모전 정전 등 참조
중국적 해석 전통을 중시	

123) 웨일리(1889~1966)는 풍·아·송의 순서에 따르지 않고 내용에 따라 17부류(變雅 15수를 제외한 290수 번역)로 배열했다.

웨일리의 중국시 번역본		
中國詩選(1916)	中國詩 170首(1917)	更多的漢詩選譯(1919)

124) 칼그렌(高本漢: 1889~1978)은 과학적 방법을 기반으로 모든 해석학적 가능성을 염두에 두어 『시경』의 총체적인 이해(언어학적 연구)를 시도했다.

칼그렌 중국시 역주본				
國風譯注 +	小雅譯注 +	頌詩譯注 ↪	詩經注釋	詩經全譯本
1942년	1944년	1944년	1946년	1950년

제 4편

	시경 305편 개요 ⬇		

	國風국풍		총 160편
01	周南주남	001-011	
02	召南소남	012-025	
03	邶패	026-044	
04	鄘용	045-054	
05	衛위	055-064	
06	王왕	065-074	
07	鄭정	075-095	
08	齊제	096-106	
09	魏위	107-113	
10	唐당	114-125	
11	秦진	126-135	
12	陳진	135-145	
13	檜회	146-149	
14	曹조	150-153	
15	豳빈	154-160	

○1 관저關雎: 신혼을 축하하는 것, 흥의 기법, 5장 20구

'關雎' = 아름다운 사랑의 부호이자 대명사[1]		
한 쌍의 물수리 인생의 반려자	마름풀 반려자를 찾는 노력	'琴瑟' '鐘鼓' 운우의 정
순수 · 지혜 · 과감		

상서로운 출발을 바람 ↬ 행복한 미래를 담보
결혼축가, 집단적 가무 축제
合唱 · 輪唱 · 對唱

---

1) 蘇禾, 『掩卷詩經聆聽愛情』, 北京: 中國紡織出版社, 2013.3. 6쪽.

關關雎鳩	在河之洲	窈窕淑女	君子好逑2)
듣다	보다	또 보다	그리워하다
상사곡			

마름풀 캐기		요조숙녀 찾기	
采之	芼之	友之	樂之
연상 · 상상			

○2 **갈담**葛覃: 친정부모를 생각하는 것, 부의 기법, 3장 18구, 첩영

칡넝쿨 ← 갈포	친정부모 ← 부인
근본 = 뜻과 행실	
근검	효성

칡넝쿨 '잎'	꾀꼬리의 '노래'
용모가 아름답다	여운이 오래 남는다

陟彼 高岡 砠	我馬虺隤 我馬玄黃	金罍 兕觥
소망·바람·목표	고난·역경 = 핑계	회피·안주
'我馬'(나의 말) = 현재(나의 남편)		

○3 **권이**卷耳: 행역자가 집을 생각하는 것, 부의 기법, 4장 16구, 첩영(2, 3장)

높은 산 / 높은 언덕 / 돌산	병든 말 / 병든 마부
현실의 벽	내 마음의 상태
虛中有實 實中有虛	

'我'(7번 출현)는 누구인가3)		
1	2	3
모두 남주인공	모두 여주인공	1장: 여주인공 2~4장: 남주인공
묘사 · 정감 · 상상 3자 겸비		

---

2) '好逑'(좋은 짝)의 예

君子 - 賢女	商湯 - 李尹	劉備 - 孔明
崔述 讀風偶識		

○4 **규목**樛木: 군자를 축복하는 것, 비의 기법, 3장 12구, 첩영

1장	2장	3장
출세를 기원	발전을 소원	성공을 축원
상부상조의 정신		

가지가 늘어진 나무 = 군자	칡넝쿨 = 반려자
질투하지 않고 덕을 베풀다	

樛木규목(周南)	螽斯종사(周南)
자기 집안의 부귀를 축복	자기 집안의 자손 번성을 축복

○5 **종사**螽斯: 자손 번창을 축하하는 것, 비의 기법, 3장 12구, 첩영

詵詵선선	薨薨훙훙	揖揖집집	振振진진	繩繩승승	蟄蟄칩칩
메뚜기가 모여 나는 소리			메뚜기가 번성하는 모양		
생동적 형상 격구로 운용, 운율의 조화					

○6 **도요**桃夭: 신혼을 축하하는 것,[4] 흥 · 비의 기법, 3장 12구, 첩영

덕으로 감화시키다德化 ⋯→ 성정이 바르게 되다 ⋯→ 혼기를 놓치지 않다
기대 · 축복

1장	2장	3장
花 화사한 꽃 신부의 미모	實 탐스런 열매 자손만당	葉 푸른 잎사귀 가문의 번성
신부의 덕을 칭송		

복숭아나무 = 시집가는 아가씨 ⇩ 후대 詩詞 중 '面如桃花' '艶如桃李' '人面桃花'

---

3) 金性堯, 『閑坐說詩經』, 北京: 北京出版社, 2012.1. 8~9쪽.
4) 국풍의 결혼축하시

葛覃	樛木	螽斯	桃夭	鵲巢	何彼穠矣
燕燕	碩人	女曰鷄鳴	有女同車	著	伐柯

歸귀	
친정가다 歸寧父母	시집가다 之子于歸5)
葛覃갈담(周南)	桃夭도요(周南)

○7 **토저**兎罝: 무사를 찬미하는 것, 흥의 기법, 3장 12구, 첩영

무사의 이미지		
干城간성 국토를 수호하는 물건	好仇호구 보필하는 짝	腹心복심 믿을 수 있는 수하
작은 일도 소홀히 하지 않는 책임감		

○8 **부이**芣苢: 봄날 여인들이 들판에 나가 나물을 캐는 정경, 부의 기법, 3장 12구, 첩영

질경이	
난산難産을 치료하는 풀	후사後嗣에 대한 기구祈求와 관련
도덕·교화·인륜	

중간에 6개 동사만 변동					
采채	有유	掇철	捋랄	袺결	襭힐
뜯다	지니다	줍다	훑다	옷소매에 담다	옷깃에 넣다
시작 단계		중간 단계		마무리 단계	
부녀들의 즐거운 마음, 부지런히 노동하는 과정					

○9 **한광**漢廣: 사랑하면서도 구애하지 못하는 남자의 노래, 흥·비의 기법, 3장 24구, 첩영(2장, 3장)

애정 비극			
不可'休'思 '쉬다'	不可'求'思 '구하다'	不可'泳'思 '헤엄치다'	不可'方'思 '뗏목으로 가다'
불가능한 일		신념·용기 상실	
제1장			

---

5) 『시경』 중 '之子于歸' 출현 횟수

桃夭(周南)	漢廣(周南)	鵲巢(召南)	燕燕(北風)	東山(豳風)
3회	2회	3회	4회	1회

渡河도하	星神성신	織女직녀
초보적 견우직녀 전설		

○10 **여분**汝墳: 행역으로부터 돌아온 남편을 마중하여 기뻐하는 것, 3장 12구

1장	2장	3장
남편을 기다리는 여인의 모습	남편을 맞이하는 여인의 감격	남편을 붙잡고 다짐하는 모습
부체		비체

소박한 민중의 삶과 소망
남녀의 애정 ⇄ 풍속의 순화
상관관계 ↝ 비유

鮖魚방어	
일반적인 의미	내적인 의미
피로로 꼬리가 붉어진다	백성이 도탄에 빠져 있다

○11 **인지지**麟之趾: 남자의 덕을 칭송한 것, 흥의 기법, 3장 9구, 첩영

길상	평안
사람들의 희망, 위안, 재능을 기린의 형상에 기탁	
'기린아'	

기린 = 鹿 + 牛 + 馬 + 魚
聖人을 상징하는 최고의 동물, '仁獸' '聖獸'
仁厚 · 忠實

○12 **작소**鵲巢: 시집가는 여자를 노래한 것, 3장 12구

居거	方방	盈영	御어	將장	成성
수량상의 점층 관계			성혼의식의 전체 과정		

桃夭도요(周南)	鵲巢작소(召南)
신부를 축하하는 시	

성어: 鳩居鵲巢구거작소	
까치가 둥지를 지으면 비둘기가 차지한다	남의 집에 들어와서 주인 행세를 한다
어딘가 비꼬는 말투	

까치둥지 = 남자의 작위	비둘기 = 시집가는 정숙한 여인
흥체	

○13 **채번**采蘩: 시집 온 여인의 덕을 칭송, 부의 기법, 3장 12구

1장	2장	3장
나물 캐는 지점과 목적		분망함
정성·공경		두발頭髮의 변화
제사 또는 양잠		

藜번	薇菜미채	芣苢부이	卷耳권이	薺菜제채	荼도
산흰쑥	들완두	질경이	점나도나물	냉이	씀바귀
시경에 나오는 야채					

○14 **초충**草蟲: 군대에 떠나보낸 임을 그리워하는 것, 부의 기법, 3장 21구, 첩영

1장	2장	3장
풀벌레 - 가을	고사리·고비나물－봄	
나의 처지	만남에 대한 열정	
진솔한 애정		

주인공		
소녀	부인	여신
연애시		

○15 **채빈**采蘋: 시집 온 여인의 덕을 칭송, 부의 기법, 3장 12구, 첩영

일문一問 일답一答	
唱: 予以采蘋? 唱: 予以采藻? …	和: 南澗之濱. 和: 于彼行潦. …
창화시	

采蘩채번(召南), 采蘋채빈(召南)	麟之趾인지지(周南), 羔裘고구(鄭風)
여성의 덕을 칭송	남성의 덕을 칭송

○16 감당甘棠: 소백召伯의 덕을 추모하며 칭송, 부의 기법, 3장 9구, 첩영

甘棠감당(召南)	思文사문(周頌)	閟宮비궁(魯頌)
백성들의 삶을 행복하게 한 것을 칭송한 시		

○17 행로行露: 여자가 결혼을 거절한 것, 3장 15구

露로	
아름다운 사물, 아름다운 정감	행복의 장애물, 험난한 세상

1장	2장	3장
興	비유	
(寫實)	참새 부리로 쪼다 나쁜 남자 = 소문·소송[6]	쥐 이빨로 갉다

○18 고양羔羊: 관리가 관직을 그만 둔 심경, 부의 기법, 3장 12구, 첩영

兎罝토저(周南)	羔羊고양(召南)
무관의 당당하고 씩씩함을 찬미	문관의 청렴하고 강직함을 찬미
대조	

○19 은기뢰殷其靁: 군대에 떠나보낸 임을 그리워하는 것, 흥의 기법, 3장 18구, 첩영

우레 소리 = 임이 계신곳		
남산 남쪽	남산 옆	남산 아래
종남산終南山 어디인들 그리운 그대		

汝墳여분(周南)	草蟲초충(召南)	殷其靁은기뢰(召南)	雄雉웅치(邶風)
그리운 임이 돌아오기를 바라는 국풍의 시			

○20 표유매摽有梅: 결혼하지 못한 노처녀를 비꼬는 것, 부의 기법, 3장 12구, 첩영

---

6) 심영환 역, 『시경』, 서울: 홍익출판사, 2011.2.(보급판) 49쪽.

梅매 --> 媒매
절조와 신의를 바탕으로 한 중매
나무에 매실이 하나하나 떨어지는 것으로 혼기가 늦어지는 것을 형용
혼기: 남자 20~30세, 여자 15~20세

1단계	2단계	3단계
좋은 날을 택해 오라	부디 지금 오라	아무 때나 오라
혼기가 찬 여자가 남자를 구하려는 절박한 심정		

○21 소성小星: 하급관리의 고초를 노래한 것, 흥의 기법, 2장 10구, 첩영

三五삼오	參與昴삼여묘
심성心星과 축성嘬星, 28수宿의 동방에 있는 별로 초저녁에 잘 보인다	삼성參星과 묘성昴星, 28수宿의 서방에 있는 별로 새벽에 잘 보인다

衾금 도포	裯주 겉에 입는 홑옷
관료의 신분을 나타내는 복장	

○22 강유사江有汜: 버림받은 여인의 입장, 흥의 기법, 3장 12구, 첩영

子	我
본처 ⇄	잉첩(자신)
'汜사: 큰 강물에서 갈라졌다 다시 큰 강물로 돌아가는 물줄기	
임이 다시 내게 돌아오기를 바람	

3·3·3·4	3·3·3·4	3·3·3·4
처음에는 각 구절이 세 글자씩 균등한 호흡으로 이어지다가		
마지막 구절에 와서 갑자기 네 글자로 변한 것		
주의를 환기	감정의 변화	
어의를 심화시키고 어기를 강화시켜 한 단계씩 나아가는 예술 효과		

○23 야유사균野有死麕: 남성의 유혹에 여성이 즐거이 응하는 것, 흥(2) 부(1)의 기법, 3장 12구

吉士誘之길사유지	有女如玉유녀여옥
길사, 멋진 총각	옥녀, 미녀
은밀한 만남, 짜릿하고 황홀[7]	

○24 하피농의何彼穠矣: 남녀가 서로 사랑을 구하는 것, 흥의 기법, 3장 12구

1장	2장	3장
산배나무	복숭아, 오얏	실, 낚싯줄
부도婦道	미모	혼인

○25 추우騶虞: 사냥터의 관리를 찬미한 것, 2장 6구, 첩영

騶虞추우(召南)	還선(齊風)	盧令노령(齊風)	駟驖사철(秦風)
'田獵詩'의 예				

騶虞	
의義를 상징하는 영수靈獸 생물을 먹지 않는 의로운 짐승	관명: 사냥하는 관리의 '용감성' 천자의 조수鳥獸를 관리하는 관리
모시서 · 시집전	삼가시

○26 백주柏舟: 남편에게 소박맞고 첩에게 학대를 받는 불행, 비(1장, 5장) 부(2~4장)의 기법, 5장 30구

我心匪鑒아심비감 헤아리지 못하다	我心匪石아심비석 굴리지 못하다	我心匪席아심비석 말아두지 못하다
불우한 처지 ↳ 氓맹(衛風)		

○27 녹의綠衣: 버림받은 여인의 입장, 비의 기법, 4장 16구

초록색 천	노란색 천
임이 사랑하는 여인	임에게 버림받은 여인
녹색은 간색間色으로 젊음을 상징 첩	황색은 정색正色으로 늙음을 상징 본처
비정통	정통
초록색 웃옷에 노란색 치마	
천하다 ⇆ 귀하다 뒤바뀜	

---

7) 김기철, 『시경, 최초의 노래』, 서울: 천지인, 2010. 2. 34~35쪽.

綠 紅 碧 紫 馷黃 = 間色	靑 黃 赤 白 黑 = 正色
귀천, 존비, 정통·비정통 등 상징 의의	

綠衣녹의(邶風)	葛生갈생(唐風)	黃鳥황조(秦風)
'悼亡詩'의 원류		

○28 연연燕燕: 이별의 정서를 담은 것, 흥(1~3장) 부(4장)의 기법, 4장 24구

1	2	3
서서히 다가온다	이별을 맞는 순간	견디고 이겨낸다
이별의 단계		

終溫且惠종온차혜 끝내 온순하고 또 순하여	淑愼其身숙신기신 그 몸을 잘 삼가했다
미모美貌 < 현덕賢德	

綠衣녹의 (邶風)	燕燕연연 (邶風)	終風종풍 (邶風)	柏舟백주 (邶風)	日月일월 (邶風)
작가: 衛莊公의 부인 莊姜 朱熹의 추정				

○29 일월日月: 남편에게 버림받은 여인의 노래, 부의 기법, 4장 24구

日居月諸일거월저	
○居거	○諸저 = 之乎
어조사 : ○여! ○이여!	
본래 해와 달을 일컬음 ⋯ 세월이 흘러감을 가리킴	

해	달
일월을 보면서 남편과의 비극적인 혼인 관계를 회복시켜줄 것을 호소 (그리워하는 임을 만나기 힘든 것을 상징)	
여성의 심미의식	

女	男
一往情深일왕정심 애정이 갈수록 깊어지다	三心二意삼심이의 딴 마음을 품다

○30 **종풍**終風: 버림받은 여인의 입장, 비의 기법, 4장 16구

그리움이나 만남과 동거를 주제로 한 예감이나 조짐	남편의 학대와 방종에 가슴조려 지내는 원부怨婦의 심정
○	×
정감의 전환 ← 묘사 · 서정 · 서술 性虐狂 sadism, 受虐狂 masokism 관련 여부	

○31 **격고**擊鼓: 종군 나간 병사의 심정, 부의 기법, 5장 20구

맹서	축복
死生契闊사생계활 與子成說여자성설 생사를 같이하자 그대와 다짐했다	執子之手집자지수 與子偕老여자해로 그대의 손을 잡고 백년해로 약속했다
인생의 반려자	

1장	2장	3장	4장	5장
夫唱		婦唱		夫婦合唱
于嗟闊兮 不我活兮 于嗟洵兮 不我信兮 '兮' = 탄식과 흐느끼는 소리[8]				↵

采薇채미(小雅)	東山동산(豳風)	擊鼓격고(邶風)
향수 · 애원 '戰爭詩'		

○32 **개풍**凱風: 효자가 어머님의 은혜를 생각하며 읊은 것, 12장 16구, 첩영

1장	2장	3장	4장
어머니의 고생	효도하지 못한 반성	맑은 샘물 같은 은혜	효도하지 못한 자책
비체	흥체		

꾀꼬리	자식들
소리를 아름답게 하여 사람들을 기쁘게 함	어머니의 마음조차 위로하고 기쁘게 해드리지 못함
대조	

---

8) 吳少達, 「詩經·邶風·擊鼓新解」, 『詩經研究叢刊』 9, 2005.7. 350쪽.

대추나무의 어린 싹 ↔ 선선하게 부는 남풍
고마운 줄 모르고 마시는 자식들 ↔ 준읍에서 솟아나는 샘
보은報恩 여부

夭夭요요	劬勞구로	寒泉한천
어머니의 노고勞苦 관련 시어		

○33 **웅치**雄稚: 전장에 나간 남편의 사정을 생각하는 것, 흥(1장, 2장) 부(3장, 4장)
의 기법, 4장 16구

飛비 ⋯› 이별하다	瞻첨 ⋯› 고생하다
언제나 돌아오실까	

我之懷矣아지회의 自詒伊阻자이이조 나의 그리워함이여 스스로 격조함을 끼치도다	不忮不求불기불구 何用不臧하용불장 해치지 않고 탐하지 않으면 어찌 선하지 않으리오
추측·기대	

雉(꿩)의 이미지						
雄雉 웅치 (邶風)	匏有苦葉 포유고엽 (邶風)	君子偕老 군자해로 (鄘風)	碩人 석인 (衛風)	兎爰 토원 (王風)	斯干 사간 (小雅)	小弁 소반 (小雅)
'좋은 사람' '가까운 사람' 여부						

○34 **포유고엽**匏有苦葉: 혼인하는 사람을 읊은 것, 비(1장, 2장, 4장) 부(3장)의 기법,
4장 16구

人涉卬否인섭앙부 남은 건너도 나는 건너지 않음은	卬須我友앙수아우 나는 내 짝을 기다려서이다
열렬하고 즐거우면서 초조하다 정경情景 - 여운餘韻	

박의 쓴맛	강물의 깊은 곳
시련	

○35 **곡풍**谷風: 남자의 사랑이 식어 그 사랑이 돌아오기를 바라는 것, 6장 48구

習習谷風습습곡풍 以陰以雨이음이우	
습습한 곡풍에 날씨가 흐려지며 비가내리니	
남자의 凶狼燥暴흉랑조포	남자의 反覆無常반복무상

1장	2장	3장	4장	5장	6장
비	부·비	비	흥	부	흥

谷風곡풍(邶風)	氓맹(衛風)
女 = 유순, 온화, 온순, 참고 견디다	女 = 강직, 과단, 단호하다
'棄婦詩'	

○36 **식미**式微: 정치풍자시, 부의 기법, 2장 8구, 첩영

胡不歸호불귀	
자유의 상실 ↬ 자유에 대한 갈구	
관심·의문	귀향·은거

○37 **모구**旄丘: 방랑자와 방관자의 복식·정신·심정을 비교, 흥(1장) 부(2~4장)의 기법, 4장 16구

旄丘 = 앞이 높고 뒤가 낮은 언덕			
1장	2장	3장	4장
앞이 높은 언덕: 형제, 뒤가 낮은 언덕: 자신 형제는 높이 잘되고 자신은 비천한 신세가 됐음을 비유	자신이 왜 이러한 현실에 놓였는가를 밝혀 구원의 손길을 기다렸음을 실토	귀한 집안의 여우 갓옷 입은 몸으로 곤경을 만나 수레도 없어 고향에 갈 수 없으므로 형제와 더불어 살지 못했음을 해명	작고 나약한 자기의 호소를 형제가 들어주지 않음을 슬퍼함
'興' 중 '比'			

如足如手여족여수	折箭之訓절전지훈
형제는 몸에서 떼어 놓을 수 없는 팔다리와 같다는 말	가는 화살도 여러 개가 모이면 꺾기가 힘들 듯 여러 형제가 서로 협력하면 어떤 어려움도 극복할 수 있다는 뜻
旄丘 관련 성어	

○38 간혜簡兮: 육예에 정통하고 문무를 겸비한 인재를 찬미한 것, 부(1~3장) 흥(4
장)의 기법, 4장 18구

무사舞師 또는 악관樂官	
有力如虎유력여호 執轡如組집비여조 힘이 범 같으며 고삐 잡기를 실끈처럼 하도다	左手執籥좌수집약 右手秉翟우수병적 왼손에는 피리를 잡고 오른손에는 꿩깃을 잡았노라
武術	文舞

인재의 조건 관련 내용		
1 인재를 발굴하지 못함	2 인재의 좌절감	3 인재에 대한 찬미

○39 천수泉水: 부모상을 당하여 친정에 돌아가고픈 심정을 읊은 것, 흥(1장) 부
(2~4장)의 기법, 4장 24구

1장	2장	3장
다른 나라로 시집을 간 여성이 고향에 돌아가지 못하는 것을 안타까워하다	시집올 때 상황을 나타낸다	(肥泉 = 물) 조국과 가족에 대한 그리움

허목부인許穆夫人: 宣姜의 딸이 지은 시		
泉水천수(邶風)	竹竿죽간(衛風)	載馳재치(鄘風)

○40 북문北門: 벼슬에 뜻을 얻지 못함을 풍자한 것, 비(1장) 부(2, 3장)의 기법, 3장
21구

1 궂은일 하러 음지로 간다	2 열심히 일해도 희망이 보이지 않는다
불우한 처지를 탄식	

조정의 공무	집안의 일
지식인·관료의 고민과 갈등	

검소 근신 청렴	사치 방종 부패
○	×

○41 **북풍**北風: 도망자의 노래, 비의 기법, 3장 18구, 첩영

1장	2장	3장
떠나지 않을 수 없는 절박한 상황	북풍이 더욱 매서워져서 견디기 어렵다	도저히 있을 곳이 아니므로 함께 떠나자

포악무도	도망 = 항의
통치자	백성

凱風개풍 = 남풍	북풍
은혜로운 어머니의 사랑	포악한 정치를 비유

○42 **정녀**靜女: 즐겁고 익살스런 분위기와 아름다운 용모, 부(1장, 2장) 흥(3장)의 기법, 3장 12구

1장	2장	3장
여자의 사랑 놀음	선물을 주고받다	남자는 감격한다

愛而不見애이불견	
사랑하면서도 만나지 못해	고의로 숨어서 보이지 않아
여인: 순진·쾌활·총명하고 지혜롭다	
남자: 정직하고 무던하다	

歸귀(饋)	荑이
주다	띠 풀 새로 난 것, 삘기, 띠 싹
띠싹을 선물하다	

○43 **신대**新臺: 위衛나라 선공宣公을 풍자한 것, 부(1장, 2장) 흥(3장)의 기법, 3장 12구

새 누대	못난이
아름다움 = 이상향	추함 = 현실

燕婉연완		籧篨거저: 새가슴	戚施척이: 곱사등이
아리따운 임	↔	추악한 몰골	

新臺신대 (邶風)	君子偕老군자해로 (鄘風)	牆有茨장유자 (鄘風)	鶉之奔奔순지분분 (鄘風)
선공을 비롯한 위나라 왕실의 추문을 풍자한 작품			

○44 **이자승주**二子乘舟 : 급伋과 수壽 두 사람을 그리워한 것, 부의 기법, 2장 8구

선공	이강
衛나라 14대 군주 (기원전 718~700 18년간 재위)	선공 아버지의 첩이자 선공의 서모, 후에 선강에게 사랑을 빼앗겨 자살
둘의 아들 伋	

선공 + 선강	
壽는 伋과 같이 성품이 너그러운 정인군자라 伋을 형님으로 예우	朔은 행실이 부정하고 성품도 독하며 伋을 미워하여 죽이려고 함
둘의 아들 壽와 朔	

莊公
父 / / 子   \ 妾
宣姜   宣公 (子⋯서모)   夷姜
母 \ \ 子 子 / / 父 父 \ \ 子 子 / / 母
壽·朔   이복형제   伋

○45 **백주**柏舟 : 독신주의에 의한 수절(즉 혼인의 자유), 흥의 기법, 2장 14구

汎彼柏舟범피백주 在彼中河재피중하 아득히 떠가는 배를 바라보며 허허로운 심경을 토로
↓
여인이 맹세를 할 때 사용하는 관용어구

'柏舟'의 의미 변화
단단한 배의 재료 ⋯→ 굳건한 지조, 절개 (측백나무는 잘 썩지 않기 때문에 배를 만들 때 사용)

○46 **장유자**牆有茨 : 정치풍자시, 흥의 기법, 3장 18구, 첩영

牆有茨장유차 = 담장의 찔레		
불필요한 존재	매우 귀찮고 짜증남	묶어버릴 수 없음
말이야 할 수 있다 해도 말하면 너무 추하다	자세히 밝힐 수 있다 해 말하면 너무 길다	떠들어 댈 수 있다 해도 말하면 너무 창피하다
埽(掃)소 道도 醜추	襄(攘)양 詳상 長장	束속 讀독 辱욕
고도의 예술기교		

○47 **군자해로**君子偕老: 임금의 부인을 찬미한 것, 부의 기법, 3장 24구

화려한 모습		나쁜 행동	
副笄六珈부계육가 부계에 여섯 곳을 옥으로 꾸미다	如山如河여산여하 산 같고 강물 같다	子之不淑자지불숙 그대의 선하지 못함은	云如之何운여지하 어이해서 인고
미모美貌 ≠ 현덕賢德			

君子偕老군자해로(鄘風)	鶉之奔奔순지분분(鄘風)
선강의 음란함을 비웃은 노래	

○48 **상중**桑中: 남녀가 만나 서로 즐거워함을 노래한 것, 부의 기법, 3장 21구, 첩영

혼인예속		
새삼 덩굴 뜯다	보리 베다	순무 캐다
'思'		

○49 **순지분분**鶉之奔奔: 흥의 기법, 2장 8구, 첩영

위衛나라의 추악한 궁중사				
권세·여색·정략을 둘러싼 패륜행위·골육상쟁				

德音無良	以謹無良	人之無良	民之無良	之子無良
日月 일월 (邶風)	民勞 민로 (大雅)	鶉之奔奔 순지분분 (鄘風)	角弓 각궁 (小雅)	白華 백화 (小雅)
無良: 품행 불량, 추악함에 대한 비판(경멸)의 어감				

○50 **정지방중**定之方中: 궁실의 축조 방법과 기예를 기재, 부의 기법, 3장 21구

궁실 축조의 경험	사료적 가치
착공 시간, 방위, 지형, 점복 등9)	

9) 王培元 主編,『詩騷與辭賦』, 濟南: 山東文藝出版社, 1991.11. 181쪽.

○51 체동蝃蝀: 음분을 금지할 것, 비(1장, 2장) 부(3장)의 기법, 3장 12구

무지개		
蝃체	蝀동	隮제
혈기가 있는 무리와 같다		

朝隮雨西조제우서	崇朝其雨숭조기우
아침에 무지개가 서쪽에 오르니 아침만 비가 온다	
자연현상 = 남녀관계10)	
風·雨·雲·雷·虹	

○52 상서相鼠: 인간이 의·지·예 3가지를 지니지 못하면 삶의 의미가 없다는 것, 흥의 기법, 3장 12구, 첩영

有皮	有齒	有體
↕	↕	↕
無儀	無止	無禮

儀 = 威儀	止 = 容止	體(禮) = 肢體
위엄 있는 몸가짐	품위 있는 모양새	인간행위(관계)의 준칙
단순한 윤리 도덕규범 → 인간의 존재 의의를 규정		

○53 간모干旄: 귀부인의 아름다움을 노래한 것, 부의 기법, 3장 18구, 첩영

干旄 - 干旟 - 干旌	浚郊 - 浚都 - 浚城
'思賢' '招賢' '求賢'	

考槃고반(衛風)	衡門형문(陳風)	鶴鳴학명(小雅)	干旄간모(鄘風)
은일 관련 제재			

○54 재치載馳: 허목부인許穆夫人의 정의로운 애국 행동, 부의 기법, 4장 28구

齊子	戴公	文公	齊桓夫人	許穆夫人
衛 宣姜과 公子 頑의 자식				

---

10) 周示行, 『詩經論集』, 長沙: 湖南大學出版社, 2007.4. 7쪽.

○55 **기오**淇奧: 강가에서 만난 이성을 그리워하는 것, 흥의 기법, 3장 27구, 첩영

如切 깎은 듯 如磋 다듬은 듯 如琢 쪼은 듯 如磨 간 듯	瑟兮 위엄 있다 僩兮 너그럽다 赫兮 빛나다 咺兮 뚜렷하다
임(군자)의 모습	

1 인물이 훤하다	2 태도가 의젓하다	3 진중하다	4 위엄이 있다	5 관대하다	6 너그럽다
7 외모도 멋지게 꾸밀 줄 안다		8 유머가 있으나 지나치지 않다		9 학문과 인격을 끊임없이 도야하다	
'군자' … 유가의 이상형[11] 淇奧기오(衛風) 論語·學而					

○56 **고반**考槃: 어진사람이 은퇴하여 자연과 더불어 한가로이 살고 있는 모습을 찬미, 부의 기법, 3장 12구, 첩영

'考槃'의 뜻	
은둔할 집을 지어 즐겁다	그릇을 두드리다
학자의 고상한 품격과 뜻 높은 선비의 기상	

考槃고반(衛風)	衡門형문(陳風)
세상에 요구함이 없이 은거를 즐기는 노래	

寤 = 晤[12]		
寤(晤)言	寤(晤)歌	寤(晤)宿[𪘕]
잡담 · 직언	대창對唱	(대화)

---

11) 공자가 규정한 '군자'의 3가지 경계: "仁者不憂, 智者不惑, 勇者不懼." 『論語·子罕』
12) 蕭兵, 『孔子論詩的文化推繹』, 武漢: 湖北人民出版社, 2006.3. 202쪽.

○57 **석인**碩人: 여성미(신분 · 지위 · 치장 · 기백)의 찬미, 부의 기법, 4장 28구

미인의 형상(용모)					
섬섬옥수	살결	목	이	이마	눈썹
띠싹	응지	나무굼뱅이	박씨	씽씽매미	나방
柔荑	凝旨	蝤蠐	瓠犀	螓	蛾

碩人其頎 碩人석인(衛風)	碩大無朋 椒聊초료(唐風)	碩大且卷 澤陂택피(陳風)
'碩' '大' = 여성미와 관련		

四牡有驕사모유교 朱幩鑣鑣주분표표 사무가 건장하며 붉은 말재갈 선명도 하다	以爾車來이이거래 以我賄遷이아회천 그대 수레 가지고 오라 내 재물을 가지고 옮겨가리라
성대한 혼례	간소한 혼례
碩人석인(衛風)	氓맹(衛風)
대조	

○58 **맹**氓: 남자에게 버림받은 여인의 설움, 6장 60구

1장 · 2장	3장	4장	5장	6장
부	비 · 흥	비	부	부 · 흥
첫사랑, 혼인	후회	원한	고생 · 불행	결별
서사 · 묘사 · 서정 · 의론				

桑之未落 其葉沃若	桑之落矣 其黃而隕	淇則有岸 隰則有泮
말랑말랑하고 촉촉하고 윤기가 흐르다	누렇게 시들어 떨어지다	반대 면을 묘사 → 정면을 표현
용모 - 청춘	신세 - 고독	인생 - 곤경
비흥의 수법13)		

---

13) 陸堅 主編, 『中國古代文學精解』, 上海: 上海文藝出版社, 1989.4. 18~19쪽.

○59 죽간竹竿: 친정으로 돌아가고 싶은 여인이 심정, 부의 기법, 4장 16구

부모 상喪을 당해 친정 가고픈 생각	이유 없이 친정 가고픈 생각
泉水천수(邶風)	竹竿죽간(衛風)
駕言出遊가언출유 以寫我憂이사아우 말에 멍에하고 나가 놀아 내 근심 쏟아볼까	
이치 ⋯→ 정감14)	

○60 환란芄蘭: 흥의 기법, 2장 12구, 첩영

뿔송곳 ≠ 지혜	깍지 ≠ 재능
동자童子의 교만 · 무례	

○61 하광河廣: 고향을 그리워하는 것, 부의 기법, 2장 8구, 첩영

송나라 사람		
그리움	[다리]	만 남
	갈대 잎, 배	

황하의 종합적인 의미				
①그리움	②장애물	③짧은 거리	④만남	⑤통로(길)
[선택사항] 도전정신 · 개척정신				

○62 백혜伯兮: 전쟁에 부역나간 남편을 기다리는 심정, 부(1장, 2장, 4장) 비(3장)의
기법, 4장 16구

其雨其雨기우기우 비가 오려나 비가 오려나	杲杲出日고고출일 고고히 해가 나오다
돌아오기를 바랐는데 돌아오지 않다	

卷耳권이(周南)	伯兮백혜(衛風)	擊鼓격고(邶風)
전쟁과 요역으로 인한 相思		

---

14) 林素英, 「論衛風男女情詩中的禮敎思想」, 『詩經硏究叢刊』 16, 2009.6. 227쪽.

○63 **유호**有狐: 행역 나간 남편을 근심하는 것, 비의 기법, 3장 12구, 첩영

'근심'을 나타내기 위해 쓰인 단어		
1장 裳 바지	2장 帶 띠	3장 服 옷

전쟁과 연관된 상징물	
여우 · 까마귀 北風북풍(邶風)	옷 · 바지 · 허리띠 無衣무의(秦風)
전쟁에 동원된 민간인 즉 종군자	갑옷 안에 받쳐 입은 전투용 옷

旄丘 모구 邶風	北風 북풍 邶風	有狐 유호 衛風	南山 남산 齊風	終南 종남 秦風	羔裘 고구 檜風	七月 칠월 豳風	都人士 도인사 小雅	何草不黃 하초불황 小雅
시경 9편에 나오는 '狐'자는 대부분 '귀족' '군자'와 관련15)								

○64 **목과**木瓜: 애정표현 · 놀이풍습(과일던지기), 비의 수법, 3장 12구, 첩영

발렌타인데이		화이트데이	
[초콜릿] 女	→ ←	男 [사탕]	

모과, 복숭아, 오얏	아름다운 패옥, 구슬, 옥돌
받는 사랑	주는 사랑

○65 **서리**黍離: 나라가 망하고 옛 도성의 궁궐터가 밭으로 변해버린 것을 한탄,
부 · 흥의 기법, 3장 30구, 첩영

1장	2장	3장
피 싹 - 자라남	피 이삭 - 패어남	피 열매 - 생겨남
심란함	심취함	또 다른 근심, 혼란

나라의 운명에 대한 책임의식	우국우민의 사회의식
후대에 영향	

---

15) 李兆祿,『詩經齊風硏究』, 齊南: 齊魯書社, 2008.12. 24~25쪽.

○66 **군자우역**君子于役 : 행역 나간 남편을 그리워하는 것, 부의 기법, 2장 16구

그리움	규원閨怨	요역
진실한 정감		

采薇채미(小雅)	君子于役군자우역(王風)
鄉愁, 愛國	思鄉, 思婦

○67 **군자양양**君子陽陽 : 남녀 간의 즐거움을 읊은 것, 부의 기법, 2장 8구, 첩영

○68 **양지수**揚之水 : 흥의 기법, 3장 18구, 첩영

병사가 고향을 그리워하는 시	데이트에 나간 여인의 심정
揚之水양지수(王風)	揚之水양지수(鄭風)

○69 **중곡유추**中谷有蓷 : 버림받은 여인의 애원, 흥의 기법, 3장 18구, 첩영

마른 익모초		
嘆탄 탄식하다	歗소 휘파람 불다	泣읍 울다
이별		

○70 **토원**兎爰 : 군자가 소인에게 화를 입음에 비유한 것, 비의 기법, 3장 21구, 첩영

어지러운 세상을 만난 것	이 나라가 점차 어지러워짐
근심 · 개탄	

토끼	꿩
처세술이 뛰어난 사람	부당한 대우를 받고 있는 사람
소인(음흉 · 교활)	군자(꼿꼿하다)
자유롭고 화를 면하다	그물에 걸리고 화를 당하다
모순	

교활: 소인배	강직: 군자
못나고 간사한 사람(권력층)	올바른 사람(백성)
출세	박해
횡포 - 혼란 - 걱정	

無吡무와 → 현명한 지혜	無覺무각 → 진취적 자세
공정 · 도리 구현16)	

○71 **갈류**葛藟: 난세에 처하여 타향에서 유랑하는 나그네의 비애, 흥의 기법, 3장
18구, 첩영

旄丘모구 (邶風)	黍離서리 (王風)	葛藟갈류 (王風)	杕杜체두 (唐風)	黃鳥황조 (小雅)
유랑자의 처지와 심정				

○72 **채갈**采葛: 핑계를 대며 사랑하는 사람을 만나러 가는 것, 부의 기법, 3장 9구,
첩영

표면상의 이유	실제적인 목적
칡 · 뼁쑥 · 쑥 캐고 뜯다	석달 · 삼추 · 삼년 밀회
한두 글자만 바꾸어 정감을 반복 · 심화시킴 과장	

○73 **대거**大車: 어떤 사람에게 관심을 두는 것, 부의 기법, 3장 12구

1	2	3	4
나약	용감	포기	죽음
애정의 온도 = 실천 여부			

'偕老'해로	'同穴'동혈
擊鼓격고(邶風)	大車대거(王風)
'偕老同穴'의 어원	

○74 **구중유마**丘中有麻: 현자를 그리워한 것, 3장 12구, 첩영

麻마	麥맥	李이
현인賢人 · 미인美人 비흥 기법		

---

16) 李山, 『詩經的文化精神』, 北京: 東方出版社, 1997.6. 271쪽.

丘中有麻구중유마	彼留子國피유자국	將其來食장기래식	貽我佩玖이아패구
만나는 장소	만나는 사람	상대에게 요구	애정의 상징

○75 **치의**縕衣: 연애와 혼인의 풍속을 표현, 부의 기법, 3장 18구, 첩영

관리의 아내	
출근	퇴근
관복	음식
관심·애정	

○76 **장중자**將仲子: 남몰래 사랑을 나누는 젊은 남녀의 밀회를 노래한 것, 부의 기법, 3장 24구

里리	牆장	園원
25家: 1里	里의 牆, 園의 牆	牆의 안
이러한 장애물보다 더 두 남녀를 애태우게 하는 것은 사람들의 '입소문'이다		

상대방의 적극적인 구애	주위 시선에 대한 두려움
'情' … '禮'	
[고민]	
여인의 심경	

○77 **숙우전**叔于田: 공숙단共叔段을 찬미한 것, 부의 기법, 3장 15구, 첩영

叔숙			
아름답다 '美'	어질다 '仁'	좋다 '好'	늠름하다 '武'
아첨하는 말			

숙: 강대국	사냥: 무력시위
찬미 = 풍자	

○78 **대숙우전**大叔于田: 공숙단共叔段을 찬미한 것, 부의 기법, 3장 15구, 첩영

사냥을 빙자한 군사훈련	민심을 얻기 위한 선심	
불의와 불충	이익과 권세	찬미와 추종
판단·선택		

騶虞 추우 (召南)	伯兮 백혜 (衛風)	叔于田 숙우전 (鄭風)	大叔于田 대숙우전 (鄭風)	簡兮 간혜 (邶風)	羔裘 고구 (鄭風)	盧令 노령 (齊風)	猗嗟 의차 (齊風)
'남성미' 관련 시							

○79 청인淸人: 군사의 무사안일을 풍자한 것, 부의 기법, 3장 12구

○80 고구羔裘: 공명정직公明正直한 사람의 모습을 묘사, 부의 기법, 3장 12구, 첩영

司사	司直사직
두 손을 조아린 채 허리를 굽혀 신에게 기도하는 모습 → 직무를 맡은 벼슬아치	사사로움 없이 공정하고 명백하게 정사를 판단하는 사람

羔裘고구(鄭風)	羔裘고구(唐風)
상반된 의미	

○81 준대로遵大路: 남녀 간의 타산적 교제, 2장 8구, 첩영

공리주의 숭상	이해득실에 따라	이합집산
달면 삼키고 쓰면 뱉는 태도를 비판 믿음의 사회 → 인간의 행복 보장		

다양한 '棄婦' 형상17)					
日月 일월 (邶風)	谷風 곡풍 (邶風)	終風 종풍 (邶風)	氓 맹 (衛風)	遵大路 준대로 (鄭風)	中谷有蓷 중곡유퇴 (王風)
≠					
貧賤之交不可棄, 糟糠之妻不下堂					

---

17) 柳明熙, 「시경의 情歌 속에 나타난 古代婦女子의 남편에 대한 심미의식」, 『中國語文學』 48, 2006.12. 264, 269~330쪽.

賢婦型	征夫型	思婦型	怨婦型	棄婦型
국풍 부녀자의 유형				

○82 **여왈계명**女曰鷄鳴: 부부의 행복한 가정생활을 노래, 부의 기법, 3장 18구

정겨운 대화	행복한 삶	정성으로 보답
雜佩잡패 = 온갖 '정성' ↙		
珩형 瑀우 琚거 璜황 衡牙형아 등으로 만든 패옥		

대화 형식의 연구시聯句詩
女曰 : ~, 士曰 : ~
여보   당신

○83 **유녀동거**有女同車: 혼인의 행복을 예시, 부의 기법, 2장 12구, 첩영

顔如舜華안여순화	顔如舜英안여순영
매우 아름다운 여성을 비유하는 말	
+	
'德音'(美德)	
고대인의 심미관	

翶고	翔상
여자가 걸음을 걸을 때의 아름다운 자태를 형용한 말	
將~將~ '將'장: 어조사	
자유롭고 경쾌하게 행동하는 것	

○84 **산유부소**山有扶蘇: 연애 감정을 표현, 흥의 기법, 2장 8구, 첩영

'狂且' '狡童'		
사랑하는 남자를 해학적으로 농담하는 호칭		
山有扶蘇산유부소(鄭風)	褰裳건상(鄭風)	狡童교동(鄭風)
'山'+'濕'		
여자가 남자에게 해학적으로 농담하는 내용		
山有扶蘇산유부소(鄭風)	簡兮간혜(北風)	晨風신풍(秦風)
'남녀의 정'과 관련18)		

---

18) 劉毓民·李蹊 역주, 『詩經(上)』, 北京: 中華書局, 2011.3. 216쪽.

○**85 탁혜**藐兮: 아가씨가 청년을 불러 함께 노래하는 것, 흥의 기법, 2장 8구, 첩영

叔兮伯兮숙혜백혜 나이가 어리거나 많거나 가리지 않겠다	倡予和女창여화녀 자신을 불러만 준다면 기꺼이 따르겠다
빨리 자신을 데려가주길 바라는 마음	지금 막 떨어지려는 낙엽 같은 자신

'叔' '伯' 사랑하는 남자에 대한 애칭				
藥兮탁혜 (鄭風)	旄丘모구 (邶風)	伯兮백혜 (衛風)	丰봉 (鄭風)	叔于田숙우전 (鄭風)
'남녀의 정'과 관련19)				

○**86 교동**狡童: 먹지도 못하고 잠자지도 못하는 여인의 심정, 부의 기법, 2장 8구, 첩영

교동 = 그대	
그대 위해서라면	아직도 그대는 내 사랑
관심·정성	

○**87 건상**褰裳: 남자의 식어가는 애정을 나무라는 것, 부의 기법, 2장 10구, 첩영

치마를 걷고 강물을 건너다	
위험한 일 (용기)	귀찮은 일 (희생)
↘ 실천 여부 ↙ 사랑 … 욕망	

○**88 봉**丰: 남자 측 친영을 받아들여 혼인하지 못한 것을 후회, 부의 기법, 4장 14구

1, 2장	3, 4장
과거의 정감	현재의 소원
후회 · 초조	

---

19) 劉毓民 · 李蹊 譯注, 앞의 책, 218쪽.

○89 동문지선東門之墠: 남녀가 몰래 만나는 것, 부의 기법, 2장 8구, 첩영

1장	2장
男: 흠모의 정	女: 애정을 기대
對唱	

○90 풍우風雨: 행역으로 멀리 떠나갔다 돌아온 남편을 맞이한 아내의 기쁨, 부의 기법, 3장 12구, 첩영

시절에 대한 근심	만남의 기쁨	이별의 한
한자리서 한꺼번에 표현		

云乎不夷운호불이 어찌 마음이 화평하지 않으리오	云乎不瘳운호불추 어찌 병이 낫지 않으리오	云乎不喜운호불희 어찌 기쁘지 않으리오
점층 관계		

○91 자금子衿: 사랑하는 남자를 그리워하는 심정, 부의 기법, 3장 12구

縱我不往 子寧不來 내 비록 가지 못하나 그대는 어이 오지 않나	一日不見 如三月兮 하루 동안 보지 못함이 석 달과도 같다
전형적 여인의 심정	과장의 수법

서정+묘사 子衿자금(鄭風)	서술+묘사 摽有梅표유매(召南)
초조·후회·원망·그리움 심리 변화[20]	

○92 양지수揚之水: 자신 안에서 이성과 감성이 충돌하는 일, 흥의 기법, 2장 12구, 첩영

느릿느릿 흐르는 물	싸리다발
고요한 마음(평정심)	마음의 상처
이렇게 볼 때 이성이 감성에게 말하는 글이다	

---

20) 葉志衡, 「詩經'女求士'詩的表現手法」, 『詩經研究叢刊』 8, 2005.1. 188쪽.

◯93 **출기동문**出其東門: 한 여인에 대한 일편단심의 사랑을 노래한 것, 부의 기법, 2장 12구, 첩영

有女如雲 雖則如雲	有女如荼 雖則如荼
雲 ⋯→ 芸운	荼도
쑥색 · 붉은색 대비	
縞衣綦巾호의기건	縞衣茹藘호의여려
외모보다 더 좋아하는 것 재능, 정감, 지혜 …	

밀회와 이별, 그리움과 추억 등을 읊은 것				
東門之墠	出其東門	東門之枌	東門之池	東門之楊
동문지선 (鄭風)	출기동문 (鄭風)	동문지분 (陳風)	동문지지 (陳風)	동문지양 (陳風)
'東門' : 데이트 장소				

◯94 **야유만초**野有蔓草: 야성적인 사랑의 묘사, 부 · 흥(1장) 부 · 흥(2장)의 기법, 2장 12구, 첩영

邂逅相遇해후상우 우연히 서로 만나니	與子偕臧여자해장 그대와 함께 모두 좋도다
즐겁고 경쾌한 연애 분위기	

◯95 **진유**溱洧: 남녀가 물가에서 즐기는 내용, 부 · 흥의 기법, 2장 24구, 첩영

당시의 풍속	순박한 인정
사랑의 기쁨과 즐거움 ⟵ 강렬한 바람과 용기	
問答·唱和·歌舞·戲謔	

◯96 **계명**鷄鳴: 남녀가 일문일답하는 해학적 표현, 부의 기법, 3장 12구

鷄鳴계명(齊風)	載馳재치(鄘風)	小戎소융(秦風)
여인의 政事에 대한 관심		

◯97 **선**還: 친구와 사냥했던 일을 회상, 부의 기법, 3장 12구, 첩영, 잡언체

두터운 우의	즐거운 기분
감사의 마음	

'兮'자 12번	'我'자 9번
호탕함 · 자신감21)	

채집	농사	사냥	축목
苤苢부이(周南)	甫田보전(小雅)	還선(齊風)	無羊무양(小雅)
'노동' 관련 내용			

○98 저著: 신부가 시집올 때 일을 회상한 것, 부의 기법, 3장 9구, 첩영, 잡언체

신랑이 신부를 친히 맞이하는 예절		
著(문간)에서 가다리고	庭(마당)에서 기다리고	堂(대청)에서 기다리고
혼례절차 六禮 중 '親迎'의 禮를 따른 것		
1. 納采납채 2. 問名문명	3. 納吉납길 4. 納徵납징	5. 請期청기 6. 親迎친영

○99 동방지일東方之日: 부부 간의 사랑과 근면을 노래, 흥의 기법, 2장 10구, 첩영

著저(齊風)	東方之日동방지일(齊風)
여자 측이 신랑을 찬미	남자 측이 신부를 찬미
혼례	

○100 동방미명東方未明: 시대 상황을 해학적으로 묘사, 부(1장, 2장) 비(3장)의 기법, 3장 10구

임금	백성	바지 · 저고리
무능력	힘든 생활	무질서 = 전도顚倒

'顚倒'전도
顚倒衣裳 顚之倒之 (1장)
⇩
顚倒裳衣 倒之顚之 (2장)
뒤집어지다

---

21) 劉毓民 · 李蹊 譯注, 『詩經(上)』, 北京: 中華書局, 2011.3. 242쪽.

101 남산南山: 제양공齊襄公이 이복누이 문강文姜을 잊지 못하는 것을 풍자, 비(1, 2장) 흥(3, 4장)의 기법, 4장 24구, 설문·반문

제양공齊襄公: 숫여우	위선공衛宣公: 두꺼비
南山남산(齊風)	新臺신대(邶風)
'荒淫'황음	

南山남산(齊風)	氓맹(衛風)	伐柯벌가(豳風)
'匪媒不得'	'子無良媒'	'匪媒不得'
媒人의 작용: '問名' 私奔 → 婚禮		

'析薪' 南山남산(齊風)	'束薪' 綢繆주무(唐風)
아내를 맞이한다는 것을 상징	부부화합의 징조
대조	

102 보전甫田: 멀리 떠나 있는 임을 그리는 여인의 심정, 비의 기법, 3장 12구

1장	2장	3장
여인의 가눌 수 없는 깊은 시름		임의 바뀌었을 모습
		총각 ↔ 어른

驕驕교교 무성하다	忉忉도도 근심하다	桀桀걸걸 무성하다	怛怛달달 슬퍼하다
여인의 감정 표현, 예술 효과			

103 노령盧令: 사냥하는 남자를 찬미, 부의 기법, 3장 6구, 첩영

美且'仁'인 품덕	美且'鬈'권 체격	美且'偲'사 재능
'仁愛' + '多才多能' 밝고 가벼운 리듬		

104 폐구敝笱: 문강文姜의 후안무치를 표현, 비의 기법, 3장 12구, 첩영

如雲	如雨	如水
①문강이 시집갈 때의 성대한 장면 ②문강의 방탕한 생활을 질책		

南山남산(齊風)	敝笱폐구(齊風)	載驅재구(齊風)
南山組詩 모권제 동부이모혼의 습속		

○105 재구載驅: 문강文姜의 후안무치를 표현, 부의 기법, 4장 16구, 첩영

齊子豈弟제자개제 즐겁고 화평하다	齊子翱翔제자고상 고상하다	齊子遊敖제자유오 유오하다
문강·제양공의 대담하고 뻔뻔함		

○106 의차猗嗟: 결혼축하연에서 신랑의 덕을 칭송, 부의 기법, 3장 18구, 첩영

1장	2장	3장
射則臧兮사칙장혜 활쏘기도 잘하다	終日射候종일석후 종일토록 활을 쏘다	以御亂兮이어란혜 난을 막다
상상	회상	기대

四矢사시: '禮射'예사는 세 차례에 그치고 화살 넷을 한 차례에 쏜다		
猗嗟의차(齊風)	賓之初宴빈지초연(小雅)	行葦행위(大雅)
'射禮' 관련 내용		

猗嗟의차(齊風)	碩人석인(衛風)
미남자의 이미지	미녀의 이미지

○107 갈구葛屨: 군주가 인색하여 덕을 베풀지 않음을 풍자, 흥(1장) 부(2장)의 기법, 2장 11구

백성들	군주
듬성듬성 짠 칡신	상아 족집게
대조	

○108 분저여汾沮洳: 지나치게 수식하는 것을 풍자, 흥의 기법, 3장 18구

公路공로	公行공행	公族공족
'公' → 청렴		

○109 **원유도**園有桃 : 어지러운 세상을 한탄한 것, 흥의 기법, 2장 24구, 첩영

복숭아, 대추열매가 열리면 따서 먹는 것	나라에 어진이가 있다면 등용하는 것
당연한 이치	

1	2	3
나를 알지 못하는 자	나를 교만하다고 말하는 자	나를 방자하다고 말하는 자
자신의 부와 명예, 이익만 챙기려는 사람		

○110 **척호**陟岵 : 효자가 부역을 가서 부모형제를 그리워한 것, 부의 기법, 3장 21구,
첩영

부	모	형
猶來無止 지체하지 말라	猶來無棄 버려지지 말라	猶來無死 죽지 말라
부모의 걱정		형제의 우애

○111 **십묘지간**十畝之間 : 뽕 따는 일을 하는 여유롭고 즐거운 기분, 부의 기법, 2장
6구, 첩영

뽕따는 여인의 데이트 장면	
閑閑한한	泄泄설설
자유로이 왔다 갔다 하는 한가로운 모양	

○112 **벌단**伐檀 : 탐욕스러움을 풍자한 것, 비의 기법, 3장 27구, 첩영

伐檀 1~3장		
1~3구	4~7구	8~9구
興	통렬한 항거, 비판	역설, 아이러니
유머, 위트		

문학성	저항성
조화	
5언, 6언, 7언, 8언 잡언체 음악성	

군자	탐관오리
不素餐 不素食 不素飧 공밥을 먹지 않는다	狟담비 特짐승 鶉메추리 풍요롭다
불공정한 사회현상	

○113 **석서**硕鼠: 과중한 세금을 풍자한 것, 비의 기법, 3장 24구, 첩영

苟斂誅求가렴주구	不公正불공정
부정ㆍ비리 쥐에게 곡식을 먹지 말 것을 청원 ⇢ 이상향을 찾아가고자 하는 뜻	

比體詩		詠物詩	
시인의 사상, 정감, 관점을 기탁			
螽斯종사(周南)	碩鼠석서(魏風)	鴟鴞치효(豳風)	鶴鳴학명(小雅)
순수한 비체의 작품			

○114 **실솔**蟋蟀: 절제 있게 즐기려는 지도층의 건전한 정신자세, 부의 기법, 3장 24구, 첩영

1장	2장	3장
선비	벼슬아치	무사
자율적 사상		

今我不樂금아불락 日月其除일월기제	今我不樂금아불락 日月其邁일월기매
지금 아니 즐긴다면 세월은 흘러가리	지금 아니 즐긴다면 세월은 지나가리

○115 **산유추**山有樞: 소박한 즐거움과 행복을 찾는 진정한 삶, 흥의 기법, 3장 24구, 첩영

子有車馬자유차마 弗馳弗驅불치불구	宛其死矣완기사의 他人是愉타인시유
그대에게 수레와 말이 있어도 타지도 않고 달리지도 않는다	그대 그러다 죽어버리면 다른 사람 좋은 일만 한다

車鄰거린(秦風)	蟋蟀실솔(唐風)	山有樞산유추(唐風)
'及時行樂'(carpe diem) 관련 시[22]		

○116 **양지수**揚之水: 데이트에 나간 여인의 심정, 비의 기법, 3장 16구

○117 초료椒聊: 건실하고 멋진 여인을 노래한 것, 흥·비의 기법, 2장 12구, 첩영

椒聊초료(唐風)의 '椒'	螽斯종사(周南)의 '螽'
싹이 많이 돋는 풀	새끼를 많이 낳는 벌레
자손의 번성	

椒23)	
避邪(防蟲)	多子·吉祥
결혼 때 신방의 벽에 칠한다 新房 = 椒房	

○118 주무綢繆: 신혼 초야의 즐거움과 행복감, 흥의 기법, 3장 18구, 첩영

'三星'		
福복	祿록	壽수
행운	공명·재물	무병장수
축원 삼성이 하늘에 떠 있다 → 혼인하기 좋은 시기		

1장	2장	3장
여인 혼자 하는 말	부부가 서로 나누는 말	남편이 여인에게 하는 말
독창	합창	독창
가곡의 三章法24)		

○119 체두杕杜: 형제도 없이 고독하게 지내는 외로운 마음, 흥의 기법, 2장 18구, 첩영

同父동부	同姓동성	他人타인 남들	行之人행지인 행인
형제		형제가 아닌 사람	
쓸쓸하고 외로울 때 배려와 도움			

22) 李山, 『詩經的文化精神』, 北京: 東方出版社, 1997.6. 272~273쪽; 錢鍾書, 『管錐編』 第1冊, 北京: 三聯書店, 2007.10. 199~121쪽.
23) 何新, 『風與雅-詩經新考』, 北京: 中國民主法制出版社, 2008.8. 441쪽.
24) 蕭兵, 『孔子論詩的文化推繹』, 武漢: 湖北人民出版社, 2006.3. 203쪽.

○120 **고구**羔裘: 관리의 역할에 대한 기대와 우려, 부의 기법, 2장 8구, 첩영

羔裘고구(鄭風)	羔裘고구(唐風)	羔裘고구(檜風)
憂患意識		

○121 **보우**鴇羽: 부역이나 병역에 몰두하느라 부모를 봉양하지 못한 것, 비의 기법, 3장 21구, 첩영

鴇羽보우	鴇翼보익	鴇行보행	稷黍직서	黍稷서직	稻粱도량
부역의 의무를 다하고 있어 고향으로 돌아가지 못하는 슬픈 마음			자식으로서 부모를 봉양하지 못하는 안타까운 마음		
王事靡鹽왕사미고 不能蓺稷黍불능예직서 왕사를 견고히 하느라 서직을 심지 못하다					

鴇보: '너새' '느새' '능에' '野雁'	
나뭇가지에 내려앉다 ⟶ 부조리한 사회를 풍자	뒷다리에 발톱이 없다 ⟶ 손발이 다 닳도록 고생하다

○122 **무의**無衣: 부의 기법, 2장 6구, 첩영

無衣무의(唐風)	無衣무의(秦風)
옷을 받고 감사한 것	애국주의 사상 정감

○123 **유체지두**有杕之杜: 연인을 그리워하는 시, 부의 기법, 2장 12구, 첩영

외로운 여인	
임이 나에게 오려나	임이 나와 노시려나
다급한 마음 '飮食'임사 = 情欲	

○124 **갈생**葛生: 기약 없이 남편을 그리는 아내의 심정, 흥(2) 부(3)의 기법, 5장 20구

심리상태 표현		
외로움을 느낄 때		외로움을 극복한 때
칡넝쿨이 자라나 가시나무·대추나무를 덮었다(시간적)	뿔 베개와 비단이불이 새 것만 같다(시각적)	백년이 지나 죽어서라도 무덤에 같이 묻혀 함께 하겠다
한탄		신념

獨旦독단	百歲之後백세지후	居거 室실
독수공방으로 홀로 아침을 맞이하다	죽은 뒤에	墓室, 즉 무덤 속
죽고 나면 남편이 묻힌 무덤에 함께 묻히겠다 '同葬墓穴'		

○125 **채령**采苓: 남이 없는 죄를 있는 것처럼 꾸며서 헐뜯으며 말하는 것을 풍자,
비(2)의 기법, 3장 24구, 첩영

수양산에서 캐온 감초, 씀바귀, 순무 등	
남들이 하는 말을 곧이곧대로 다 믿으면 안 된다	처음부터 자신의 주관대로 밀고나간다
사기꾼의 거짓말 대처법	

○126 **거린**車鄰: 진나라에 거마車馬와 예악禮樂이 처음 들어오자 기뻐서 지은 것, 부
(1장) 흥(2장, 3장)의 기법, 3장 12구

禮 樂 車 服 花 草 樹 木 鳥 獸 蟲 魚 등
역사의 세목이자 문화의 원천

今者不樂금자불락 逝者其耋서자기질 지금 즐거워하지 않으면 세월 흘러가 늙어버린다	今者不樂금자불락 逝者其亡서자기망 지금 즐거워하지 않으면 세월 흘러가 죽게 된다
'及時行樂' ↔ 향락주의	

○127 **사철**駟驖: 사냥하는 장면을 찬미, 부의 기법, 3장 12구

○128 **소융**小戎: 무력의 강화를 찬미, 부의 기법, 3장 30구

1장	2장	3장
戰車	戰馬	兵器
'車制' 관련 자료, 尙武정신		

大戎	小戎
제후가 타는 수레	신하들이 타는 수레

○129 **겸가**蒹葭: 만나고 싶은 사람을 못 만나는 안타까운 심정, 부의 기법, 3장 24구, 첩영

창창한 갈대	새벽의 이슬	굽이치는 물결	물의 모래섬
'情景交融' 情 · 景 · 人 · 事			
처량한 의경, 슬픈 정서 ┅→ 그리움과 실망감			

蒹葭겸가(秦風)	漢廣한광(周南)
감흥	사실적 정감
강물을 사이에 두고 이룰 수 없는 사랑을 노래한 시	

○130 **종남**終南: 백성들이 임금을 찬미한 것, 흥의 기법, 2장 12구, 첩영

1장	2장
임금의 용모 · 의복 (현재)	임금의 장수를 축원 (미래)
늑 蓼蕭요소(小雅)	

○131 **황조**黃鳥: 순장殉葬 관련자에 대한 감개, 흥의 기법, 3장 36구, 첩영

애도	항의	동정	증오	(정의감)
子車의 세 아들 奄息 · 仲行 · 鍼虎(三郞)를 순장				

○132 **신풍**晨風: 멀리 떠난 남편이 빨리 돌아오기를 바라는 것, 흥의 기법, 3장 18구, 첩영

매장		
1, 2구	3, 4구	5, 6구
평온 ┅→	동요 ┅→	절망

1장	2장	3장
날아가는 새매를 보고 남편 생각이 남	남편을 그리워함	술에 빗대어 남편을 그리워함
憂心欽欽	憂心靡樂	憂心如醉

○133 **무의**無衣: 전쟁에 임하는 마음을 노래한 것, 부의 기법, 3장 20구, 첩영

同袍 솜옷	同澤 속옷	同裳 바지
함께 싸우다 - 충성의 맹세		

○134 **위양**渭陽: 임금이 어머니를 생각하여 지은 것, 부의 기법, 2장 8구, 첩영

戈과	矛모	戟극
창의 일종으로 길이가 6척 6촌	창의 일종으로 길이가 2장(丈)	갈래진 창으로 길이가 1장 6척
당시의 첨단 병기		

○135 **권여**權輿: 임금이 선비 대접을 이랬다저랬다 하는 것을 풍자, 부의 기법, 2장 8구, 첩영

이용가치의 유무	
융숭한 대접	푸대접, 헌신짝
해학적으로 표현	
직접 말하는 듯 서술, 친근한 느낌	

○136 **완구**宛丘: 사방이 높고 중앙이 낮은 완구에서 임금과 귀족들이 방탕하게 노는 것, 부의 기법, 3장 12구

淫荒음황	昏亂혼란	游蕩유탕
방탕함을 지적하는 단어		

無冬無夏무동무하 値其鷺翿치기로도
겨울 없고 여름 없이 손부채 치켜들고 춤만 추누나
사계절 내내 풍류를 즐김

○137 **동문지분**東門之枌: 연인을 만나는 아름다운 감정, 3장 12구

穀旦于差곡단우차	穀旦于逝곡단우서
좋은 아침을 선택하니	좋은 아침에 가니

穀涓곡연	差穀차곡
혼인에 앞서 신랑 측이 신부 집에 사주단자를 보내면서 택일해달라는 것	그(곡연)에 답하여 신부 집에서 택일하는 것

○**138 형문**衡門: 세상에 벼슬하지 않고 은거하는 군자의 노래, 3장 12구

벼슬을 마다하다	가난을 편히 여기다
스스로 즐기다	다른 것을 구하지 않다
은거	

진정한 즐거움	부질없는 것
오막살이 옹달샘	황하의 방어, 齊나라 姜氏 부인 황하의 잉어, 宋나라 子氏 부인

세속의 눈으로 보면	진리의 눈으로 보면
초라하다	넉넉하다
안빈낙도	

○**139 동문지지**東門之池: 남녀가 밖에서 밀회하는 것, 흥의 기법, 3장 12구, 첩영

○**140 동문지양**東門之楊: 임과 약속을 하고 그 임을 기다렸으나 그 임이 약속을 어긴 것, 흥의 기법, 2장 8구, 첩영

1	2	3
마음이 허전하고 속이 상한다	성질을 부리거나 화를 내지 않는다	안타까움만 표시할 뿐이다
순수한 느낌		

○**141 묘문**墓門: 고난 중 민중의 반항, 흥의 기법, 2장 12구, 첩영

夫也不良부야불량 歌以訊之가이신지
그 사람이 불량하거늘 노래하여 알려주도다
난세에 처하여 독특한 시각으로 현실을 관찰하고 정감을 토로

형을 죽이고 왕위에 오른 자: 陳佗진타	자신을 모략하는 자
墓門묘문(陳風)	鴟鴞치효(豳風)
'치효'의 기괴한 울음소리 음습한 숲속에 숨어 지내고 밤에만 활동하는 습성	

○142 **방유작소**防有鵲巢: 서로 좋아하고 서로 걱정하는 말, 부의 기법, 2장 8구, 첩영

의심	원망	애원
忉忉도도 · 惕惕척척 근심		

○143 **월출**月出: 밝은 달을 바라보며 정든 임을 그리워하는 연인의 노래, 흥의 기법, 3장 12구, 첩영

皎교 晧호 照조	僚료 懰류 燎료	悄초 慅소 慘참
월색을 형용	미모를 형용	심정을 형용
월하미인月下美人의 이미지		

月出皎兮월출교혜 A moon rising white,	佼人僚兮교인료혜 Is the beauty of my lovely one,
舒窈糾兮서요규혜 Ah, the tenderness, the grace!	勞心悄兮노심초혜 Heart's pain consumes me.
웨일리(Walley)의 영역25)	

○144 **주림**株林: 진陳 영공靈公을 풍자한 것, 부의 기법, 2장 8구

1장	2장
株林에 가는 이유	수레와 말의 왕래가 빈번함
靈公 ⇄ 夏姬	

○145 **택피**澤陂: 여인이 한 남자를 좋아하지만 만날 수 없어 서글퍼한 것, 흥의 기법, 3장 18구, 첩영

有美一人유미일인 아름다운 한사람이여	寤寐無爲오매무위 輾轉伏枕전전복침 자나 깨나 하염없이 전전하며 베개에 엎드려 있노라
≒	
所謂伊人 在水一方 蒹葭겸가(秦風)	求之不得 寤寐思服 悠哉悠哉 輾轉反側 關雎관저(周南)

---

25) 于興, 『詩經硏究槪論』, 北京: 中國社會出版社, 2009.6. 223쪽.

○146 **고구**羔裘: 군왕의 실도失道로 인한 망국亡國, 부의 기법, 3장 12구, 첩영

1장	2장	3장
我心忉忉	我心憂傷	中心是悼
불안	근심	애상

○147 **소관**素冠: 어진 신하가 박해를 받아 방축 당하는 정경, 부의 기법, 3장 12구, 첩영

1장	2장	3장
庶서: 행여	聊료: 애오라지	
걱정거리	그대와 함께 돌아가다 < 그대와 하나 같이 하다	

○148 **습유장초**隰有萇楚: 자신의 처지를 초목에 비유하여 풍자, 부의 기법, 3장 12구, 첩영

無知・無情한 생물에 대한 부러움 : 현실에 대한 극도의 절망감26)
물의 인격화 - 사람의 물화
의인법

其枝기지	其華기화	其實기실
가지	꽃	열매

↕

無知무지	無家무가	無室무실
부지不知로 근심과 괴로움을 모르다	얽매이지 아니하다 즉 집이 없다	짐이 되는 가족이 없다

↕

나라 걱정	집안 걱정	처자식 걱정
뜻있는 사람들의 숙명적 아픔		

○149 **비풍**匪風: 난세의 비환을 노래, 부의 기법, 3장 12구

'周道': 주나라 서울로 가는 큰 길			
卷耳권이 (周南)	何草不黃하초불황 (小雅)	四牡사모 (小雅)	匪風비풍 (檜風)
행역 관련 시27)			

---

26) 李山, 『詩經的文化精神』, 北京: 東方出版社, 1997.6. 273쪽.

○150 부유蜉蝣: 눈앞의 쾌락만 추구하고 닥쳐올 화를 모르는 것을 하루살이에 비유, 비의 기법, 3장 12구, 첩영

취생몽사醉生夢死 - 조생모사朝生暮死	
상류층	하루살이
의인법	

歸處귀처	歸息귀식	歸說귀세
돌아와 처하다	돌아와 쉬다	돌아와 머물다
'사망'의 忌諱기휘		

○151 후인候人: 군자를 멀리 하고 소인을 가까이 하는 것을 풍자, 흥(1~3장) 비(4장)의 기법, 4장 16구

之子지자	赤芾적불
'侍子' 소인	大夫 차림을 하고 있는 사람
대단한 기세	

어리고 예쁜 소녀	현자
본분을 지키다	도를 지키다
곤궁·빈천	

○152 시구鳲鳩: 지도자의 공평과 전일專一을 칭송한 것, 흥의 기법, 4장 24구, 첩영

새끼 먹일 때 먹이는 순서	
아침에는	저녁에는
1 2 3 4 5 6 7	7 6 5 4 3 2 1
골고루 먹일 수 있는 방법	

새끼 먹이기	임금의 덕행
機會均等 始終如一	
'均一'	

'鳩'의 종류				
祝鳩축구	鳲鳩시구	爽鳩상구	睢鳩저구	鶻鳩골구
산비둘기	뻐꾸기	매	물수리	산비둘기

---

27) 劉毓慶·李蹊 譯注, 『詩經(上)』, 北京: 中華書局, 2011.3. 350쪽.

○**153 하천**下泉: 대부가 주나라 서울을 그리워한 것, 비·흥의 기법, 4장 16구

차가운 물 ↪ 야초		
그리워하다	애상하다	회상하다
周京 · 京周 · 京師		

○**154 칠월**七月: 농민의 세시歲時 생활을 노래한 것, 부의 기법, 8장 88구

農業史詩	農業史料	農業生活詩
대비·묘사·서술		

매장 2부분으로 나뉜다	
①발단이면서 시서時序를 나타낸다	②노래하려는 주요 내용

七月칠월(豳風)	鴟鴞치효(豳風)	東山동산(豳風)	破斧파부(豳風)
농가의 행사력	周公 - 成王	병사의 귀로	周公의 東征
역사＋문학			

○**155 치효**鴟鴞: 어린 새를 보호하려는 어미 새의 마음을 표현, 비의 기법, 4장 20구

치효(올빼미)는 사악하고 강포한 세력의 상징		
흉조로 여겨짐	기괴한 울음소리	음습한 숲속에 숨어 지내고 밤에만 활동하는 습성
같은 새이면서 다른 어린 새들을 잡아먹는 새		

徹彼桑土철피상두 綢繆牖戶도무유호	今女下民금녀하민 或敢侮予혹감모여
↳ 유비	무환 ↵

어미 새	치효	어린 새
周公	管叔 · 蔡叔 · 武庚	成王
민간에서 나온 '우언시'		

○**156 동산**東山: 병사의 근심 기쁨 애수 비애를 노래, 부(1~3장), 부·비(4장)의 기법, 4장 48구, 첩영

심리상태	
零雨영우 보슬비	濛몽 흐릿하다
소리 없이 조용히 흐리는 눈물이 더 슬프기 때문이 아닐까	언제 가족에게 돌아갈 수 있을지 가늠하기 어렵다

해방	
蠋촉 뽕나무벌레	果贏과라 하눌타리
훨훨 날 수 있기를 바라는 마음을 담은 듯하다	이젠 고향에 돌아갈 수 있겠지 라는 소망으로 볼 수 있다

그리움		
伊威이위 쥐며느리	蠨蛸소소 말거미	宵行소행 도깨비불
징그럽지만 사람에게 해를 끼치지 않는다	힘들어도 생명의 끈질김을 일깨워주는 역할	반딧불처럼 어둠을 밝혀줄 수 있는 개체

君子于役군자우역(王風)·伯兮백혜(衛風)	東山동산(豳風)
부역 - '行人'	전쟁 - '征人'

○157 **파부**破斧: 주공周公을 찬미한 것, 부의 기법, 3장 18구, 첩영

斧부 斨장 錡기 銶구	缺결	我人아인	哀애
주공	세상을 구하느라 온몸이 성한 데가 없음	백성	백성을 사랑 하는 마음
부모	자식을 위해 끊임없이 무조건적으로 희생함	자식	자식을 사랑하는 마음

鴇羽보우(唐風)	破斧파부(豳風)	無衣무의(秦風)	東山동산(豳風)
부역과 병역에 시달리는 백성들의 한과 관련된 시			

○158 **벌가**伐柯: 주공周公을 찬미한 것, 비의 기법, 2장 8구, 첩영

사모思慕 ⋯➔ 소원 ⋯➔ 만남
도끼자루에 비유

'伐柯' 伐柯벌가(豳風)	'析薪' 南山남산(齊風)
아내를 맞이한다는 것을 상징	

○159 **구역**九罭: 주공周公을 찬미한 것, 흥(3) 부(1)의 기법, 4장 12구

我覯之子아구지자 내 그 분을 만나보다	
'我': 東人 자신	'之子': 周公
↳	
석별의 정	

○160 **낭발**狼跋: 주공周公을 찬미한 것, 흥의 기법, 2장 8구, 첩영

사방의 유언비어 ↝ 붉은 신	성왕의 의심 ↝ 德音
周公의 몸가짐과 행실	

小雅소아		**총 74편**
01	鹿鳴之什녹명지습 9	161-169	
02	白華之什백화지습 5	170-174	
03	彤弓之什동궁지습 10	175-184	
04	祈父之什기보지습 10	185-194	
05	小旻之什소민지습 10	195-204	
06	北山之什북산지습 10	205-214	
07	桑扈之什상호지습 10	215-224	
08	都人士之什도인사지습 10	225-234	

○161 **녹명**鹿鳴: 임금이 신하들을 응대하는 것, 흥의 기법, 3장 24구

임금	사슴
신하들에게 연회를 베풀다	벗을 불러 함께 먹는다
태평성세	

毛詩	사마천(史記·孔子世家) ← 魯詩
小雅의 첫째 什: 鹿鳴之什	四始의 하나
鹿鳴녹명(小雅): 시경 중 주요 시편	

○162 **사모**四牡: 사신使臣을 위로하는 것, 5장 25구

1장	2장	3장	4장	5장
부	부	흥	흥	부
1장·2장 대칭 馬		3장·4장 대칭 (鳥)		馬

말의 상태	새의 형상
동병상련	갈망
공무로 다망한 하급관리의 행역	

○163 **황황자화**皇皇者華: 임금이 사신을 보낼 때 부른 것, 흥(1장) 부(2~5장)의 기법, 5장 20구

左之左之 君子宜之 왼쪽이면 왼쪽이라 그대 행동 마땅하다	右之右之 君子有之 오른 쪽이면 오른 쪽이라 그대 법도 갖추었다
'無所不宜'	'無所不有'
군자의 품성과 능력[28]	

維其有之 是以似之 이처럼 갖춘지라 속마음도 비슷하다
군자의 풍모: 내외일치

○164 **상체**常棣: 형제가 중요하다고 알려주는 것, 흥(1장, 3장) 부(2장, 4~8장) 8장 32구

1	2	3
형제가 가장 좋다	위급할 때면 친구가 아니라 형제가 도와준다	역시 형제는 함께 해야 온 가족이 즐겁다
상체: 산앵도 꽃받침이 서로 함께 모이면서 환하게 핀다		↙

宜爾家室의이가실 樂爾妻帑악이처탕 집안을 화목케 하고 처자를 즐겁게 하다	脊令在原척령재원 兄弟急難형제급난 할미새 들에 있고 형제가 위급하고 어렵도다
가족의 화목과 형제의 우애	급한 일에 서로 도우다

---

28) 沐言非, 『詩經全編箋注典評』, 北京: 中國華僑出版社, 2012.10. 359쪽.

○165 **벌목**伐木: 잔치를 베풀며 부른 것, 흥의 기법, 3장 36구

다른 사람을 원망	자신의 책임
×	○

○166 **천보**天保: 鹿鳴녹명 이하 5편의 시에 화답한 것, 부의 기법, 6장 36구

복록福祿이 무한하다	군덕君德에 순응하다
敬天保民	

○167 **채미**采薇: 수역戍役에 나간 사람이 자신의 노고를 하소연한 것, 흥(1~4장) 부 (5장, 6장)의 기법, 6장 48구

作止	暮止	柔止	憂止	剛止	陽止
흥: 시간의 연속, 詩意에 대한 연상[29]						

我心傷悲아심상비 내 마음 서글퍼하거늘	莫知我哀막지아애 나의 슬픔 알아주지 않는다
楊柳依依양류의의 버드나무가 푸르렀던 계절	雨雪霏霏우설비비 흰 눈이 펄펄 날릴 것이다
서사, 의론, 경물, 서정, 심리묘사	

君子所依 小人所腓 采薇채미(小雅)	君子所履 小人所視 大東대동(小雅)	君子有徽猷 小人與屬 采薇채미(小雅)
장수 / 병졸	임금 / 백성	귀족 / 서인
君子와 小人의 차이[30]		

○168 **출거**出車: 부의 기법, 6장 48구

采薇채미(小雅)	出車출거(小雅)	杕杜체두(小雅)
수역戍役을 보낼 때	개선하는 장수를 위로	군사들의 노고 치하
'采薇'편 詩序에 근거		

○169 **체두**杕杜: 부의 기법, 4장 28구

---

29) 李達五, 『中國古代詩歌藝術情神』, 重慶: 重慶出版社, 2004.12. 20쪽.
30) 揚之水, 『詩經別裁』, 北京: 中華書店, 2007.3. 前言 2~3쪽.

체두(唐風)	체두(小雅)
형제를 그리워하는 시 형제 없는 외로움을 달래는 시	출정나간 남편이 빨리 돌아오기를 손꼽아 기다리는 아내의 심정
비교	

○[남해南陔]: 효자가 서로 경계하여 부모를 봉양함을 읊은 것

○[백화白華]: 효자의 결백함을 읊은 것

○[화서華黍]: 時和 年豐하여 서직黍稷에 마땅함을 읊은 것

○170 어려漁麗: 만물이 풍성하고 많아 예를 잘 갖춤, 흥(1~3장) 부(4~6장)의 기법, 6장 18구

旨且多	多且旨	旨且有
맛있고 또 많도다	많고 또 맛있도다	맛있고 또 많도다
'一唱三歎'의 효과 → 즐거운 분위기 고조		

嘉(矣)	偕(矣)	時(矣)
아름답다	함께하다	때에 알맞다
矣 : 읊조리는 시간을 늘리고 리듬을 완만하게 하는 작용31)		

○[유경由庚]: 만물이 그 도를 행함을 읊은 것

○171 남유가어南有嘉魚: 현자賢者와 함께함을 즐거워한 것, 흥의 기법, 4장 16구, 첩영

물고기	호박	집비둘기
즐겁게 모여 놀듯이 烝然汕汕	넝쿨이 주렁주렁 달려있듯이 甘瓠纍之	모여서 구구대듯이 烝然來思
반가운 손님들이 모여 노는 모습	손님들이 많이 모여 있음을 나타냄	주인과 손님들이 모여서 놀아보자는 것을 의미함
손님들이 많이 모인 데 → '존경심' 和合·和樂		

---

31) 沐言非,『詩經全編箋注典評』, 北京: 中國華僑出版社, 2012.10. 275쪽.

○[숭구崇丘] : 만물이 그 고대高大함을 지극히 한 것을 읊은 것

○172 **남산유대**南山有臺 : 현자를 얻음을 즐거워한 것, 흥의 기법, 5장 30구, 첩영

남산의 초목	북산의 초목
臺 잔디	萊 쑥
桑 뽕	楊 버드나무
杞 가죽나무	李 오얏나무
栲 산가죽나무	杻 싸리나무
枸 탱자나무	楰 쥐똥나무
다양한 인재의 존재 및 그들의 역할	

○[유의由儀] : 만물의 생장이 각각 그 마땅함을 얻은 것

○173 **요소**蓼蕭 : 은택이 사해四海에 미침을 읊은 것, 흥의 기법, 4장 24구, 첩영

德	壽	福
축원		

○174 **담로**湛露 : 천자가 제후들에게 잔치를 베풀 때 부른 것, 흥의 기법, 4장 16구, 첩영

천자의 은혜		
豊草 무성한 풀	杞棘 기나무·가시나무	桐椅 오동나무·가래나무
孝道	美善	優美
덕행·풍도		

○175 **동궁**彤弓 : 천자가 공이 있는 제후에게 물건을 하사한 것, 부의 기법, 3장 19구, 첩영

붉은 활		
藏장	載재	櫜고
보관하다	활틀에 올려놓다	활집에 넣어두다
공로에 보답		

♪176 **청청자아**菁菁者莪 : 인재의 육성을 즐거워한 것, 흥(1~3장) 비(4장)의 기법, 4장 16구, 첩영

인재양성	복을 얻는 것
기쁨과 즐거움	

♪177 **유월**六月 : 연회를 베풀어 전우를 초대한 것, 부의 기법, 6장 48구

국가보위 관련 시						
載馳재치 (鄘風)	無衣무의 (秦風)	出車출거 (小雅)	六月유월 (小雅)	采芑채기 (小雅)	江漢강한 (大雅)	常武상무 (大雅)
애국정신						

♪178 **채기**采芑 : 흥(1~3장) 부(4장)의 기법, 4장 48구, 첩영(1장, 2장)

선왕宣王이 북벌北伐한 것	선왕宣王이 남정南征한 것
六月유월(小雅)	采芑채기(小雅)
詩序	

♪179 **거공**車攻 : 나라를 안정시키고 강토를 회복한 것, 부의 기법, 8장(혹은 4장) 32구

성대한 준비를 하고 사냥	국가의 안정을 이룩
수레·보병 = 왕의 권력·위세	

♪180 **길일**吉日 : 사냥을 찬미한 것, 부의 기법, 4장 24구

사냥의 세목	
황실의 사냥 장면	주나라의 민속자료
與臣同樂 與民同樂	

♪181 **홍안**鴻鴈 : 유랑 시절을 회상하여 지은 것, 3장 18구, 첩영, 매구압운, 매장 환운

1장	2장	3장
백성들이 나라를 잃고 흩어짐	정착할 곳을 찾아 적응	떠돌이 시절의 고생한 일을 회상
흥		비

鴻雁于飛, 肅肅其羽	鴻雁于飛, 集于中澤	鴻雁于飛, 哀鳴嗷嗷
유랑자의 고생과 어려움 및 슬픔 ‘鴻雁哀鳴’ ‘哀鴻遍野’ 성어		

○182 정료庭燎: 제후들이 천자에게 조회하는 광경, 부의 기법, 3장 15구, 첩영, 문답체

夜如何其		
밤이 얼마나 되었는고		
夜未央	夜未艾	夜鄕晨
아직 한밤중이 못되었다	밤이 다하지 않았다	밤이 새벽을 향하다
시각·청각 ‘中興’		

○183 면수沔水: 흥의 기법, 3장 22구

1	2	3
국가에 대한 근심	백성에 대한 동정	친구에 대한 훈계

○184 학명鶴鳴: 초야에 묻혀 있는 어진 사람을 노래한 것, 비의 기법, 2장 18구

鶴鳴于九皐학명우구고 학이 으슥한 못에서 우니	聲聞于野성문우야 그 소리는 들에 울리네
학의 성품은 맑고 심원하여 걱정 없이 노닌다	속세를 벗어난 곳에서 초연하게 지낸다
학의 이미지 隱士 傲慢 長壽 高貴	

他山之石타산지석 可以攻玉가이공옥		
1	2	3
다른 산의 쓸모없는 돌이라도 옥을 가는 데에 쓰이게 된다	다른 사람의 하찮은 언행일지라도 자신의 지식이나 인격을 닦는 데 도움이 된다	다른 사람의 단점이나 실수, 잘못 등을 비난하기 전에 자신은 그러한 점이 없는지를 먼저 살펴보아야 한다

○185 **기보**祈父: 왕실과 도성을 호위하는 무사가 전장에 나간 불만을 토로한 것, 3장 12구, 첩영

○186 **백구**白駒: 은둔해 살아가는 선비, 즉 현자들을 초빙하고 싶은 심정, 부의 기법, 4장 24구, 첩영

제1장	제2장	제3장	제4장
현자가 은둔하려는 의도를 제지하고자 하는 의미	현자가 떠나기를 만류하려는 주인의 의도	현자는 옥같이 순결하고 고귀한 덕성을 지녀 공후公侯가 될 자질을 갖춘 인물이다	
백구(흰 망아지) = 현자			

현자가 떠나는 것을 만류하려는 의도	
망아지가 곡식을 뜯어먹었다	망아지를 묶어놓다
食場驅식장구	

○187 **황조**黃鳥: 고향을 떠나 사는 사람이 망향에 젖어 읊은 것, 비의 기법, 3장 21구, 첩영

꾀꼬리 = 유랑자
닥나무, 뽕나무, 참나무 ≠ 조국, 형제, 삼촌
유랑자의 운명을 통해 어두운 사회현실을 비판

○188 **아행기야**我行其野: 외국에서 시집온 여성의 애환, 부의 기법, 3장 18구, 첩영

매장 앞 3구	매장 뒤 4구
흥을 일으킴, 시의 내용과 무관	시를 지은 본래 뜻

남편의 잘못을 바로 잡을 때		
싸우려 들지 않는다	자신의 심정을 알린다	자제력을 기른다
여인의 덕성		

○189 **사간**斯干: 아름다운 궁실을 묘사하고 칭송, 부의 기법, 9장 53구

길지를 택해 궁실을 짓는 과정	궁실 주인의 영화를 기원
1~5장	6~9장

아들을 낳을 때	딸을 낳을 때
'寢床' '衣裳' '弄璋'	'寢地' '衣裼' '弄瓦'
차별대우	

○190 **무양**無羊: 축산을 잘하여 소와 양이 많다는 것, 부의 기법, 4장 32구

'牧羊曲'	'放牧圖'
활발하고 생동감 있는 묘사	
詩中有畵	

물고기	깃발
풍년	집안의 번창
꿈과 해몽	

○191 **절남산**節南山: 우국우민의 정, 홍(1장, 2장) 부(3~10장)의 기법, 10장 64구

시인의 마음		
기대	원망 (분개·항의)	다시 기대
용서		

弗躬弗親불궁불친 庶民弗信서민불신 弗問弗仕불문불사 勿罔君子물망군자 節南山절남산(小雅)	藹藹王多吉人애애왕다길인 維君子命유군자명 媚于庶人미우서인 卷阿권아(大雅)
勞心者 / 勞力者	
'君子'와 '庶人'의 차이32)	

○192 **정월**正月: 세월의 흐름을 탄상한 것, 부(1~6장, 8장, 12장, 13장) 비(9~11장) 홍
(4장, 7장)의 기법, 13장 93구

개인의 불행	국가의 운명	백성의 고통
우국우민		

---

32) 揚之水,『詩經別裁』, 北京: 中華書店, 2007.3. 前言 2~3쪽.

赫赫宗周혁혁종주 덕 높은 어머니들로 혁혁한 나라의 근간이 되었지만	褒姒滅之포사멸지 포사로 인해 망했다
太任·太姒	褒姒

♫193 시월지교十月之交: 정치풍자시, 부의 기법, 8장 64구

百川沸騰백천비등	山家崒崩산총줄붕	高岸爲谷고안위곡	深谷爲陵심곡위릉
두려운 광경 = 정치의 부패, 국가의 위기			

대지진 周幽王 2년 기원전 780년	일식 周幽王 6년 기원전 776년 9월 6일
역사적 상황	

♫194 우무정雨無正: 정치풍자시, 부의 기법, 7장 54구

正大夫離居정대부이거 莫知我勩막지아예	三事大夫삼사대부 莫肯夙夜막긍숙야
정직한 대부들은 모두 떠남	삼경과 대부들은 아침저녁으로 일을 하려하지 않음
왕실의 쇠약 = 왕공의 수치	

民生凋敝민생조폐	信而有徵신이유징
백성들은 도탄에 빠지고 사회는 공황에 허덕이고 있다	진실로 믿을 수 있고 근거가 있는 말로써 자기의 견해를 표명한다
雨無正우무정(小雅) 관련 성어	

哀哉不能言애재불능언 '말을 능히 못 한다'	哿矣能言가의능언 '말을 능히 한다'
말을 잘 못하는 것이 아니라 저 듣는 자가 그의 말을 이리저리 뒤바꿔서 그르게 만들고 또 억눌러서 말을 못하도록 하기 때문이다	말을 잘하는 것이 아니라 그는 믿는 바가 있기 때문에 교묘하게 말을 잘한다는 뜻이다

♫195 소민小旻: 악정을 개탄해서 지은 것, 부의 기법, 6장 45구

1장	2장	3장	4장	5장	6장
매장 8구			매장 6구		
謀猷 謀 謀猷	謀猷 謨 謀猷	猶 謀 謀	猶 猶 謨	謀	×
계책·모략33)					

人知其一인지기일 사람들은 그 한 가지만 알다	莫知其他막지기타 그 다른 것은 알지 못하다
只知其一, 不知其二	

'윗사람'의 의심 = '윗사람'의 의중 관련 여부

○196 소완小宛: 시절을 애상하는 노래, 부의 기법, 6장 36구

시국을 한탄	스스로를 경계
부드러움 + 조심스러움 고뇌	

제6장 '如' 3회		
如集于木 나무에 앉은 듯하다	如臨于谷 골짜기에 임한 듯하다	如履薄冰 살얼음을 밟는 듯하다
신세감·책임감		

○197 소반小弁: 중상 모략하는 사람을 풍자한 것, 흥(1~6장) 부·흥(7장) 부·비(8장)의 기법, 8장 64구

소아의 작품임을 나타내기 위해 '小'자를 붙인 편명			
小旻소민	小宛소완	小弁소반	小明소명
시경은 매 편의 제1구의 몇 글자(보통 두 글자)를 편명으로 삼았음			

33) 張思齊,「從小雅小旻看詩書易的共生與兼用」,『詩經研究叢刊』13, 2007.10. 4쪽.

○**198 교언**巧言: 중상 모략하는 사람을 풍자한 것, 부(1~3장, 6장) 흥 · 비(4장) 흥(5장)의 기법, 6장 8구

巧言如簧교언여황	何人하인 ← 讒人참인
생황과 같은 공교로운 말, 달콤한 말	저 어떤 사람
용기× 잔꾀○	

○**199 하인사**何人斯: 남자의 변심에 대한 분노와 질책, 부의 기법, 8장 48구

작가의 원망	작시의 동기
爲鬼爲蜮위귀위역 則不可得즉불가득	作此好歌작차호가 以極反側이극반측
귀신이 되고 물여우가 된다면 볼 수가 없거니와	이 좋은 노래를 지어 너의 반측하는 모양을 다 말하노라
제8장	

○**200 항백**巷伯: 중상 모략하는 사람을 풍자한 것, 비(1장, 2장) 부(3~6장) 흥(7장)의 기법, 7장 35구

중상 모략하는 자	중상 모략하는 말
豺시 승냥이	南箕남기 箕星기성
讒人참인	哆치 侈치
驕人교인	翩翩편편 교묘한 말
貝錦패금	捷捷첩첩 약삭빠른 말
원한 · 분노	

○**201 곡풍**谷風: 자신을 버린 임에 대한 원망, 흥(1장, 2장) 비(3장)의 기법, 3장 18구

돈, 사랑, 명예, 권력, 우정 등 모든 관계		
1	2	3
기대	믿음	배신
원망		

習習谷風 維風及雨 維風及頹 維山崔嵬	習習谷風 以陰以雨
비의 용법	흥의 용법
谷風곡풍(小雅) <	谷風곡풍(邶風)
어조	

女(汝)여	予여
신의를 저버린 부덕한 사람	세상 사람들에게 경계토록 함
대비·반복	

○202 요아蓼莪: 효도하지 못하는 자식의 마음, 비(1~3장) 부(4장) 흥(5장, 6장)의 기법, 6장 32구

哀哀父母애애부모	生我劬勞생아구로
부모님이 나를 낳아 기르시고 애써 주셔서 그 깊은 은혜 갚고자 하나 그 은혜 하늘과 같이 넓고 넓어 그 은혜 갚지 못하는 것이 애달프고 안타깝다	
孝敬·孝親	

햅쑥: 어린 자식	다북쑥: 어른
부모님 살아계실 때	부모님 돌아가신 뒤
은혜를 알지 못함 ← 불효자 → 때늦음, 소용없음	
○×	

○203 대동大東: 부富의 불균형으로 인한 고통, 흥(1장, 3장) 부(2장, 4~7장)의 기법, 7장 56구

현실의 묘사	기이한 환상
인간 세상 ⇌ 천상 세계	
연상	
학정에 대한 호소	

1 銀河은하	2 織女직녀	3 牽牛견우	4 南箕남기	5 北斗북두	6 啓明계명	7 長庚장경
천체 현상						

維天有漢유천유한	監亦有光감역유광
하늘에 은하수가 있으니	봄에 또한 빛이 있으니
초보적 견우직녀 전설	

○204 사월四月: 환난을 당하여 조상을 원망하며 슬퍼서 노래한 것, 흥(1~6장, 8장) 부(7장)의 기법, 8장 32구

匪鶉匪鳶비순비연 翰飛戾天한비려천	匪鱣匪鮪비전비유 潛逃于淵잠도우연
도리와 양지가 통하지 않는 세상 위기의식	

○205 북산北山: 사회적 불평등 현상을 폭로, 부의 기법, 6장 30구

大夫대부: 고급관리	士子사자: 하급관리
불공정한 업무분담 대비 ↓ 형평성 촉구	
'或'자 12번 연속 사용 或燕燕居息, 或盡瘁事國, 或息偃在床, 或不已于行 …… 대립과 불공평	

○206 무장대거無將大車: 온갖 걱정은 욕심을 채우려는 데서 비롯된다는 것, 흥의 기법, 3장 12구, 첩영

욕심	⟶	욕구
누리고자 하는 마음		욕심껏 구함
수레		먼지

욕구 충족: 행복감	욕구 미충족: 고통
↳ 더 큰 욕구 생성 ↗	

벼슬에서 물러나 외롭게 사는 어진사람을 백성들이 노래한 것	어진사람이 벼슬에서 물러나기 전에 읊은 것
考槃고반(衛風)	無將大車무장대거(小雅)

○207 소명小明: 난세를 탄식한 것, 부의 기법, 5장 48구

心之憂矣심지우의 마음의 근심함이여	自詒伊戚자이이척 스스로 근심을 끼쳤도다
고뇌·후회	

○**208 고종**鼓鐘 : 음악을 감상하며 군자를 그리워한 것, 부의 기법, 4장 20구, 첩영(1
~3장)

1장	2장	3장	4장
회수淮水의 군자	군자의 덕		연주하는 정경

○**209 초자**楚茨 : 제사의 전 과정을 순서에 따라 구체적으로 묘사, 부의 기법, 6장
72구

楚茨초자(小雅)	采蘩채번(召南)	采蘋채빈(召南)
제사지낼 때 부녀자의 역할과 관련된 시		

○**210 신남산**信南山 : 남산 기슭에서 밭을 일구어낸 증손曾孫의 공적, 부의 기법, 6장
36구

가을·겨울에 지내는 제사	겨울에 지내는 제사
楚茨초자(小雅)	信南山신남산(小雅)

○**211 보전**甫田 : 부의 기법, 4장 40구

농업생활시·농사제례시		
광활한 전원	풍성한 농작물	부지런한 농부
현실주의적 창작		

○**212 대전**大田 : 농사의 즐거움을 노래한 것, 부의 기법, 4장 34구

경작 준비	파종	제초·제충	비 내리기	수확	제사
농가생활					

楚茨초자	信南山신남산	甫田보전	大田대전
소아의 농사시			

○**213 첨피낙의**瞻彼洛矣 : 왕실의 중흥과 국가의 평안무사, 부의 기법, 3장 18구, 첩영

瞻彼洛矣첨피낙의 저 낙수를 보건데	維水泱泱유수앙앙 물이 깊고도 너르도다
기백·도량	

○214 **상상자화**裳裳者華: 천자가 어떤 제후의 보좌를 칭찬한 것, 흥(1~3장) 부(4장), 4장 24구

1장	2장	3장	4장
兮(4회) 격동	矣(4회) 신중	× 장중	之(6회) 긍정 확실
어조사 兮·矣·之[34]			

○215 **상호**桑扈: 행동에 예와 문채가 없는 것을 풍자, 흥(1장, 2장) 부(3장, 4장)의 기법, 4장 16구

'깃'의 아름다움	
풍채, 美德	교양○, 복장×
桑扈상호(小雅)	車舝거할(小雅)

○216 **원앙**鴛鴦: 이상적인 결혼생활을 노래한 것, 부의 기법, 4장 16구, 첩영(1·2장; 3·4장)

戢其左翼집기좌익	催之秩之최지말지	君子萬年군자만년
힘들 때에 서로 의지할 수 있는 사랑	자상하고도 헌신적인 사랑	임을 향한 존경의 뜻이 담긴 사랑
'축복'		

○217 **기변**頍弁: 형제 친척이 모여 즐거운 한때를 보내는 것, 부·흥·비(1~3장)의 기법, 3장 12구

如彼雨雪여피우설 先集維霰선집유산	死喪無日사상무일 無幾相見무기상견
저 함박눈이 내림에 먼저 싸락눈이 내리는 것과 같다	죽을 날이 얼마 남지 않아 서로 만나볼 날이 얼마 없다
풍자·경고	

○218 **거할**車舝: 부덕婦德을 칭송한 것, 부(1장, 3장) 흥(1장, 4장, 5장), 5장 30구

式燕且譽식연차예 잔치하며 즐거워하며	好爾無射호이무사 너를 좋아하기를 끝없이 하노라
신혼의 즐거움과 행복	

陟彼高岡척피고강 높은 언덕 올라가서	析其柞薪석기작신 떡갈나무 베어오니
析薪 = 아내를 맞이하는 것	

○219 **청승**靑蠅: 참소하는 말을 믿지 말라고 경계하는 것, 3장 12구, 첩영

1장	2장	3장
비유시	서정시	
비	흥	

쉬파리	참소자
讒石父곽석보 · 尹球윤구 같은 간신 어지럽히고 이간질하다	

罔極망극					
讒人罔極	以謹罔極	視人罔極	謂我士也罔極	昊天罔極	民之罔極
靑蠅 (小雅)	民勞 (大雅)	何人事	園有桃 (魏風)	蓼莪 (小雅)	桑柔大雅
부도덕에 대한 비판 · 풍자의 어감					

○220 **빈지초연**賓之初筵: 위衛 무공武公이 세상을 풍자한 것, 부의 기법, 5장 70구

1장	2장	3장	4장	5장
질서정연		혼란	광태	권계

○221 **어조**魚藻: 정치풍자시, 흥의 기법, 3장 12구, 첩영

魚藻어조(小雅)	魚麗어려(小雅)
'宴會詩' 君賢民樂 君民同樂	

○222 **채숙**采菽: 제후가 천자를 조견朝見할 때 그 상황을 노래한 것, 흥(1장, 2장, 4장, 5장) 부(3장), 5장 40구

○223 각궁角弓: 왕이 구족九族을 친히 하지 않고 영신佞臣을 가까이 하는 것을 풍자한 것, 흥(1장) 부(2~4장) 비(5~8장), 8장 32구

종친: 구족九族		소인: 영신佞臣
老馬	<	駒
	친근	

○224 완류菀柳: 흉험한 자를 풍자하는 것, 비(1장, 2장) 흥(3장), 3장 18구, 첩영(1장, 2장)

比喩비유	警戒경계	勸告권고	直敍직서
	분노 · 애도		

○225 도인사都人士: 지난날을 회상하며 지은 것, 부의 기법, 5장 30구

서울 사람	저 사람의 신부
복장 · 용모	
문화적 충격	

○226 채록采綠: 여인이 행역나간 남편을 그리워하는 것, 흥의 기법, 4장 16구, 첩영(1장, 2장)

終朝采綠 不盈一匊	采采卷耳 不盈傾筐	彼采葛兮 一日不見 如三月兮
采綠채록(小雅)	卷耳권이(周南)	采葛채갈(王風)
상사相思의 정을 식물(풀)에 기탁한 시		

○227 서묘黍苗: 소백召伯의 노역자에 대한 관심, 흥(1장) 부(2~5장)의 기법, 5장 20구, 첩영(2장, 3장)

경영능력 찬미	기획능력 찬미
위망 · 품덕 > 정략 · 강압	

○228 습상隰桑: 사랑하는 남자에게 마음을 다한다는 것, 흥(1~3장) 부(4장), 4장 16구, 첩영

1장	2장	3장	4장
반복적 영탄			변화
中心葬之중심장지 何日忘之하일망지 중심에 간직하고 있거니 어느 날인들 잊으리			↵

○229 **백화**白華: 남편이 아내를 버리고 멀리 떠나자 그 아내가 남편을 그리워하는 것, 반흥反興의 기법, 8장 12구

1 축출되다	2 고독하다	3 고뇌하다	4 슬퍼하다	5 원망하다	6 병들다
'棄婦詩'					

鴛鴦在梁 戢其左翼 원앙새가 어량에 있으니 그 왼쪽 날개를 거두었다	之子無良 二三其德 그대가 선량하지 못하여 그 덕을 이랬다저랬다 하도다
'떳떳함'의 여부	

○230 **면만**綿蠻: 행역의 고됨을 읊은 것, 비의 기법, 3장 8구

음식 먹이기	길 안내하기	수레 태워주기
감격의 정		

○231 **호엽**瓠葉: 주연酒宴과 관련된 것, 부의 기법, 4장 16구, 첩영

獻헌 손님에게 술잔을 올리는 것 '獻酒'	酢초 손님이 주인에게 술을 따라 올리는 것 '敬酒'	酬수 인도하여 마시게 하는 것 '勸酒'
一獻일헌		

○232 **점점지석**漸漸之石: 전쟁나간 병사의 고뇌, 부의 기법, 3장 6구, 첩영

1	2	3
武人東征 不遑朝矣 아침을 쉴 겨를이 없도다	武人東征 不遑出矣 벗어날 겨를이 없도다	武人東征 不遑他矣 다른 일을 할 겨를이 없도다

○233 **초지화**苕之華: 어려운 시대를 살아가는 시인의 심정, 비(1장, 2장) 부(3장)의 기법, 3장 12구

능소꽃	↔	암양·통발
하고 싶은 것을 마음껏 할 수 있음		하고 싶어도 마음처럼 되는 것이 없음
		시대적 상황

○234 **하초불황**何草不黃: 정치풍자시, 흥(1장, 2장, 4장) 부(3장)의 기법, 4장 16구

여우 목숨보다 못한 군사들을 바라보는 시인의 마음	
哀我征夫애아정부 슬프다 우리 나그네여	朝夕不暇조석불가 아침이고 저녁이고 쉴 겨를이 없네
소아 중 사회의 부조리를 폭로한 시	

大雅대아		**총 31편**
01	文王之什문왕지습 10	235-244	
02	生民之什생민지습 10	245-254	
03	湯之什탕지습 11	255-265	

○235 **문왕**文王: 문왕의 덕을 기리는 것, 부의 기법, 7장 56구

宜鑑于殷의감우은　駿命不易준명불이			
마땅히 은나라를 거울로 삼아야 하고 큰 명은 보전하기 쉽지 않다			
敬德意識	憂患意識	民本意識	救濟意識

○236 **대명**大明: 문왕과 무왕을 기리는 것, 부의 기법, 8장 56구

明明在下명명재하 밝은 덕 가진 이 아래에 있다	赫赫在上혁혁재상 밝고 환한 이가 위에 있다
하늘이 밝기에 인간이 밝은 것이 아니다	먼저 인간이 밝아야 하늘도 밝은 것이다
천명의 인과관계	

呂尙(姜太公) = 太公望	
英武영무	英勇영용
문왕과 무왕을 보좌	

○237 **면**縣: 고공단보古公亶父는 문명의 창도자, 비(1장) 부(2~9장)의 기법, 9장 54구

전략가의 기개와 풍도를 지녔다	침착하고 용감하며 책략이 뛰어났다
백성들을 위한 정치	

○238 **역박**棫樸: 문왕을 찬미한 것, 흥(1장, 3~5장) 부(2장), 5장 20구

大雅·文王之什(10편) 중 3편		
棫樸역박	旱麓한록	思齊사제
문왕이 才德을 겸비하여 사람을 감동시키고 변화시키는 힘이 있음을 실증		

○239 **한록**旱麓: 문왕을 찬미한 것, 흥(1~3장, 5장, 6장) 부(4장)의 기법, 6장 24구

옥돌 술잔에 가득찬 술: '부귀영화'를 상징
세상의 이치에 순응하며 안락하게 살아가라는 내용을 일깨워 주고 있다
천지조화

지위에 맞는 적합한 일	안락한 생활
鳶飛魚躍연비어약	
솔개는 하늘을 날아야 하고 물고기는 물에서 놀아야 한다	
자연의 섭리	

○240 **사제**思齊: 문왕이 성인이 된 까닭, 부의 기법, 5장 24구

문왕				보통 사람		
말해주지 아니해도 법식대로 행동한다	잘못을 깨우쳐주면 바로 받아들인다	잘못을 깨우쳐주기 전에 알아채고 고친다	≠	무엇이 잘못인지 모른다	잘못을 알려고 하지 않는다	잘못을 알려줘도 받아들이지 않는다

서주 개국 전후 현숙한 세 여성 西周三母 또는 周室三母		
太姜	太任	太姒
문왕의 조모이며 太王의 부인 周姜	문왕의 어머니이며 王季의 부인 ↘ **문왕의 덕** ↖ 문왕의 아버지 王季의 인격 「皇矣」	문왕의 부인이며 武王의 어머니
이들의 내조를 찬양		

○241 **황의**皇矣: 문왕의 덕을 칭송, 부의 기법, 8장 96구

문왕 - 明德	
하늘로부터 명이 있다	문왕에게 명한 것이다
密·崇 정벌	

○242 **영대**靈臺: 주나라의 문왕을 찬양, 부의 기법, 4장 20구, 첩자

靈囿	靈沼	靈臺
이곳은 왕의 소유였지만 백성들도 마음대로 드나들며 편하게 이용했다 옛 성인군자는 즐거움을 백성들과 함께 나눴다 與民同樂		

○243 **하무**下武: 성왕을 찬미한 노래, 부의 기법, 6장 20구

뒷발자취 - 무왕武王의 계승		
효도	믿음	덕
선왕의 덕을 이어받아 천하를 잘 통치함		

○244 **문왕유성**文王有聲: 문왕과 무왕의 공덕을 칭송, 부의 기법, 8장 40구

文王有聲문왕유성		公劉공류	綿면
文王 - 豊	武王 - 鎬	公劉 - 豳	太王 - 岐
천도			

大雅·文王之什(10편) 중 3편		
靈臺영대	下武하무	文王有聲문왕유성
정치사상의 근본원리, 천하국가 경영의 모범, 이상국가의 현장 → 아름답고 즐겁고 고상하고 장엄하다		

○245 **생민**生民: 주나라의 개국 역사를 묘사한 사시史詩, 부의 기법, 8장 72구

강원姜嫄이 후직后稷을 낳는 과정	낳은 후직을 버리고 다시 거둬들이는 과정
신화적 이야기	

♀246 **행위**行葦: 제사를 끝내고 주연을 베푸는 장면, 부의 기법, 4장 32구

獻헌	酢작
주인이 손님에게 술을 올리는 것	손님이 답례로 주인에게 따라주는 것

大雅·生民之什(10편) 중 3편		
行葦행위	旣醉기취	鳧鷖부예
후덕한 손님접대 = 인간 존중의 구체적 실례		

♀247 **기취**旣醉: 부모 사이 화답의 시, 부의 기법, 8장 32구

부모·형제 간	
애호	존중
군주 ↕ 國泰民安	

♀248 **부예**鳧鷖: 빈객과 시동을 즐겁게 하기 위한 잔치, 흥의 기법, 5장 13구, 첩영

酒	肴	燕飮	福祿
繹역 제사를 마친 다음날 예를 베풀어 시동과 함께 잔치하는 풍습			

♀249 **가락**假樂: 성왕成王을 아름답게 여긴 것, 부의 기법, 4장 24구

1	2	3	4
군자에게 내려진 하늘의 은혜	많은 군자의 자손과 군자의 임금 노릇	군자의 태도	군자를 따르는 신하들과 백성들의 편안함
敬天			愛民
태평성대			

♀250 **공류**公劉: 부지런하고 지혜로운 주족周族의 수장, 부의 기법, 6장 60구

公劉공류(大雅)	崧高숭고(大雅)
賦稅制度	

○251 형작泂酌 : 제사를 흠향하는 것, 흥의 기법, 3장 15구, 첩영

한 마음 (마음속에 공존)	
길바닥에 고인 물 (자괴감, 열등감)	그 윗물 (자신감)
사고의 전환 ↳ 군자의 품덕	

○252 권아卷阿 : 천자天子를 찬미하는 것, 부(1~6장, 10장) 흥(7, 8장) 비(9장)의 기법, 10장 54구

歌功頌德가공송덕			
지점	시간	인물	사건
周成王			

○253 민로民勞 : 백성들의 고통과 슬픔을 호소한 것, 부의 기법, 5장 50구, 첩영

고립무의孤立無依		국태민안國泰民安
'猛政'의 필요성 엄정함으로 백성들의 태만을 고침	백성들의 바람, 간청	'寬政'의 필요성 관대함으로 백성들이 상처 입는 것을 막음

无縱'詭隨'무종궤수 속이는 자 안 따르고	式遏'寇虐'식알구학 잔학한 자 막으시고
궤수: 간사한 거짓말로 속이는 사람	구학: 약탈하며 잔혹한 사람

敬天愛人경천애인				
小康소강	小休소휴	小息소식	小愒소게	小安소안

○254 판板 : 위정자를 책망한 것, 부의 기법, 8장 64구

是用大諫시용대간 이 때문에 크게 간하노라		
비평	권고	풍간
坂판(大雅)·民勞민로(小雅)		

板판(大雅)	黍離서리(王風)
群體意識군체의식	悲劇意識비극의식
사회에 대한 책임감, 역사에 대한 사명감, 우환의식과 사회적 양지의 발로35)	

○255 **탕**蕩: 은상 쇠망 시기의 상황, 부의 기법, 8장 64구

夏桀王하걸왕	殷紂王은주왕	周厲王주여왕
포학·악행		

○256 **억**抑: 위무공衛武公이 평왕을 권계하여 스스로의 경계로 삼은 것, 부의 기법, 12장 114구

投我以桃투아이도		報之以李보지이리
投桃報李투도보리		
선물로 받음	선물을 주고받으며 친밀하게 지냄	답례함
복숭아	桃來李答도래리답 禮尙往來예상왕래	자두
예의상 오고 가는 것을 중시		

抑抑威儀 維德之隅 점잖고 점잖은 위엄 있는 거동 오직 덕 높은 사람의 모습	敬愼威儀 維民之則 공경하고 삼가는 위엄 있는 거동 백성들이 본보기 삼네
抑억(大雅)	民勞민로(大雅)
마음과 몸가짐의 경건함	

○257 **상유**桑柔: 시절을 탄식한 노래, 비(1장) 부(2~8장, 10장, 11장, 14~16장) 흥(9장, 12장, 13장), 16장 112구

聽言則對청언칙대 순종하는 말에만 대답한다	誦言如醉송언여취 타이르는 말은 취한 듯이 건성으로 듣는다
간신배의 말을 듣고 충언을 받아들이지 않는 모습	

---

35) 李達五, 『中國古代詩歌藝術情神』, 重慶: 重慶出版社, 2004.12. 85쪽.

잎이 무성하여 그 그늘이 두루 미치지 않는 곳이 없는 것 같다	그 그늘을 잃어서 그 폐해를 받는 것과 같다
대조 '憂世' '憂生' ⋯→ 불요불굴의 정신	

桑柔상유(大雅)	抑억(大雅)	正月정월(小雅)
16장 112구	12장 114구	13장 94구
장편시의 예		

○258 운한雲漢: 위정자의 가뭄에 대한 도덕적 책임감, 부의 기법, 8장 80구

은하수 = 진리의 빛	
사람들의 삶을 인도해 주는 사람	삶이 나아갈 방향으로 삼아야 할 참된 이치
분변·판단	

大雅·湯之什(11편)중 4편			
湯탕	抑억	桑柔상유	雲漢운한
천하를 경영하면서 크게 경계해야 되는 과제를 선별하여 엮음			

○259 숭고崧高: 온유돈후한 인격을 찬미, 부의 기법, 8장 64구

문무	덕행
겸비 申伯 = '영웅'의 이미지	

柔惠且直유혜차직 유순하고 또 정직하도다	柔嘉維則유가유칙 유순하고 아름다움이 법이 되다
崇高숭고(大雅)	蒸民증민(大雅)
중국 최초의 송별시	

○260 증민蒸民: 전송할 때 지어 부른 시, 부의 기법, 8장 64

출생	관직	덕성	업적
전송 ⋯→ 찬미			

어진 사람	능력 있는 사람
국가의 중흥	

○261 **한혁**漢奕: 치수의 공적을 칭송한 것, 부의 기법, 6장 72구

其殽維何 炰鱉鮮魚	其蔌維何 維筍及蒲
안주: 자라의 곰, 싱싱한 생선	나물: 갓 돋은 죽순, 부들의 새싹
고대의 연회 식품	

韓奕한혁(大雅)	信南山신남산(小雅)	文王有聲문왕유성(大雅)
奕奕梁山 維禹甸之	信彼南山 維禹甸之	豊水東注 維禹之績
이는 우임금이 다스리신 곳		이는 우임금이 물 끄신 자취

○262 **강한**江漢: 부의 기법, 6장 48구

선왕宣王을 찬미	
武功	文德

○263 **상무**常武: 부의 기법, 6장 8구

선왕宣王의 위엄과 기백	
赫赫明明혁혁명명	赫赫業業혁혁업업
첩자 연용, 운율미	

○264 **첨앙**瞻卬: 후궁 때문에 나라가 혼란해짐을 개탄한 것, 부(1~6장) 흥(7장)의 기법, 7장 62구

哲夫成城철부성성	哲婦傾城철부경성
지혜로운 남자는 성을 이룩하고	지혜로운 여자는 성을 무너뜨린다
재능 · 언변	

懿厥哲夫 爲梟爲鴟	赫赫宗周 褒姒滅之
瞻仰첨앙(大雅)	正月정월(小雅)
女媧여와 관련 고사	

○265 **소민**召旻: 민심이 흉흉하고 사회가 붕괴되는 상황, 부의 기법, 7장 41구

胡不自替호불자체	職兄斯引직황사인[36]
기울어가는 시기에 똑똑하고 능력 있는 것이 오히려 기울기를 가속시킨다	
↑ '傾國之色'	

후궁의 정치 개입		소인의 어지러운 정치
瞻仰첨앙(大雅)	<	召旻소민(大雅)
	어조	

	頌송		총 40편
01	周頌주송 31	266-296	
01a	淸廟之什청묘지습 10	266-275	
01b	臣工之什신공지습 10	276-285	
01c	閔予小子之什민여소자지습 11	286-296	
02	魯頌노송 4	297-300	
03	商頌상송 5	301-305	

○266 청묘淸廟: 문왕에게 제사하는 것, 부의 기법, 1장 8구

頌 = 容	종합예술	제례	종교
청묘淸廟(周頌)			

장소	인물	활동
於穆淸廟	肅雝顯相 濟濟多士	對越在天 駿奔走在廟
구체적으로 서술		

○267 유천지명維天之命: 문왕에게 제사하는 것, 부의 기법, 1장 8구

1, 2구	3, 4구	5, 6구	7, 8구
문왕의 덕 = 천명	미덕을 칭송	후손이 받은 덕택	덕행 본받기
起	承	轉	結

○268 유청維淸: 문왕에게 제사하는 것, 부의 기법, 1장 5구

○269 열문烈文: 주나라 조상에게 제사지내는 것, 부의 기법, 1장 13구

---

36) '兄'(황)은 정도부사로서 현대중국어의 '更' '更加' '越發'에 해당한다. 이밖에도 子
茲 愈 況 등이 정도부사로 쓰였다.

○270 **천작**天作: 태왕에게 제사하는 것, 부의 기법, 1장 7구

○271 **호천유성명**昊天有成命: 성왕에게 제사하는 것, 부의 기법, 1장 7구

○272 **아장**我將: 문왕에게 제사하는 것, 부의 기법, 1장 10구

畏天之威, 于時保之	我求逸德…… 允王保之
我將아장(周頌)	時邁시매(周頌)
保 = 報 天 또는 天命에 대한 報恩 責任 謹愼 등37)	

○273 **시매**時邁: 천자가 순수巡狩할 때 산천을 자망柴望한 것, 부의 기법, 1장 15구

柴자	望망
나무를 불태워 하늘에 제사하는 것	산천을 멀리서 바라보며 제사하는 것

○274 **집경**執競: 무왕, 성왕, 강왕에게 제사하는 것, 부의 기법, 1장 14구

○275 **사문**思文: 부의 기법, 1장 8구

주周의 시조 후직后稷을 칭송한 것	
生民생민(大雅)	思文사문(周頌)
언어·형식의 차이	

○276 **신공**臣工: 농관農官에게 경계한 것, 부의 기법, 1장 15구, 대화식

앞 4구	중간 4구	중간 4구	뒤 3구
保介 → 臣工	周王(질문)	保介(대답)	周王(명령)

○277 **의희**噫嘻: 부의 기법, 1장 8구

늦봄에 김매기	초봄에 논밭 갈기
臣工신공(周頌)	噫嘻의희(周頌)
경작하는 정경	

---

37) 胡曉明·韓亞成·李瑞明, 『中國思想史話』, 北京: 中國國際廣播出版社, 2010.1. 11쪽.

○278 **진로**振鷺: 하·상의 후손이 와서 제사를 도운 것, 부의 기법, 1장 8구

白鷺	白鷺	白馬	白馬	白牛·白衣
振鷺진로 (周頌)	有駜유필 (魯頌)	白駒백구 (小雅)	有客유객 (周頌)	閟宮비궁 (魯頌)
白 → 潔白美				

○279 **풍년**豊年: 추동秋冬 제사 때의 노래, 부의 기법, 1장 7구

풍년의 정경	추수 감사
'송축'	

豊年풍년(周頌)	良耜양사(周頌)
풍성한 수확을 거두어들이는 정경	

○280 **유고**有瞽: 전아하고 장중한 악곡, 부의 기법, 1장 13구

국가의 大事	
祭祀	軍事

○281 **잠**潛: 종묘에 물고기를 올려 제사지내는 것, 부의 기법, 1장 6구

魚	
행복	길상
고대의 습속	

○282 **옹**雝: 무왕이 문왕을 제사한 것, 부의 기법, 1장 16구

선인의 업적	남겨놓은 터전
온화함雝雝	

제사상을 거둘 때 부른 노래
'雝'옹으로써 제사상을 거둔다38) 論語·八佾

---

38) 三家者以「雝」徹. 子曰: '相維辟公, 天子穆穆.' 奚取于三家之堂. 『論語·八佾』

○283 **재견**載見: 제후가 처음 무왕武王의 사당에서 뵙는 것, 부의 기법, 1장 14구

1	2	3
성왕 즉위	제후가 성왕을 알현	제후가 제사를 도움

○284 **유객**有客: 은나라의 미자微子: 紂王의 庶兄가 주나라의 종묘를 참배하고 제사지 낸 것, 부의 기법, 1장 12구

앞 4구	중간 4구	뒤 4구
손님이 오다	손님을 머물게 하다	손님을 배웅하다
既有淫威기유음위 降福孔夷강복공이 이미 큰 위엄을 두니 복을 내림이 심히 크다 (인자함＋엄함)		

'백마'를 타다(은나라 옛 귀족의 풍습)	
은나라 사람들에게 '흰색'의 의미	전쟁터에서의 승리와 존경 '숭배'를 의미
'白馬' 인격화, '군자' '현인'의 상징	

○285 **무**武: 무왕武王이 은殷을 이기고 부른 것, 부의 기법, 1장 7구

포악에 대한 응징 ＝ 정의의 실현 여부
은주왕 ←⋯ 주나라

○286 **민여소자**閔予小子: 성왕이 상을 마치고 선왕의 묘에 참배할 때 부른 것, 부의 기법, 1장 11구

皇考	皇祖	皇王
武王	文王	文王·武王

周頌의 閔予小子之什(11편) 중 4편			
閔予小子민여소자	訪落방락	敬之경지	小毖소비
성왕이 문왕과 무왕의 덕을 이어받기 위한 노력을 칭송			

○287 **방락**訪落: 성왕이 종묘를 참배하고 신하들과 정치를 의논한 것, 부의 기법,
1장 12구

訪予落止방여낙지 率時昭考솔시소고	
내 처음 시작할 때 물어서 이 昭考(武王)를 따르려 한다	
시정강령을 확정하는 말	선왕의 명성을 이용하여 으르는 말
국정을 도모	

將予就之장여취지 繼猶判渙계유판환
장차 나를 나아가게 하나 이음이 오히려 나눠지고 흩어진다
자아 방종과 政事의 황폐

○288 **경지**敬之: 성왕이 스스로 경계하여 지은 것, 부의 기법, 1장 12구

임금 ┈→ 신하·자신	
경고	자율
경계警戒	

敬之敬之	維予小子 不聰敬止	日就月將 學有緝熙于光明	佛時仔肩 示我顯德行
지도자에 대해 갖고 있어야 할 마음	지도자를 신임하지 않는 국민들	앞으로 우리가 배우고 해나가야 할 과제	지도자는 물론이고 우리가 꼭 지켜야할 일

日就月將일취월장	
적은 것도 부지런히 쌓아 가면 많아진다	
就취 오래되다	將장 오래되다

○289 **소비**小毖: 잘못을 저지르지 않도록 스스로 경계하는 것, 부의 기법, 1장 8구

현재	미래
蓼료 쓴 나물 이름, 여뀌	拚변 나는 모양
제자리걸음이라고 자책하다	자기 자신을 발전시키고 싶다

懲징	毖비
마음 아픈 바가 있어 경계하다	대비하다 삼가다
자계自戒	

○**290 재삼**載芟: 봄에 자전藉田을 갈면서 풍년을 기원, 부의 기법, 1장 31구

千耦其耘천우기운 徂濕徂畛조습조진
천 짝이 김을 매니 습한 곳에 가며 밭두둑에 가다
경작방식

載芟재삼(周頌)	良耜양사(周頌)	絲衣사의(周頌)
耕耘	수확	수확 후 잔치
늑		
七月칠월(豳風)의 마지막 장		

○**291 양사**良耜: 토지신과 곡신에게 제사자내는 것, 부의 기법, 1장 23구

社사 토지신	稷직 곡신
社稷 = 국가	

1~12구	13~19구	7~9구
春耕·夏耘의 정경	추수의 정경	추동 제사의 장면

○**292 사의**絲衣: 시동에게 역빈繹賓하는 음악, 부의 기법, 1장 9구

繹賓 : 제사를 지낸 뒤 다시 지내는 것	
제왕: 繹역	경대부: 賓빈
제사지낸 다음날에 제사	제사지낸 당일에 지내는 제사

1구, 2구	3~6구	7~9구
제사자의 복식	제사 준비	제사 후의 연음

○**293 작**酌: 무왕을 칭송한 것, 부의 기법, 1장 8구

○**294 환**桓: 문왕을 칭송한 것, 부의 기법, 1장 9구

綏수 편안하다	豊풍 풍년이 들다
천명天命	

○295 뢰賚: 사당에서 공신들을 크게 봉해주는 것, 부의 기법, 1장 6구

작위	토지
賚: 주다, 하사하다	

時周之命시주지명 於繹思오역사
이 주나라의 명이니 아 곰곰이 생각하라

○296 반般: 산천에 제사지낼 때 쓰인 것, 부의 기법, 1장 7구

高고	喬교	敷부	裒부
공간이 넓다			
주왕조가 성대하다 → 웅혼한 기백			

○297 경駉: 잘생기고 튼튼한 말을 찬미, 부의 기법, 4장 32구, 첩영

말의 양육	인재의 육성
중시	

思無邪사무사	
말의 특성을 개괄하는 말	시의 특성을 개괄하는 말
수레를 끌고 가며 곁눈질하지 않는다	생각함에 간사함이 없다
앞으로 달리는 데 전념한다	아무런 딴 생각이 없다

정책이나 계획		
깊이 있게 생각	치밀하게 연구	일관 되게 추진
성공의 이유		

○298 유필有駜: 임금을 칭송하고 풍년을 기원, 흥의 기법, 3장 27구, 첩영

夙夜在公 在公明明	夙夜在公 在公飮酒	夙夜在公 在公載燕
일을 분명하게 처리하다	술을 마시다	잔치하다
'公'의 의미		

1장	2장	3장
음연		송축
국운창성과 태평성세		

○**299 반수**沖水: 임금과 모든 신하들이 반궁沖宮에 모여 잔치를 벌이고 그 자리에서 임금의 거룩함을 노래, 부·흥(1~3장) 부(4~7장) 흥(8장)8장 64구, 첩영(1~3장)

魯侯노후	
앞 4장: 문덕文德	뒤 4장: 무공武功
상상에서 나온 아첨하는 말	

'泮水'는 국립대학인 '泮宮'을 둘러싸고 있는 물이란 뜻	
思樂泮水사악반수 薄采其芹박채기근 즐거운 반수에 잠깐 미나리를 뜯노라	思樂泮水사악반수, 薄采其藻박채기조 즐거운 반수에 잠깐 마름을 뜯노라
'采芹' '采藻' 학업·인재와 관련	

○**300 비궁**閟宮: 희공僖公을 찬미한 노래로 궁전의 건축과 관련, 부의 기법, 9장 120구

1장 1, 2구	2~8장	9장
閟宮有侐 實實枚枚 … 깊게 닫힌 사당이 고요하니 견실하고 치밀하다	(魯의 역사)	… 是斲是度 是尋是尺 … 이에 자르고 이에 헤아리며 이에 재고 이에 자질하다

姜嫄	后稷	太王	周文王	周武王	周公
국가·민족·사회의 발전에 공헌한 인물로 추앙					

○**301 나**那: 성탕成湯에게 제사 지낼 때 쓰인 것, 부의 기법, 1장 22구

성탕成湯을 제사하는 장면	가무歌舞로써 조상신을 기쁘게 하는 내용	상족의 예속과 제사 상황

那나(商頌)	烈祖열조(商頌)
음악·가무	식품 위주
제사용	

○302 **열조**烈祖: 중종中宗, 太戊에게 제사 지낼 때 쓰인 것, 부의 기법, 1장 22구

嗟嗟烈祖차차열조 有秩斯祜유질사호 아 슬프다 열조가 떳떳한 이 복을 두시어	…	湯孫之將탕손지장 탕손의 받들어 올림이니라
성대하고 장중한 제사		

○303 **현조**玄鳥: 은殷나라 고종高宗을 제사하는 것, 부의 기법, 1장 22구

성탕成湯 찬미	무정武丁, 成湯의 9대손 찬미
生民생민(大雅)	玄鳥현조(商頌)
시경에서 신화를 수용한 작품 2편	

詩經·玄鳥	楚辭·天問	呂氏春秋·音初	史記·殷本紀
간적簡狄이 설契을 낳다			

○304 **장발**長發: 대체大禘, 큰제사를 지낼 때 쓰인 것, 부의 기법, 7장 51구

1장	2장	3장	4장	5장	6장	7장
契·相土		成湯				伊尹
역사사실 + 신화전설						

○305 **은무**殷武: 고종高宗에게 제사 지낼 때 쓰인 것, 부의 기법, 6장 37구

是斷是遷시단시천	方斲是虔방착시건
이것을 자르고 이것을 옮겨서	방정하게 깎아 이에 자르니
작업의 방식과 과정 ↳ 중흥의 업적	

저서류

何新, 『風與雅-詩經新考』, 北京: 中國民主法制出版社, 2008.8.

黃筱蘭 · 張景博 편, 『國學問答』, 北京: 知識産權出版社, 2013.5.

傅斯年, 董希平 箋注, 『傅斯年詩經講義稿箋注』, 北京: 當代世界出版社, 2009.1.

錢鍾書, 『管錐編』第1冊, 北京: 三聯書店, 2007.10.

陳玉剛, 『簡明中國文學史』, 西安: 陝西人民出版社, 1985.1

김영수, 『소설 시경 · 서경』, 서울: 명문당, 2006.10.

柳晟俊 · 兪聖濬 편저, 『詩經選注』, 서울: 푸른사상사, 2004.8.

魯迅, 『漢文學史綱要』, 上海: 上海古籍出版社, 2005.8.

趙明, 『文化視域中的先秦文學』, 濟南: 山東文藝出版社, 1997.4.

章滄授, 『漢賦美學』, 合肥: 安徽文藝出版社, 1992.9.

許志剛, 『詩經藝術論』, 瀋陽: 遼海出版社, 2006.12.

서정기 역주, 『새 시대를 위한 시경』, 서울: 살림터, 2001.3.

許世旭, 『中國古典文學史』(上), 서울: 法文社, 1986.3.

김병호, 『亞山의 詩經講義』, 부산: 도서출판 小康, 2006.2. 17~18쪽.

남상호, 『孔子의 詩學』, 춘천: 강원대학교출판부, 2011.8.

于興, 『詩經硏究槪論』, 北京: 中國社會出版社, 2009.6.

徐志嘯, 『詩經寫眞』, 杭州: 浙江古籍出版社, 2012.11.

陳節, 張善文 · 馬重奇 主編, 『詩經開講』, 上海: 華東師範大學出版社, 2013.7.

張以慰, 『中國古代音樂舞蹈史話』, 鄭州: 大衆出版社, 2009.9.

屈萬里, 『詩經釋義』, 台北: 中華文化出版事業委員會, 1952.8.

韓宏韜, 『毛詩正義硏究』, 北京: 中國社會科學出版社, 2009.8.

王力, 『詩經韻讀』, 上海: 上海古籍出版社, 1980.12.

김학주 역주, 『신완역 시경』, 서울: 명문당, 2002.5.

柳存仁, 『上古秦漢文學』, 台北: 台灣商務印書館, 1967.10.

魯洪生, 『詩經學槪論』, 瀋陽: 遼海出版社, 1998.10.

周錦, 『詩經的文學成就』, 台北: 智燕出版社, 1973.9.

楊天宇, 『詩經: 朴素的歌聲』, 上海: 上海古籍出版社, 2008.7.

洪順隆, 『中國文學史論集』(一), 台北: 文津出版社, 1983.12.

段楚英 편저, 朴鍾赫 역, 『詩經(抒情詩)』, 서울: 학고방, 2010.3.

김학주, 『중국의 경전과 유학』, 서울: 명문당, 2003.4.

繆天綬 選註, 『詩經』, 台北: 台灣商務印書館, 1969.10.

조두현 역해, 『시경』, 서울: 혜원출판사, 2007.3.

陸堅 主編, 『中國古代文學精解』, 上海: 上海文藝出版社, 1989.4.

劉明華 主編, 『中國古代詩歌藝術精神』, 重慶: 重慶出版社, 2004.12.

朱自淸, 『詩言志辨』, 華東師範大學出版社, 1998.

夏傳才, 『詩經語言藝術新編』, 北京: 語文出版社, 1998.1.

韓高年, 『中國人應知的文學常識』, 北京: 中華書局, 2013.2.

朱自淸 등, 『名家品詩經』, 北京: 中國華僑出版社, 2009.1.

黃鴻秋 注解, 『詩經精解』, 北京: 人民文學出版社, 2010.3.

辛然, 『我生之初尙無爲:詩經中的美麗與哀愁』, 西安: 陝西師範大學出版社, 2006.10.

吳宏一, 『詩經與楚辭』, 台北: 台灣書店, 1998.11.

糜文開·裴普賢, 『詩經欣賞與硏究』, 台北: 三民書局, 1977.12.(台5版)

김학주 역, 『詩經』, 서울: 탐구당, 1981.1.

孫力平, 『中國古典詩歌句法流變史略』, 抗州: 浙江大學出版社. 2011.11

董運庭, 『論三百篇與春秋詩學』, 北京: 中國社會科學出版社, 2013.10.

남상호, 『육경과 공자 인학』, 서울: 예문서원, 2003.11.

成百曉 역주, 『詩經集傳』(懸吐完譯), 서울: 전통문화연구회, 1993.4.

李達五, 『中國古代詩歌藝術情神』, 重慶: 重慶出版社, 2004.12.

于江倩 編著, 『經典可以這樣讀·詩經』, 安徽文藝出版社, 2008.10.

劉夢溪, 『國學與紅學』, 上海: 上海辭書出版社, 2011.5.

蔣祖怡 編著, 『詩歌文學纂要』, 台北: 正中書局, 1975.2.(台2版)

陳舜臣, 서은숙 역, 『논어교양강좌』, 서울: 돌베개, 2010.1.

정학유, 허경진·김형태 역, 『詩名多識』(조선의 인문학자 정학유의 박물노트), 한길사,
        2007.8.

徐鼎, 매지고전강독회 옮김, 『毛詩名物圖說』(연세근대동아시아번역총서5), 소명출판, 2012.7.

王姸, 『經學以前的詩經』, 北京: 東方出版社, 2017.3.

임동석 역주, 『한시외전』, 서울: 동서문화사, 2009.11.

王小盾, 『起源與傳承-中國古代文學與文化論文集』, 南京: 鳳凰出版社, 2010.9.

蕭兵, 『孔子論詩的文化推繹』, 武漢: 湖北人民出版社, 2006.3.

夏傳才, 『詩經研究史概要』(增注本), 北京: 淸華大學出版社, 2007.6.

夏傳才, 『二十世紀詩學』, 北京: 學苑出版社, 2005.7.

檀作文, 『朱熹詩經學硏究』, 北京: 學苑出版社. 2003.8.

이병찬, 『韓中詩經學硏究』, 서울: 보경문화사, 2001.12.

蘇禾, 『掩卷詩經聆聽愛情』, 北京: 中國紡織出版社, 2013.3.

金性堯, 『閑坐說詩經』, 北京: 北京出版社, 2012.1.

심영환 역, 『시경』, 서울: 홍익출판사, 2011.2.(보급판)

김기철, 『시경, 최초의 노래』, 서울: 천지인, 2010.2.

王培元 主編, 『詩騷與辭賦』, 濟南: 山東文藝出版社, 1991.11.

周示行, 『詩經論集』, 長沙: 湖南大學出版社, 2007.4.

陸堅 主編, 『中國古代文學精解』, 上海: 上海文藝出版社, 1989.4.

李兆祿, 『詩經齊風研究』, 齊南: 齊魯書社, 2008.12.

李山, 『詩經的文化精神』, 北京: 東方出版社, 1997.6.

劉毓慶·李蹊 譯注, 『詩經(上·下)』, 北京: 中華書局, 2011.3.

沐言非 編著, 『詩經全編箋注典評』, 北京: 中國華僑出版社, 2012.10.

揚之水, 『詩經別裁』, 北京: 中華書店, 2007.3.

논문류

이현중, 「詩經의 易學的 이해」, 『哲學論叢』 36, 2004.4.

鄭相泓, 「詩經 '風'의 詩歌發生學的 樣相 硏究」, 『中國文學硏究』 22, 2001.6.

王許林, 「詩經愛情詩的類型」, 『詩經研究叢刊』 9, 2005.7.

朱志迎, 「詩經 國風 社會詩 硏究」, 석사논문(이화여대, 중어중문), 2000.

徐送迎, 「試論風之始二南與關雎」, 『詩經研究叢刊』 14, 2008.1

李子偉·丁國棟, 「秦風產生的時代、地域」, 『詩經研究叢刊』 15, 2008.11.

錢穆, 「讀詩經」, 『新亞學報』 5: 1, 1960.8.

蔣長棟,「中國韻文禮節之用槪論」,『東洋禮學』 4, 2005.5.

황위주,「시경의 형성과 양식적 특징」,『선비문화』 2006: 10.

김상호,「古代中國의 歌謠연구」,『中國文學』 26, 1996.12.

柳明熙,「시경의 情歌 속에 나타난 審美意識-婚姻詩를 중심으로」,『中國語文學』 45, 2005.6.

李素恩,「詩經 婚姻詩 硏究」, 숙명여대(석사논문, 중국어교육), 2001.12.

權志姸,「詩經 行役詩 硏究」, 중앙대(석사논문), 1994.12.

崔錫起,「星湖 李瀷의 詩經解釋에 나타난 經世觀-求賢意識을 중심으로」,『경상대 논문집(인문계편)』 29(2), 1990.

문승용,「詩經에 나타난 祭禮意識 考」,『中國硏究』 37, 2006.6.

李滿,「詩經의 社會性과 周代文化」,『中國文學硏究』 16, 1998.6.

沈成鎬,「詩經 '比詩의 類型 硏究-詩集傳을 중심으로」,『中語中文學』 23, 1998.12.

이재훈,「詩集傳 賦比興 표기에 관한 硏究」,『中國語文論叢』 11, 1996.12.

徐有富,「卷耳新解」,『中國語文學』 36, 2000.12.

朴順哲,「詩經에서의 賦比興의 作詩方式에 關한 小考」,『中國人文科學』 31, 2005.12.

김민종,「歷代 詩經 興說 辨析」,『詩經硏究』 1, 한국시경학회, 1999. 66쪽.

李滿,「詩經의 文學的인 價値」,『人文科學硏究』 (誠信女大) 8, 1988.3.

文鈴蘭,「詩經通論之賦比興說」,『硏究論文集』 (東海專門大學)1994: 2, 1994.8.

高玉玲,「詩經植物意象與審美心理」,『詩經硏究叢刊』 11, 2006.7.

李金坤,「詩經楚辭山水美意識探賾」,『東洋禮學』 4, 2005.5.

王金芳,「試論詩經音律形成的條件」,『詩經硏究叢刊』 3, 2002.7.

천기철,「詩經의 接詞 硏究」,『東洋漢文學硏究』 14. 2000.12.

천기철,「詩經 接詞 硏究」, 석사논문(부산대), 1997.8.

趙伯義,「讀詩辨言」,『詩經硏究叢刊』 16, 2009.6.

임수진,「詩經 助詞 硏究」, 박사논문(제주대, 중어중문), 2011.

文鈴蘭,「詩經 '山有○○, 隰有○○' 格律考」,『中語中文學』 20, 1997.3.

沈成鎬,「先秦 詩樂의 結合과 分離」,『中國語文學』 29, 1997.6.

吳儀鳳,「杜甫與詩經-一個文學典律形成的考察」,『詩經硏究叢刊』 3, 2002.7.

김원중,「孔子 文學理論의 思想的 檢討」,『建陽論叢』 4, 1996.

최성철,「孔子의 生涯와 政治哲學에 關한 硏究」,『사회과학논총』(한양대)1, 1982.

沈成鎬,「禮・樂・詩의 分化」,『中國文學硏究』16, 1998.6.

金勝心,「中國上古詩歌硏究」,『中語中文學』22, 1998.6.

李琛文,「先秦諸家의 詩經 引用에 關한 硏究」,성균관대(박사논문, 중어중문), 2000.6.

이병찬,「韓・中 詩經論의 問題點과 再認識-楚簡本 詩經 關聯資料에 根據하여」,『語文硏究』42, 2003.8.

朴仁和,「四書에 引用된 詩經詩 硏究」, 석사논문(공주사범대), 1988.12.

강윤옥,「출토문헌 詩經의 언어학적 특징 연구」,『中語中文學』40, 2007.6.

謝明仁・陳才,「淺談朱熹詩集傳的訓詁」,『詩經硏究叢刊』16, 2009.6.

崔錫起,「星湖의 詩經 註釋에 관한 一考察-淫詩를 중심으로」,『首善論集』13, 1988.

吳允淑,「國風 戀詩에 관한 民俗學的 試論」,『中國文學硏究』24, 2002.6.

吳允淑,「近代 以後 中國 詩經 解釋學의 樣相 - 近代 以後 韓中 詩經 解釋學의 樣相과 成果 중 中國篇(1)」,『中國文學硏究』26, 2003.6.

吳少達,「詩經・邶風・擊鼓新解」,『詩經硏究叢刊』9, 2005.7.

林素英,「論衛風男女情詩中的禮敎思想」,『詩經硏究叢刊』16, 2009.6.

柳明熙,「시경의 情歌 속에 나타난 古代婦女子의 남편에 대한 심미의식」,『中國語文學』48, 2006.12.

葉志衡,「詩經'女求士'詩的表現手法」,『詩經硏究叢刊』8, 2005.1.

張思齊,「從小雅小旻看詩書易的共生與兼用」,『詩經硏究叢刊』13, 2007.10.

지은이 소개

이국희(李國熙)

영남대학교 중어중문학과 졸업
대만 중국문화대학 중국문학연구소 석사
대만 중국문화대학 중국문학연구소 박사
세명대학교 중국어학과 교수

『庾信後期文學中鄕關之思硏究』(台北) 1994
『중국문학개론(도표로 이해하는)』 2003
『중국문화사(도표로 이해하는)』 2005
『중국어기본구문(도표로 이해하는)』 2007
『중국고전산문의 이해』 (공저) 2008
『중국현대시』 (편저) 2009
『중국어학기초(중국어 학습자를 위한)』 2009
『중국어책(통번역 학습을 위한)』 (공저) 2011
『광자의 탄생(중국 광인의 문화사)』 (공역) 2015

시경이 보인다

초판 인쇄   2015년   12월 21일
초판 발행   2015년   12월 28일

지 은 이 | 이국희
펴 낸 이 | 하운근
펴 낸 곳 | 學古房

주   소 | 경기도 고양시 덕양구 통일로 140 삼송테크노밸리 A동 B224
전   화 | (02)353-9908   편집부(02)356-9903
팩   스 | (02)6959-8234
홈페이지 | http://hakgobang.co.kr
전자우편 | hakgobang@naver.com,   hakgobang@chol.com
등록번호 | 제311-1994-000001호

ISBN   978-89-6071-560-8   93820

값 : 15,000원

이 도서의 국립중앙도서관 출판시도서목록(CIP)은 서지정보유통지원시스템 홈페이지
(http://seoji.nl.go.kr)와 국가자료공동목록시스템(http://www.nl.go.kr/kolisnet)에서 이용하실
수 있습니다.(CIP제어번호: CIP2015035173)

■ 파본은 교환해 드립니다.